KB182681

텔로미어

텔로미어

박성신
장편소설

붐*

차례

I   **노화종말법**

7

II   **젊음의 물**

55

III   **늙은 사람**

141

IV   **젊은 사람**

261

인간이 정말로 두려워하는 것은
결코 악마 따위가 아니다.
그것은 바로 늙은이가 된다는 것이다.

노화종말법

1

국가는 늙어가는 사회를 멈추기 위해 신약 개발을 지시했다.

HL코리아라는 제약회사가 국가의 지원 아래 신약, 텔로프록산을 만들어냈다.

이 약을 체내 투약하면 신체 나이, 피부, 심장이 서서히 젊어져 생체시계를 50년 이상 되돌릴 수 있다. 국가는 텔로프록산을 만 75세의 노인들에게 의무적으로 투약하는 법인 일명 노화종말법을 공포했다.

이 법안의 시행을 앞두고 텔로프록산을 개발한 HL코리아의 주식은 치솟았고, 여기저기서 늙지 않는 사회를 기대하는 목소리가 높아졌다.

담배가 떨어졌다. 제길. 철민은 육중한 몸을 일으켰다. 몸은 쩍, 하는 소리를 내며 의자에서 떨어져 나갔다. 새벽 1시. 고래고래 소리를 질러봐야 담배 사다 주는 이는 없다. 컴퓨터 세 대가 동시에 돌아가는 바람에 방 안이 뜨겁다.

'오기만 해봐라. 아들을 굶겨?'

철민은 부글부글 배가 끓었다. 거울을 보니 웬 혐오스럽게 생긴 남자가 서 있었다.

두툼한 턱에 쭉 째진 눈과 뭉툭한 주먹코. 턱살을 주물러 보았다. 한 손에 두둑이 잡힌다. 취직이 안 되는 것도 여자를 못 만나는 것도 다 이 외모 때문이다. 이렇게 날 낳은 부모라는 이름의 빌런들 때문이다. 늘어진 추리닝 주머니를 뒤적인다. 손안에 쥔 것은 천 원짜리 한 장과 동전뿐이다. 담배도 못 산다. 담뱃값은 계속 오르는데 돈은 왜 더 주지 않느냐 말이다.

드르륵.

미닫이문 열리는 소리가 들렸다.

'벌써 돌아왔나? 열도 받는데… 가만두지 않겠어.'

월급날이니 돈 좀 받아왔겠지? 그걸로 새로운 아이템과 담배를 사야겠다. 할망구에게서 돈 뺏는 건 참 쉽다. 인상을 구기며 욕을 하거나 방방 뛰는 것만으로도 할망구의 얼굴은 새하얗게 질린다.

방문을 열고 거실로 나갔다. 좁아터진 거실이다. 어디선가 선선한 바람이 분다. 역시 베란다 문이 열려 있었다. 할망구, 또 깜빡깜빡한다니까. 이리저리 둘러봐도 할망구가 안 보인다. 안방 문의 손잡이를 당겨보았다. 안방에 몰래 들어가 잠가버린 걸까. 돈이라도 훔쳐 갈까 봐? 흥. 늙은이들이란.

철민은 영화에 나오는 멋있는 액션 주인공 흉내라도 내듯 발을 슉슉 뻗어보았다. 내친김에 안방 문을 확 돌려 찼다. 픽 소리가 났지만 빗맞은 듯 저려 왔다.

'아이 씨. 재수 없어.'

지금쯤 방 안에서 졸아 있을 할망구 얼굴을 떠올리니 웃음이 났다. 대체… 왜 그러고 살까. 자식을 낳으면 제대로 교육을 시키겠다. 자식 교육을 잘못해서 이렇게 삐뚤어진 거니까. 안방 문에 귀를 대어보니 아무 소리도 들리지 않았다.

"엄마? 엄마아?"

영화에 나오는 살인자 톤으로 불러보았지만, 답이 없었다.

'뭐야, 아직 안 들어온 거야?'

뻘짓을 하고 있는데 뒤통수가 저려 왔다. 뒤돌아보니 한 남자가 서 있었다.

'어떻게 들어온 거야?'

철민은 그를 보고 침을 삼켰지만 곧 자기보다 키도 작고 덩치도 작은 것을 확인하곤 안심했다. 아파트 주민들도 철민이 복도에 침을 뱉거나, 소리를 질러도 아무 말도 못 한다. 괜한 일에 끼어들어 피해 보기 싫은 것이다. 180센티의 키에 150킬로. 침 뱉는 것만으로도 충분히 위협적이었다.

철민은 그를 살폈다. 검은 후드티에 모자, 작은 눈에 평범한 얼굴. 30대나, 아니다, 20대? 10대? 나이를 알 수 없는 무표정한 남자가 철민을 노려본다.

"이 똘아이 새끼가 처죽으려고. 너 이 새끼, 여기 어떻게 들어왔어?"

철민이 고함을 치며 인상을 구겨본다.

"넌, 이제 죽는다."

남자의 목소리는 고요했다. 철민이 남자의 손을 살펴보았지만, 어디에도 흉기는 없었다. 살짝 정신이 돈 모양이지?

우리 집 소문을 못 들었거나.

"병신 새끼야. 당장 꺼져."

남자는 귀라도 안 들리는지 담담히 서 있었다.

안 되겠군.

철민은 주머니에서 잭나이프를 꺼냈다. 그를 낳아 기른 할망구 앞에서 요리조리 돌리면 무서워 벌벌 떠는 모습이라니…. 상상만 해도 피식 웃음이 터져 나왔다. 확 얼굴을 그어버릴까 보다.

살덩이가 덜렁거리는 두 팔을 올리고 몸에 힘을 넣었다. 한 발 두 발 다가간다.

어라, 꼼짝 안 해? 이거 덜떨어진 새끼가 분명하구만.

칼을 휘두르는 순간 몸이 붕— 뜨는 것을 느꼈다. 몸이 순식간에 아까 발로 찼던 안방 문에 가서 박혔다. 안방 문은 움푹 들어갔다. 허리가 저리고 엉덩이가 깨질 듯 아팠다.

뭐야? 지금 무슨 일이 벌어진 거야?

처음 느껴본 공포가 뒤늦게 쓰나미처럼 엄습했다. 남자는 저벅저벅 걸어오더니 칼을 다시 쥐려는 철민의 손목을 잡고 살짝 힘을 줬다. 톡 하고 손목이 부러졌다. 엄청난 고통에 철민은 전율했다. 으아아악 소리를 지르려 입을 벌리는 순간, 남자에게 들려 또 바닥에 처박혔다. 덜렁거리는 손목 때문에 힘이 들어가지 않았다. 얼굴에 남자의 주먹이 꽂혔다. 푹푹 융단폭격처럼 이어지는 주먹세례에 이가 몽땅 빠지는 기분이다. 실제로 입안 가득 찬 이물질을 뱉으니 누런 이가 피와 섞여 우르르 쏟아져 나왔다. 망치로 얼굴을 내려치는 것 같은 고통이다. 그 할망구도 이런 기분이 들었을까. 철민의 시야가 흐려진다.

"쓰레기."

희미한 의식 속에 철민은 베란다로 몸이 붕 나는 것을 느꼈다. 손을 휘저어 보았지만 몸 아무 곳에도 힘이 들어가지 않았다.

3

가을이 쳐들어온다. 새로 깐 인도 양쪽으로 선 단풍나무에 붉은 물이 들기 시작했다. 현묵은 은행에서 내쫓기듯 걸어 나왔다. 그의 입에서 한숨이 터져 나왔다. 더 이상의 대출이 불가하다는 통보를 받았다. 속에서 신물이 올라왔다. 위가 따끔거리고 양쪽 턱이 쿡쿡 쑤셨다. 돈은 없어도 시간은 가고 계절은 온다.

현묵의 검은 반팔 티셔츠 사이로 나온 팔뚝에 소름이 돋는다. 현묵은 주차장으로 발길을 돌렸다. 그곳에 오래된 르망이 주차되어 있다. 20년 가까이 된 그의 차. 저 차를 탄 마지막 여자는 엄마다.

'엄마.'

이 단어를 떠올리자 명치가 꽉 막혔다.

현묵은 차에 올라 시동을 켜고 액셀을 밟았다. 르망은 털털털 소리를 내며 달리기 시작한다. 20분 정도 달렸을까.

노상에 테이블과 의자를 놓은 저렴한 횟집들. 기름 냄새로 가득한 치킨집들. 노래방. 게임장. 도박장이 즐비한 낡은 동네가 눈에 들어온다.

차에서 내린 현묵을 알아본 몇몇 삐끼들이 인사를 했다. 익숙한 풍경이다. 이 구역은 현묵이 예전에 관리하던 곳이었다.

그때는 몇 푼씩 받아도 되는 시절이었다. 정보원들에게 돈

주고 밥까지 사줘야 검거율을 높일 수 있던 시절이었다. 눈먼 돈 몇 푼이라도 받지 않으면 정보원도 부릴 수 없다. 10년 전엔 그랬다. 윗선에서도 고생하는 애들이 받는 돈은 눈감아주었다. 이제는 어림도 없다.

세상은 가난하고 무지한 이들에게만 엄격한 법이다.

현묵은 발걸음을 멈췄다. 1층엔 20년 된 감자탕집이 들어선 낡은 4층 건물을 올려다본다. '황금캐피탈'이라는 간판이 보였다. 회색 벽돌로, 지어진 지 30년은 넘은 건물이다. 계단으로 들어갔다.

"오셨습니까."

인사하는 놈은 짧은 머리에 키가 190은 되고 몸무게는 백킬로는 될 법하다. 심한 땀 냄새가 훅 끼쳤다. 현묵이 올려다보니 놈의 둥실한 턱이 보인다. 이마와 목덜미에 땀을 흘린다. 현묵은 성큼성큼 들어섰다. 목을 뻗고 어깨를 내리고 걷는 그의 폼이 우아하기까지 하다. 놈은 현묵을 막지도 못하고 뒷걸음질 친다. 눈싸움에 밀리면 기 싸움에 밀리고 기 싸움에 밀리면 끝장인 구역. 아프리카에서 야생동물들의 서열로 끊임없는 신경전이 벌어진다면 이곳 또한 경제적, 위치적 서열로 다툼하는 신(新) 아프리카다.

4층 복도 제일 왼쪽의 문을 하나 더 열고 들어가자, 30평 정도의 사무실이 나왔다. 나름 책상과 의자도 갖춰 놓았다. 반쯤은 주인 없는 물건들이다. 건물이 낡은 것에 비해 청소

상태는 좋다. 양복을 곱게 차려입은 건장한 사내들이 사이좋게 모여 있었다. 그중 낯익은 얼굴이 중앙에서 일어선다. 오거리파 오른팔로 활동했던 상어. 상어는 마른 몸에 좁은 턱, 날카로운 눈빛을 가지고 있다. 이제는 와해된 조직의 오른팔.

"양 형사님 오셨습니까. 미리 연락을 주고 오시죠. 참…."

상어가 입을 삐죽거리며 말했다.

"요새는 살 만한가 봐?"

"준비 안 된 채로 뵙는 게 송구스러워 그러죠."

현묵은 상어를 노려보고는 양손을 주머니에 찔러 넣고 사무실을 한 바퀴 헤집는다.

"저희 다 등록하고 깨끗하게 합법적으로 장사하는 겁니다."

상어는 한숨을 참으며 내뱉는다.

현묵은 알고 있다. 상어 말이 맞다. 한쪽 벽에 걸어둔 사업자등록증이 눈에 들어왔다. 요즘은 사채업자가 없다. 이렇게 직접 찾아가서 빌리지도 않는다. 문자 한 통으로 돈을 빌릴 수 있고 앱만 깔아도 통장에 돈이 꽂힌다. 현묵에게는 사채업자도 그리운 세대가 되었다.

"형님이 이 누추한 곳까지 어쩐 일로."

상어가 눈빛으로 양복 입은 나머지 사내들을 물리더니 담배를 꺼내 문다. 사내들은 잘 훈련받은 개들처럼 소파에 엉덩이를 붙이고 앉아 하던 일을 계속한다.

말보로 담배를 집어 든 손. 소매 사이로 삐져나온 상어 문신이 눈에 들어온다.

"대출."

현묵의 말에 상어의 얼굴에 웃음이 번진다.

"허허허. 형님도…."

상어의 웃음에 현묵은 그전까지 입에 물고 있던 웃음기를 거둔다. 상어가 가장 눈빛이 민첩한 놈에게 시선을 주자 그가 서랍에서 봉투를 꺼냈다.

상어는 그 봉투를 받아 현묵에게 주었다.

"담보는 저기 내 차."

현묵은 창문을 열어 밖을 내다보았다. 멀리 색이 빠진 르망 자동차가 보인다. 전기 자동차와 자율주행이 보편화되고 있는 세상에 르망이라니.

상어의 입꼬리가 올라간다.

현묵은 짜증이 확 오른다. 저 입꼬리의 의미를 알기 때문이다.

"해드리겠습니다. 저 차는 팔아도 폐차비를 줘야 할 것 같으니 필요 없습니다. 직장담보로 처리하겠습니다. 공무원이니까."

상어의 말에 벽에 병풍처럼 서 있던 부하들의 표정이 붉으락푸르락해진다.

현묵은 계약서 없이 2천만 원을 대출 받았다. 이자는 은행보다 높지만 방법이 없다.

　괜찮다. 2천만 원으로 급한 불만 끄고 갚으면 되니까. 이 돈이 없으면 그는 불효자가 된다. 친구, 동료, 선후배에게까지 돈을 다 빌려 이제 빌릴 곳도 없다. 자존심은 불행 앞에서 가장 먼저 버렸다. 현묵은 뒤통수가 따가운 걸 느끼면서도 최대한 어슬렁어슬렁 걸어 사무실을 나왔다.

　상어는 멀어져 가는 현묵의 뒷모습을 바라보면서 담배를 꺼내 물었다. 부하가 라이터를 켜 불을 붙여준다.

　"형님. 저 짭새가 칼빵 열다섯 군데 맞고 살았다던 그 전설의 똘아이죠?"

　"똘아이도 늙는구만. 돈을 다 빌리러 오고."

4

　죽다 살아나면 그때부터 서비스로 얻는 삶이다. 더 잘살아야 하고, 의미가 있어야 한다. 현묵은 반대다. 그때 죽었어야 깔끔했다. 백번 생각해도 그 이후에 좋은 일이 없다. 아마도 운을 다 써버린 모양이다. 현재 나이 44세. 과거보다 노후를 생각해야 하고, 젊지도 늙지도 않은 경계선 나이다. 확실히 하루하루 체력은 다르고 아픈 곳이 늘어난다. 나이는 숫자일 뿐이라는 말은 나이 든 사람들이 지어낸 것이다.

　현묵은 모임 장소로 향했다. 입간판이 저마다 세워진 좁은 골목에 들어서자 삼겹살 냄새가 맴돌았다. 비가 내려서일까. 공기는 평소보다 더 축축하고 무겁다. '용감한 돼지 한 마리'란 누렇게 변색된 간판 밑으로 머리를 쑥 내밀며 홍 형사가 나왔다. 그의 손가락 사이에는 전자담배가 걸쳐져 있었다.

오늘은 도봉서 강력계 1~6팀 조장들의 친목 모임이다. 홍 형사는 2팀의 조원장으로 현묵과 사사건건 부딪친다. 예전에 현묵의 조원이 조폭에게 돈을 받아먹은 것을 홍 형사가 고자질해 현묵이 책임지고 정직당한 적도 있고, 홍 형사가 작업해 놓은 작업물을 현묵이 방해해 가로챈 적도 있다.

"양 형사!"

정확한 2대 8 가르마를 하고 전자담배를 빠는 모습이 우습다는 걸 홍 형사는 모를까. 홍 형사의 실적을 보험회사와 비교하자면 탑이었다. 고객을 찾아가고, 계획하고, 앞에 들이밀고 기어이 계약을 시키는 세일즈맨과 닮았다. 현묵을 바라보는 홍 형사의 눈꺼풀이 파르르 떨린다. 그는 현묵이 잡은 놈 때문에 약이 바짝 올라 있었다. 이번 건은 운이 좋았다. 현묵의 눈앞에 현상수배범이 떡 하니 나타난 것이다. 원래는 홍 형사가 소속된 강력2팀 담당 사건이었다. 강력1팀 소속인 현묵은 웬만하면 넘겨주는데 홍 형사가 얄미워 그대로 현묵의 팀에서 사건을 처리해 버렸다. 그 사실을 보고받은 홍 형사는 한 시간 동안 노래방에 혼자 들어가 소리를 질러댔다고 한다.

"애들한테 돈 꿨다며? 많이 힘드냐."

상어 개새끼. 현묵은 최대한 침착하게 뒤돌아본다.

"들어와라. 먼저 들어간다."

현묵은 홍 형사의 어깨를 툭 치며 돌아선다.

"이야길 하지! 여유자금 좀 빌려줄걸. 나 HL코리아 주식 대박 났잖아. 그러게 내가 빚을 내서라도 사라고 했잖아. 빚은 그럴 때 내는 거야. 환한 미래가 보일 때."

홍 형사가 실실 웃음을 띠며 말한다. 홍 형사의 말에 현묵의 입속이 썼다.

이제 HL코리아의 주식은 없어서 사지 못한다. 이게 다 노화종말법 때문이다. 세상 물정 모르는 현묵의 엄마도 75세가 지나면 젊어지는 꿈을 꾸고 있다. 젊음은 모두의 꿈이자 희망이니까.

홍 형사는 정보가 빠르다. 강력계 형사를 하면서 주식도 하고, 재테크도 하며, 발 빠르게 비트코인으로 재미도 봤다고 한다. 강력계 형사들은 평생 일해도 전세를 벗어나기 어려운데 홍 형사는 자가를 가지고 있는 유일한 형사다.

반면 같은 나이지만 현묵은 투자에 막연한 두려움이 있었다. 실제로 아버지의 사업이 한순간 곤두박질치고, 은행에 묶어둔 돈이 휴지 조각이 된 것을 목격했다. 그런 경험 때문에 투자나 새로운 것에 불안감과 불신이 심하다. 직접 목격하지 않은 젊은 세대와는 다르다. 변화하지 않으면 제자리는커녕

뒤처진다는 것을 알지만 쉽지 않다. 변하기 위해서는 두려움을 이겨내야 한다. 그런 면에서 홍 형사는 노력하고 공부한다.

"주식 대박 났으면 니 딸 양육비 줘. 왜 보미 엄마가 나한테 전화해서 널 찾아?"

현묵의 말에 홍 형사의 웃음기가 사라진다. 전자담배를 한 모금 쭈욱 빨더니 목소리를 깐다.

"어머님은 잘 계시고?"

홍 형사의 도발에 마네킹 같던 현묵의 눈빛이 살벌하게 바뀐다.

엄마는 치매를 앓고 있다. 그러나 노화종말법이 적용되어 신약을 먹을 수 있는 대상은 암, 뇌혈관 심장, 치매 같은 중증 질환이 없는 노인에 한해서이다. 가장 젊어져야 할 아픈 노인들은 제외. 이것을 두고 많은 사람들이 의견을 달리했다. 국가에서 일부러 제한을 만들었고 그래야 신약을 투여받는 게 선택받는 것처럼 느껴지게 하기 위해서라는 소문도 돌았다. 한편으로는 병 없이 최대한 건강관리에 힘을 쓰게 하기 위해 일부러 정해 놓은 커트라인이라는 이야기도 나왔다.

엄마가 75세가 될 때까지 남은 기간은 1년, 그때까진 어떤 방도를 써서라도 치료를 해야 한다. 돈이 얼마나 들더라도 말이다.

더 이상 건들면 폭발할 것을 알고 홍 형사는 할 일을 다했다는 듯 봉투를 꺼내 현묵의 주머니에 쑤셔 넣는다.

"어머님께 안부 전해 드려."

현묵은 마무리 멘트를 날리며 뒤돌아 들어가는 홍 형사의 뒷모습을 바라보았다. 봉투를 꺼내 바닥에 내동댕이치려고 움켜쥐었다. 꽤 두께가 있다. 두께부터 확인하는 자신이 싫어 젖은 쓰레기통을 발로 찬다. 빗방울을 머금은 바람이 세차게 불었다.

현묵이 사는 집은 서울 변두리 주택 2층이다. 방 두 개, 작은 거실 하나, 화장실이 하나 있다. 전세자금대출을 받아 마련한 반전세에 월세 50만 원. 방 두 개에 이 가격으로 서울에서 집 구하기 어렵다. 두꺼운 현관문을 열면, 마주 보이는 주방 싱크대에 설거짓거리가 쌓여 있다. 집 안에는 환자가 있는 집 특유의 퀴퀴한 냄새가 묵직이 배어 있다. 여름날 햇볕 앞에 하루 종일 내놓아야 겨우 없어질 냄새다.

한숨을 들이마시고 입가에 미소를 지어본다. 최대한 조용히 걷는다. 사뿐사뿐. 엄마의 방문을 연다. 문고리는 무겁게 돌아간다. 처음부터 한 번도 열리지 않았던 것처럼.

주택의 작은방은 엄마에게 이미 관 속이다. 엄마는 불을 켜지 못하게 한다. 아들이라도 창피한 모양이다. 엄마의 방은 악취로 가득하다. 엄마는 죽은 쥐처럼 어둠 속에 묻혀 있다. 코끝을 쥐어 잡는 그의 눈시울이 뜨거워진다. 어둠 속에서 딱딱하고 마른 고목나무 같은 손이 현묵의 손목을 움켜쥔다. 희멀건 눈으로 현묵을 응시한다. 그러다 딱 붙어버린 입술을 떼며 말한다.

"아들 왔니."

아들, 그 단어가 수갑처럼 현묵을 채운다.

"그년이 날 죽이려 그래. 오늘은 말이다, 어깨를 슬쩍 밀치잖니."

그년은 간병인이다. 엄마의 말에 따르면 그년은 칫솔을 변기에 넣어 문질러 닦고, 매일 커피믹스 두 개씩 훔쳐 간다.

현묵의 집에는 일주일에 여섯 번 간병인이 온다. 간병인의 나이는 60대로 올 때마다 현묵의 엄마 기저귀를 갈고, 반찬을 하고 밥을 챙기고, 간단한 청소를 한다. 어차피 간병인은 여섯 시간밖에 있지 않기 때문에 현묵이 퇴근을 하고 들어가는 날엔 언제나 엄마의 대소변 처리는 그의 담당이다. 현묵이 사건 때문에 집에 들어가지 못하면 간병인에게 전화를 해 부탁하기도 한다. 간병인의 상황이 되지 않을 땐 엄마 혼자 어둠 속에 있다. 간병인의 월급으로만 한 달에 2백만 원이 나간다. 현묵의 월급은 세금 떼면 4백만 원 정도다. 나머지 2백만 원으로는 공과금에 월세에 기름값에 보험료에, 아버지가 남긴 빚에, 적금 하나 들 여유가 없다.

현묵의 엄마 나이는 이제 74세. 치매에 걸리기 전부터 엄마의 말버릇은 죽어도 집에서 죽고 싶다는 것이었다. 아버지의 사업이 망하자, 전업주부로만 살던 엄마가 어쩔 수 없이 마트 계산대를 잡기 시작했고, 현묵과 여동생의 뒷바라지를 하려고 뭐든 했다. 보험회사에 다니다가 노점상에서 도넛 장사까지 했다.

갑작스런 아버지의 죽음. 고고했던 엄마가 삶의 최전선에 뛰어들면서 쌓인 스트레스, 겨울밤 뺑소니, 박살이 난 고관절, 합병증, 연달아 받은 수술, 예고 없이 찾아온 치매. 학 같던 엄마는 세월이 흐르면서 닭으로 변해 죽어가고 있었다. 우아하던 엄마는 세상에 찌들어 갔고, 주름이 하나둘 늘어날 때마다 고집도 늘어갔다. 그 바람에 현묵과 여동생 마리아는 대학까지 간신히 졸업할 수 있었다. 물론 현묵은 학자금대출이다 뭐다 받았지만, 여동생은 이후 여행사에 취직해 외국에 다니더니 외국 남자와 결혼했다.

"엄마도 엄마 인생 살아! 놀러도 가고 할아버지들도 만나고! 인생 한 번뿐이잖아. 난 알아서 행복하게 잘 살게요. 사랑해요, 엄마."

외국에 나간 지 4년 만에 결혼식 때문에 만난 엄마를 껴안으며 마리아는 말했다.

여동생은 요가 강사로 직업을 변경했으며 '인생의 주인공은 자기 자신이다'라는 유튜브 채널도 운영 중이다. 그 채널에선 요가와 마인드컨트롤로 행복해지는 법 등을 올려놓았다. 41세인 여동생은 30대 초반으로밖에 보이지 않았다. 현묵은 유튜브에 한번 들어가 보았다가 다시는 들어가 지 않았다. 그 후로도 여동생은 가끔 사진을 보내온다. 외국인 남편, 그리고 반려견과 세계 곳곳을 여행하고 찍은 사진이었다. 그녀는 태닝된 피부를 하고 누구보다 행복해 보였다.

"엄마와 분리해. 오빠가 행복해야 엄마도 돌볼 수 있는 거야."

여동생이 늘 입에 달고 살던 말이다.

나 자신이 행복해야 누굴 돌볼 수 있다. 말은 쉽다. 문제는 그럴 상황이 되지 않는다는 것이다.

요양원으로 엄마를 옮기려고 마음을 먹을 때마다 저승사자를 본 것 같은 엄마의 표정이 현묵의 뇌리에서 쉽사리 지워지지 않았다.

"나는 죽어도 그런 데서 죽긴 싫다."

"거긴 사람이 살아 들어가 죽어 나오는 곳이란다."

"나 옛날엔 참 이뻤는데. 이게 다 뭐니. 주름 봐. 검버섯하고."

"내가 너 어릴 때 매일 도시락 싸준 거 기억나니?"

"난 니 아버지는 싫었다. 니들 때문에 같이 산 거지. 내가 니들을 버리면 넌 어쩌니. 불쌍해서."

주름진 눈꺼풀 속에서 끊임없이 왔다 갔다 하는 탁한 눈동자. 아무것도 모르는 척하지만 주변의 모든 공기를 읽어내는 노련함. 사소한 것까지 말하고 현묵이 처리하길 바라는 영악

함. 아무것도 해결할 수 없으면서 모든 것을 궁금해하는 고집. 엄마가 희생했다는 것을 기억시키면서 자신에게 해줘야 할 것을 당연하게 여기는 뻔뻔함.

현묵은 괴팍하게 변해 버린 엄마를 상대할 때마다 명치에서 뜨거운 불덩이가 치밀어 올라오려는 것을 몇 번이고 삼키며 가슴을 두드린다.

엄마는 현묵이 말을 끊고 자리에서 일어나기라도 할까 봐 옷 끝을 꽉 쥐고 있다. 손아귀 힘이 어찌나 센지 그다음 날 옷 끝이 여전히 구겨져 있을 정도다.

삶에 대한 집착인가.

아들에 대한 애착인가.

노후 보장에 대한 확인인가.

어릴 적 엄마에겐 달콤한 빵 냄새가 났다. 현묵의 엄마는 굉장한 미인인 데다가 그 시절 흔치 않은 대졸 학력에 대학교 때까지 무용을 해서 아름다운 자태를 유지했다. 거기다가 손재주도 좋아서 도시락을 싸 가면 늘 아이들이 둘러싸 구경했다. 학부모 회의라도 있는 날이면 다이어트할 시간과 여유 따윈 없던 엄마들 사이에서 단연 빛이 났다. 어릴 적 현묵은 엄마가 유일한 자랑이었다. 예쁘고 하얀 엄마의 뒤에 숨어 친구들과 인사를 하면 그들은 늘 부러운 눈빛을 했다.

엄마의 30대는 빛났고, 40대는 우아했다. 50대는 품위를 잃지 않았고 60대는 현명했다. 그러나 70대에 들어서자 우아

함은 사라지고, 현명함은 우악스러움으로, 감성적인 것은 예민함으로 바뀌었다. 자주 울고 의심했다. 지하철 빈자리에 집착하며, 아무렇지 않은 일에 서운해했고, 노인정에서 만난 동년배 할머니들 욕을 했다.

노파가 된 엄마는 불신을 좌우명으로 삼은 것처럼 행동했다. 방 구석구석에 사탕, 과자, 빵 같은 것을 숨겨두어서, 어떤 때는 곰팡이가 피어 먹지도 못하게 되어버린 적도 있다.

소유는 타인에 맞서는 방어라고 사르트르가 말했던가. 나이 들면서 엄마는 소유에 집착하기 시작했다. 사탕 하나 나눠 먹는 것을 아깝게 생각했고, 늘 간병인이 뭘 가져가지 않았는지 뭘 숨기는지 온 신경을 곤두세우면서 점검한다. 밥을 먹을 때 자신의 반찬에 고기가 더 많이 들어갔는지, 간병인의 반찬에 더 많이 들어갔는지 훑는 것이 우선이다. 의심은 잃지 않기 위한 또 다른 방어일 것이다.

"어휴, 안 되겠네. 간병인한테 따끔하게 말해 놓을게요."

현묵은 간신히 엄마를 달래 눕히고 이불을 덮었다. 문을 닫고 자물쇠를 걸어 잠근다.

현묵은 녹초가 되어 그의 방으로 돌아온다. 현묵의 방은 세 평. 가구는 없지만 유일한 그의 공간이자 도피처다. 대충 이부자리 위에 쓰러져 눕는다. 어서 잠이 들면 좋겠다. 꿈은 꾸지 않으면 좋겠다.

현묵은 눈을 뜬다. 천천히 걸어 나간다. 몽유병 환자처럼.

의식은 또렷하지 않다. 익숙한 거실을 지난다. 거실이라고 해 봤자 부엌과 연결된 공간일 뿐이지만. 장판이 맨발에 붙었다 떨어지는 소리가 난다. 자물쇠를 채운 엄마의 작은 방문을 연다. 문고리는 돌아간다. 훅, 하고 냄새가 풍긴다. 어두운 방으로 들어간다.

어느새 현묵의 손엔 권총이 들려 있다. 어둠 속에서 엄마가 고목나무 같은 손을 내밀어 현묵의 발목을 잡는다. 단단하고 딱딱하다. 권총을 들어 어둠 속을 겨냥한다. 탕! 방아쇠를 당긴다. 뜨겁고 축축한 것이 현묵의 몸에 튄다.

불이 켜지며 동시에 꿈도 깬다. 그 감각이 손끝에 전해진다. 동시에 비린내가 훅 감싼다. 현묵의 눈동자는 축축하게 젖어 있었다. 가슴이 내려앉는다.

그때 전화벨이 울린다. 머리가 지끈한 가운데 핸드폰을 더듬어 귀에 댔다.

낯익은 정 형사의 목소리다.

"양 형사님! 살인사건입니다."

5

"피해자는 이철민. 32세. 무직. 첫 발견자는 이 아파트 경비원입니다."

정 형사가 60대 후반으로 보이는 경비원을 가리켰다. 정 형사는 올해 나이가 29세로 강력계 중 가장 젊은 막내다. 관할 경찰의 신고를 받고 현묵보다 먼저 출동했다. 아침 일찍 출동임에도 불구하고 깔끔한 옷차림과 정돈된 투블록 헤어가 눈에 띈다. 퇴근하면 바로 집으로 돌아가 자신만의 시간을 보낸다. 일도 깔끔하게 잘하는 편이라 따로 지적할 사항도 없다. 예의 바르며 유머도 있지만 선을 넘지 않는다.

서로 땀내를 내며 술잔을 부딪치던 시절은 갔다. 술 대신 프로틴을 먹는 정 형사는 매번 헬스장에 간다. 술 한잔하자는 현묵의 제안을 번번이 거절해서 이제 그러려니 한다. 세상이 변하고 있다.

식은땀을 흘리는 경비원은 틀니를 움직이면서 입을 열었다.

"보고 너무 놀래가. 지금도 사지가 벌벌 떨린다 아입니까. 새벽 5시 반쯤 돼서 한번 쓰윽 도는데 뭐가 이상한 게 보여 가지구. 그래 보니 사람 아입니까, 사람. 놀래가 경찰에 바로 신고했지예."

"아니, 아까는 또 새벽 4시쯤이라면서요."

정 형사가 한숨을 쉬면서 핸드폰 메모장을 꺼내 고친다.

"다시 생각해 보니 5시 반이 맞습니다. 나이 드니 깜빡깜빡하네예."

이철민이 사는 아파트는 동이 네 개다. 아파트라고 하기보다는 ㄷ 자로 아파트가 있고 한쪽엔 주차장, 입구에는 네 동을 관리하는 경비실이 있다. 공터를 가로지르면 상가가 있어서 독서실, 영어학원, 떡볶이집, 부동산 같은 게 입점해 있다.

이철민이 시체로 발견된 곳은 아파트 내 쓰레기장이었다. 쓰레기장 주변에 폴리스라인이 쳐 있고 주민들이 모여 까치발을 들고 구경하러 나왔다. 현장 통제를 하는 경찰들이 촬영을 금했지만 사람들은 하나같이 핸드폰을 꺼내 녹화를 하거나 사진을 찍어댔다.

하여튼, 군중들이란. 현묵은 짜증이 몰려왔다.

개인은 매너 있어도 다수가 되면 무매너가 된다. 군중에겐 책임감이 없는 것처럼.

현묵의 시선이 쓰레기장에 달린 CCTV에 꽂혔다.

"저건 작동되나요?"

"얼마 전에 망가져서 작동이 안 됩니더."

"이 사람이 여기 12층 사는 사람은 맞습니까?"

"하모예. 저리 살찐 사람은 이 아파트에 그 집 아들밖에 없습니더."

경비원은 물을 벌컥벌컥 마시더니 사레들려 컥컥거렸다.

학생들이 지나가며 폴리스라인의 사진을 찍고 재밌다는 듯이 웃는다.

경비원은 버럭 소리를 지르고, 학생들은 경비원을 향해 "어우, 틀딱충…. 존나 재수 없어"라고 비아냥댄다.

"많이 놀라셨을 텐데 좀 쉬시죠."

현묵은 간이의자에 경비원을 앉혔다. 그러고는 허리를 숙여 아파트 쓰레기장에 누워 있는 이철민의 시체를 살폈다. 현묵은 한숨을 내쉬었다.

시체는 육안으로 봐도 끔찍했다. 손목, 정강이, 쇄골, 고관절, 턱뼈, 갈비뼈가 부러져 있고 입속은 이 몇 개가 빠져 있다.

정 형사는 덩달아 얼굴을 찌푸렸다.

"범행 장소는 저기 12층 집이에요."

정 형사가 고개를 들어 손가락 끝으로 12층을 가리켰다. 현묵이 따라서 고개를 들었다. 남청색 하늘 아래 솟은 아파트가 보였다. 그 아래 12층 베란다가 보였다. 다시 고개를 아래로 내렸다. 서 있던 발밑 앞쪽 바닥의 콘크리트가 움푹 깨진 게 눈에 들어왔다. 현묵은 무릎을 꿇고 바닥을 손끝으로 더듬었다. 손바닥 두 개 정도 크기로 두 군데 깨져 있었고, 둘레에 금이 가서 이어져 있었다.

"선생님. 이건 언제부터 이런 겁니까?"

현묵이 경비원에게 물었다.

"잘 모르겠습니더. 사람들이 이삿짐 잘못 났나. 하여간 젊은이들 조심성이 없으니까예."

경비원은 모자를 고쳐 쓰며 말한다. 모자 안에는 훤한 정수리가 보였다.

현묵은 한발 물러서 이철민이 살았던 12층을 바라보았다. 바람에 커튼이 흔들렸다. 현묵의 두통도 심해졌다.

현묵과 정 형사가 탄 엘리베이터가 12층에 멈췄다. 좁은 복도를 걸어가자 1201호 앞에 노란 폴리스라인이 쳐 있다.

"사건 발생 예상 시각인 10월 1일 새벽 1시경. 옆집에선 쿵 하는 소리는 들었다고 합니다. 현금이나 귀중품은 그대로고 뒤진 흔적도 없어요."

정 형사가 뒤를 따라오면서 스마트폰에 기록해 둔 정보를 읊는다.

현묵은 장갑을 낀 채 1201호 안으로 들어갔다. 피비린내와 악취가 섞인 역한 냄새가 풍겼다. 현묵은 숨을 멈췄다.

내부는 주공아파트 18평의 전형적 구조였다. 낡은 소파가 흐트러져 있었다. 정 형사의 안내를 따라 피해자의 방으로 들어가니 담배꽁초가 탑처럼 쌓여 있다. 방 전체에 지린내와 악취가 묻어 있었다. 세 대나 되는 컴퓨터가 보이고, 한 대는 아직도 랜덤을 걸어놓은 듯 돌아가고 있다. 컴퓨터 밑으로는 소변통으로 사용했을 법한 페트병이 눈에 들어왔다. 책상 위에는 휴지가 나뒹굴고 있었다.

현묵은 미간을 찌푸린 채 다시 거실로 나왔다. 거실에는 피와 엉겨 붙은 치아가 흩어져 있었다. 거실 오른쪽 안방 문에 움푹 파인 자국들과 바닥에 튄 피가 상당하다. 범인은 이곳에서 이철민을 공격했다.

"현관문은 열려 있었습니다. 피해자 어머니가 새벽 5시에 퇴근하고 올 때까지도 베란다 문이 열려 있었고요. 족적은

270 정도의 운동화입니다."

정 형사는 비닐봉지에 쌓인 잭나이프를 현묵에게 들이민다.

"칼 하나 찾았는데, 범인이 범행도구 사용한 건 아니고, 이철민 거랍니다."

현묵은 안방 문의 움푹 파인 자국을 만져본다. 부서진 틈새의 마모도로 보아 이 문짝은 부서진 지 오래다. 이곳이 범행장소라면 범인은 여기서 이철민을 죽이고, 저곳 쓰레기장까지 옮겼다. 이철민처럼 육중한 몸을 옮길 만한 사람이면 최소한 젊고 건장한 사내여야 한다. 없어진 물건도 없고 범인은 족적도 그대로 남겼다.

현묵은 머릿속으로 범인을 상상해 보았지만 그림이 그려지지 않았다.

하지만 CCTV만 제대로 확보하면 범인 잡는 일은 문제없다고 생각했다. 쓰레기장 CCTV는 고장 났지만 나머지는 멀쩡하다. 아파트는 CCTV와 블랙박스에서 자유로운 곳이 없다.

"CCTV 확인해 봐."

현묵의 지시에 정 형사가 고개를 끄덕였다.

현묵이 복도로 나가자 한쪽에 잔뜩 몸을 웅크리고 있는 노파가 눈에 들어왔다. 가는 모발이 머리에 달라붙어 있었고, 어깨가 굽고 까맣게 탄 피부에 주름이 진 70대 노인이었다.

주저앉은 눈꺼풀 안에 자리 잡은 눈은 어딘가 불안하고 생기가 없었다.

"이철민 씨 어머님 되시죠?"

노인이 힘없이 고개를 끄덕였다.

"아드님이, 혹시 원한 산 사람 없습니까? 요새 이상한 점이라든지…."

현묵의 물음에 노인은 좌우로 고개를 흔들었다.

"다 내가 잘못한 겨…."

노인이 마른손으로 얼굴을 덮는다. 손가락 사이로 물방울이 하염없이 흘러나온다.

"내가 늦둥이라고 오냐오냐 잘못 키운 거여…. 그러니 내가 죽인 거여…. 그냥 너랑 나랑 조용히 지옥 가자…. 그냥 여러 사람 피해 주지 말고…. 그랬는데… 혼자 가뿌렸어…. 혼자…."

마른 두 손으로 가죽밖에 남지 않은 얼굴을 가리고 울음을 토해 낸다. 으으으으…. 신음이 터져 나왔다. 현묵은 노인의 울음소리가 잦아들 때까지 기다려 주었다.

현묵은 옆집 1202호 벨을 눌렀다. 문을 열고 30대 여자가 나왔다. 화장기 없는 얼굴은 통통 부어 있었고 달큼한 우유 냄새가 났다. 등에 아기를 업은 그녀는 현묵의 충혈된 눈과 올 블랙 의상을 보고선 눈을 가늘게 뜨고 콧등을 찌푸렸다.

현묵은 옷을 고를 시간도 없다. 그래서 늘 검은 옷만 산다. 그러다 보니 검은 바지, 검은 티, 검은 모자, 검은 양말, 검은 신발. 결국은 매일 올 블랙 패션이 되어버린 것이다. 그래서 현묵의 별명은 그림자다.

"도봉서 양현묵 형사입니다. 옆집에서 일어난 사건 때문에 몇 가지 여쭙겠습니다."

그제야 아기 엄마의 굳은 얼굴 근육이 펴졌다.

"옆집 남자 정말 죽었나요?"

현묵은 고개를 끄덕였고, 여자의 얼굴에 일말의 안도감 같은 게 퍼졌다.

"어젯밤 옆집에서 무슨 소리 못 들으셨습니까?"

그녀의 말에 의하면, 새벽 1시쯤 옆집에서 쿵 소리가 났고 몇 번 더 큰 소리가 났다고 한다. 그런데 그런 소리가 평소에도 자주 났기 때문에 또 이철민이 할머니를 때리고 물건 집어던지거나 한 것은 아닐까 생각했다고 한다. 동네 사람들도 죽은 이철민이 할머니를 때리고 돈을 뺏어가는 것을 알지만, 할머니가 사람들을 찾아다니면서 신고를 못 하게 했다고 한다.

현묵은 1202호에서 나와 주변을 탐문했다. 이철민은 남의 집 배달 요구르트를 맘대로 먹고, 마주친 아파트 주민들한테 겁주며 침을 뱉고, 여학생들을 이상한 눈빛으로 바라보고, 노상 방뇨도 일삼았다고 했다.

"죽어도 싼 놈이에요."

이철민이 살던 아래층 1101호 남자가 한 말이었다.

6

식당은 늦은 점심을 먹는 사람들로 붐볐다. 현묵은 주변을 둘러보았다. 새로 생긴 지 얼마 안 된 깨끗하고 넓은 식당엔 나이 든 노인들의 모습은 없었다. 젊은 부부, 아이와 함께 온 젊은 엄마, 연인들, 중년 남녀는 쾌적한 환경에서 맛있는 음식을 먹는다. 모두가 명랑하고 화기애애해 보였다.

정 형사와 현묵도 대표 메뉴인 육개장을 주문했다.

"이철민 말이에요. 고등학교 때 폭행으로 소년원. 7년 전 성폭행사건과 6년 전 폭행치사. 8년 전 사기범죄 기록이 있고. 현재 신용불량이고 사귀는 여자는 없어요. 어릴 적부터 가출을 밥 먹듯 했고, 2년 전 공장에서 싸움을 일으켜 잘린 후 1년간 밖에 잘 나가지 않았다더라구요. 거기가다 핸드폰 조회기록 결과 통화한 사람은 엄마밖에 없고 돈을 번 적도 없는 거 같아요."

엄마를 기름처럼 짜내 빨아먹었다. 현실은 쓰레기였지만 가상 속에서는 누구보다 멋진 인간처럼 굴었다. 현묵의 속에서 불이 올라왔다.

"CCTV는 뭐 나온 거 있냐?"

이철민의 마지막 행적은 10월 1일 오후 10시 편의점에서 확인되었으므로 오후 10시에서 새벽 5시 사이의 엘리베이터 CCTV를 몇 번이고 돌려보았다.

"그게, 엘리베이터 CCTV를 다 뒤졌는데요. 편의점을 나온 이철민이 엘리베이터를 타고 올라가는 모습은 찍혔지만, 범인으로 보이는 놈이 이철민의 시체를 옮기는 장면은 어디에도 없었어요."

정 형사는 현묵의 질문에 미간을 찌푸리며 말했다.

"이철민이 그렇게 거구인데 쓰레기장까지 순간 이동한 것도 아니고, 찍힌 게 있을 거야. 이철민이 살던 동뿐 아니라, 아파트 출입구고 CCTV 다 뒤지고 근처 차량 블랙박스 싹 다 뒤져보자."

"네. 알겠습니다. 근데 범인은 어떤 놈일까요?"

"훼손 상태가 심한 것으로 봐서 원한 있는 놈일 가능성이 크지 않겠냐."

"과거부터 싹 다 털어봐야겠네요."

정 형사는 육개장에 숟가락을 파묻었다. 현묵도 벌건 기름이 뜬 육개장을 휘휘 저었다.

식당 TV에는 노화종말법을 두고 찬반 토론이 한창이었다.

양복 입은 젊은 변호사가 손을 뻗어가면서 이야기 중이었다.

"노화종말법이 본격적으로 논의된 계기는 노인 문제였잖

습니까. 해마다 노인이 늘고 젊은 층은 세금 부담을 힘들어했죠. 노인들이 떨어진 인지 능력으로 운전을 해서 사고가 빈번하게 난다는 것 아시죠? 만약 노인들이 젊어질 수 있다면, 그래서 다시 노동을 할 수 있고 사회에 보탬이 될 수 있다면, 노인 문제뿐 아니라 저출산 문제, 연금 부족 문제 등 모든 문제를 해결할 수 있습니다."

변호사의 말처럼 노인 문제가 심각한 사회문제로 대두되면서 노인들을 혐오하여 노인정을 공격하는 젊은이들도 늘어났다. 점차 노인과 젊은이들의 대결이 첨예해졌다. 국가에서도 늘어나는 노인들에게 언제까지 세금만 축낼 수도 없는 일이다. 그렇다고 해서 투표권이 있는 수많은 노인들을 외면할 수도 없었다.

"물론 젊어진 사람들이 다시 취업 현장에 뛰어든다면 지금의 젊은이가 경쟁률에서 밀려날 수도 있다고 반대하는 사람들도 있겠죠? 거기다 다시 젊어진 후 또 50년이 지나면 다시 늙을 텐데 그럼 그때는 또 똑같은 문제로 힘들 것이라 예측하는 사람들도 있고요. 압니다. 그러나 저출산 문제에서 비롯된 젊은이의 감소는 어느 정도 개선할 수 있고, 젊어진 노인들을 노동력으로 재편성한다면 경제 상황이 개선될 수 있는 거 아닙니까. 즉 노인들도 사회에 보탬이 될 수 있다는 것이죠. 안 그렇습니까."

젊은 변호사가 사회자를 쳐다보았다.

"그런데 이 노화종말법이 특정세력의 배만 불리는 건 아닐까요? HL코리아 우경재 대표는 10년 전부터 젊어지는 약을 개발하고 있었고, 노인 때문에 자식을 잃었던 한 국회의원이 발의안을 냈잖아요. 이건 다국적기업 HL코리아의 돈 벌기에 개인적인 원한을 가진 권력이 이용되었다는 거 아닙니까?"

머리가 희끗하고 안경을 쓴 교수가 날카롭게 반응했다.

노화종말법이 사실은 75세 이상의 노인들을 제거하기 위해 제정되리라는 음모론도 있다. 그러나 약이 나오지 않는 이상 소문만 무성할 뿐 어느 하나 확인된 건 없었다.

현묵은 노화종말법이 무조건 희망이 될 거라고 믿지도 않지만, 지금 나이 든 사람들이 행복하지 않다는 것은 확신한다.

"저는 빨리 약이 나왔으면 좋겠어요. 젊은 사람들이 왜 늙은 사람들까지 책임져야 하는지 모르겠어요."

정 형사가 TV에서 고개를 돌리며 말했다.

만약 노화종말법이 시행되고 노인들이 젊어지면 모든 것이 해결될까.

"정 형사, 너도 찬성이야?"

"취업이다 뭐다 본인들도 힘든데 자기들한테 아무 도움도 되지 않는 노인들의 노후까지 책임져야 하니까요. 솔직히 그 사람들이 해준 게 없잖아요. 이득이 없이 책임만 지우는 건, 공평한 건 아닌 거 같습니다."

정 형사가 현묵의 눈을 피하며 물잔에 물을 따랐다.

"정 형사는 조부모님 계시나?"

"부모님이 두 분 부양하느라 힘드세요. 약이 나와 젊어지면 일단 그런 문제는 다 없어질 테니까. 저희 집도 기대감을 갖고 기다리고 있습니다."

현묵의 아랫세대는 할머니 집이라 해도 마당과 밭이 있는 시골집이 아닌 아파트일 것이다. 어쩌면 현묵이 할머니 할아버지 손길을 느끼는 마지막 세대가 아닐까라는 생각이 들었다.

현묵은 할머니가 체할 때 손을 따주던 일을 떠올렸다. 잠이 들 때까지 옛날이야기를 이어가던 할머니의 둥그렇고 굽은 등. 얼굴에 검버섯이 잔뜩 낀 할아버지는 모르는 것이 없었다. 두 사람은 현묵에게 도피처이자 안식처였다. 그 덕분에 엄마와 아빠가 다투기도 했지만, 할머니는 뭐든 가능한 마법사 같고, 할아버지는 무뚝뚝한 산타할아버지 같았다. 할아버지 물건 중에 신기한 게 많았기 때문에 구경하면 시간 가는 줄 몰랐다. 아버지의 사업이 망하고, 할머니 할아버지가 작은아버지 댁으로 옮기기 전엔 그랬다.

다정했던 그들은 정말 틀딱충이란 이름의 벌레가 돼버린 걸까.

현묵은 창문 밖으로 시선을 돌렸다. 건너편 골목 입구에 허물어져 가는 식당이 보였다. 간판 없이 육개장이라고 매직으로 쓰인 메뉴판만 걸어놓고 있었다. 저쪽은 육개장이 이곳보다 4천 원이나 싼 6천 원이다. 손님은 주로 백발의 할아버지, 지팡이 짚은 할머니들로 그들은 구멍 난 의자에 앉아 그들만의 세상에서 밥을 먹고 있었다. 그 주변엔 늙음이라는 전염병이라도 존재하는 것처럼, 젊은 사람은 아무도 없었다. 현묵은 한동안 그 풍경을 바라보다 물잔에 물을 따랐다. 아무것도 보지 못한 것처럼.

현묵은 잠깐 엄마를 돌보러 집에 들렀다가 다시 경찰서에 돌아와 또다시 CCTV 자료를 훑었다. 여섯 시간이 지나자 허리가 아프고 목이 뻣뻣해져 오고 눈이 붉게 충혈됐다. 책상 위에 놓인 일회용 커피 잔도 늘어났다. 이철민이 사는 아파트 엘리베이터 CCTV는 물론, 근처 세워둔 차량의 블랙박스, 아파트 사거리 입구, 매장들의 CCTV도 전부 확보하여 뒤졌다. 또 그 시각 엘리베이터에 타고 있던 주민들, 혹은 엘리베이터를 이용하지 않아도 그 아파트에 사는 사람들의 알리바이도 모두 조사했다.

"선배님, 이것 좀 보세요. 수상한 사람 찾았어요."

정 형사가 상체를 모니터 앞으로 기울였다.

현묵은 의자에서 일어서 정 형사가 보고 있던 화면으로 다가갔다. 10월 1일 밤 12시 반 아파트 입구에서 촬영된 CCTV 화면이다. 한 남자의 흐릿한 모습이 포착되었다.

남자는 이철민이 사는 아파트 입구로 걸어 들어가서 계단을 통해 올라갔다.

현 범행 추정시각이 1시. 그렇다면 이 남자가 1시 이후 나온 모습이 찍혀야 한다.

"12시 반쯤 계단을 통해 올라갔는데 나온 흔적이 없어요. 혹시 몰라 방문객이 아닐까, 다 체크해 봤는데 접점이 없습니다."

"피해자 몸무게가 130킬로잖아. 그 덩치를 어떻게 CCTV에 찍히지 않고 1층까지 옮긴 거야. 옥상이나 베란다에 줄을 사용해서 1층으로 내린 흔적도 없었잖아."

아파트 출구 CCTV 또한 뒤져봤지만 남자가 오고 간 흔적이 없었다.

그 말은 키보다 두 배나 높은 담을 넘어오기라도 했다는 것일까.

"그러게요. 이철민 시체랑 같이 12층에서 뛰어내리기라도 했다는 건가. 하아."

정 형사는 한숨 섞인 말을 마치고선 현묵을 바라보았다. 현묵의 미간이 찌푸려졌다.

이상하다.

들어간 모습은 찍혔는데 나온 흔적이 없다.

현묵은 화면 속 남자를 조용히 노려보았다. 아파트 입구 높이를 감안했을 때 키는 170~180 사이. 나이는 2, 30대. 검은 모자와 후드티에 청바지. 호리호리한 체격. 운동화. 얼굴을 확대해 보았지만 저화질 CCTV라서 그런지 화면이 어둡고 흐릿해서 이목구비는 알아보기 힘들었다.

현묵은 어금니가 또다시 욱신거리기 시작했다.

7

"존나 깜짝 놀랐어요. 1시 반쯤인가…. 아마 그랬을 거예요. 학원에서 1시 넘어 나왔으니까…. 바람을 쓱— 가르더니 위에서 누군가 날아온 거예요. 폼이 미쳤어요."

아직도 뺨에 여드름 자국이 있는 남학생은 붉어진 얼굴로 현묵과 정 형사에게 손짓발짓을 한다. 남학생은 이철민이 살던 아파트에 딸린 학원에 다니고 있었다.

"이거 더 들어야 되나?"

현묵은 생경한 용어에 머리가 아파온다. 그러나 유일한 목격자라고 하니 참고 있었다.

"밤이라 컴컴했을 거 아냐. 어떻게 알어."

"일루 와 보세요."

남학생이 데려간 곳은 이철민의 베란다가 보이는 곳이다. 이철민이 있던 쓰레기장에는 아직 폴리스라인이 있다. 검붉은 핏자국이 아직도 지워지지 않았다. 피비린내는 쓰레기 냄새와 섞여 이상한 악취를 풍겼다. 토종닭만 한 비둘기들이 바닥에 떨어진 부스러기를 주워 먹는다.

"여기요, 여기."

학생이 발바닥으로 바닥을 탁탁 두드린다.

"12층 아저씨가 일루 떨어졌다니깐요."

"떨어졌다고?"

그 바닥에는 움푹 깨진 곳이 보였다. 손바닥 두 개 정도 크기로 두 군데 깨져 있었고, 둘레에 금이 가서 이어져 있는 낯익은 풍경이었다. 이것은 사건 당일 현묵이 보았던 깨진 시멘트 자국이었다.

이철민이 위에서 떨어졌다? 그리고 그 거구를 누군가 끌어 쓰레기장에 버렸다?

범인은 12층에서 뛰어내리고? 현묵은 또 양턱이 욱신거린다.

"진짜 봤다니까요. 몸도 호리호리해. 등치도 별로 안 크고, 키도 한 저만 할 걸요. 나이는 20대? 그러더니 와. 12층 아저씨를 한 손으로 끌고 터벅터벅. 간지 존나. 그러더니 쓰레기통에 픽."

아까부터 같은 주장을 반복하고 있다. 우리나라 말이 맞는 건가 싶은 단어들의 향연.

이러다 몇 년쯤 지나면 60대와 10대는 전혀 말이 통하지 않을지도 모른다. 번역기가 필요할지도 모른다고 생각하니 쓸쓸한 웃음이 나온다.

"자, 학생 말을 정리해 보자. 그날 밤 12층 피해자가 위에서 떨어졌고, 뒤이어 어떤 남자가 1201호 베란다에서 뛰어내려 착지를 한 다음, 1백 킬로가 넘는 피해자를 한 손으로 끌어 저기까지 걸어가 쓰레기장에 던졌다. 맞냐?"

남학생은 벌게진 얼굴로 흥분해서 고개를 끄덕였다.

정 형사는 현묵의 눈썹이 위로 치켜떠지는 걸 보고 남학생을 달래 돌려보냈다.

"죄송합니다."

정 형사는 고개를 숙였다.

현묵은 양손을 허리에 짚었다. 남학생의 허세와 오지랖과 과장을 빼고 생각해 보자.

한 남자가 12층에서 이철민을 집어 던지고 뛰어내렸다.

이게 가능할까. 현묵은 가능성을 가늠해 보다가 고개를 흔들었다.

말도 안 돼.

그러나 복도, 엘리베이터, 입구 CCTV를 조사해 보았지만 용의자가 계단이나 엘리베이터를 사용해 나온 흔적이나 이철민을 옮긴 모습이 없었다.

하지만 만약 이 남학생 말대로 용의자가 이철민을 베란다에서 떨어뜨리고, 이곳으로 바로 뛰어내렸다면 CCTV에 찍히지 않은 것이 설명된다.

'지금 무슨 생각을 하는 거야.'

45

현묵은 머리를 가로저었다. 그럴 리가 없다.

12층에서 사람이 뛰어내려서 멀쩡하다고? 12층을 올려다보았다.

이철민의 집에서 내려다봤을 때도 여간 높은 높이가 아니다. 30미터는 될 법하다. 베란다와 밑층 베란다의 간격도 2미터가 넘는다. 어디선가 맨손으로 23층 아파트를 옥상까지 오른 사나이나 맨손으로 가스 배관을 탄 사나이에 대한 기사를 본 적 있다. 3년 전쯤에는 서커스단 출신의 남자가 절도 후 10층에서 밧줄을 이용해 뛰어내린 적도 있었다. 그러나 12층에서 맨몸으로 뛰어내려 살 가능성은 없다. 거기다가 거구의 이철민을 들어서 옮겼다? 슈퍼맨도 아니고.

마음이 다급해서 황당한 주장에 시간을 뺏기고 말았다.

현묵은 한숨이 새어 나왔다. 고개를 들어 하늘을 보니 회색 하늘에 먹구름이 잔뜩 끼었다. 진통제를 털어 넣고 차에 올라 시동을 걸었다. 차는 아파트 단지를 빠져나와 도로를 달렸다. 빗방울이 창밖을 두드렸다.

뎅뎅뎅—.

멀리서 성당 종소리가 울린다. 아이들이 재잘거리며 뛰어노는 소리가 들린다. 현묵은 차 라디오의 볼륨을 높였다. 쟈니 리의 「뜨거운 안녕」이 흘러나왔다. 아버지가 좋아했던 노래였다.

현묵의 아버지는 자상한 사람이었다. 사업이 망하기 전까지는 거실에서 흥얼거리면서 엄마와 손을 잡고 춤을 추기도 했다. IMF를 맞아 아버지의 사업도 도산을 피하지 못했다. 매일같이 빚쟁이들이 아버지를 찾아오자, 아버지는 도피 생활을 하기 시작했다. 현묵은 엄마의 심부름으로 아버지를 만나 돈이나 먹을 것을 전해 주었는데, 버스를 두 번 갈아타고 빚쟁이들의 미행을 따돌리고 나서야 숨어 있는 아버지를 만날 수 있었다. 아버지는 왜 니가 왔냐고 뭐 하러 오냐고 타박했다. 현묵은 입을 다물고 돌아섰다. 뒤통수에 아버지의 시선이 박혔다. 아버지는 조심히 가거라, 라고 했다. 현묵은 뒤돌아보지도 대답하지도 않았다. 가족을 고통으로 몰아넣은 아버지의 얼굴을 보고 싶지 않았다. 그리고 다음 해인 1999년 한강에서 아버지는 시체로 발견되었다. 한때는 아버지를 원망한 적이 있었지만, 과거는 추억으로 남았다. 변해 버린 아버지보다는 자상했던 아버지가 기억에 남았다. 「뜨거운 안녕」 노래가 끝나고, 현묵은 액셀을 밟고 속도를 올렸다.

국립과학수사연구원 부검의 탁중희는 반쯤 벗어진 머리에 50대 중반의 나이다. 영양제를 한 움큼 집어삼킨다. 탄력 없는 볼이 불룩하다.

"그런 눈으로 보지 마. 나이 들면 내 몸 내가 챙겨야 한다. 자기 뱀띠지? 아, 나도 그 나이 땐 창창했다. 근데 50 넘으면 확 몸이 달라. 눈도 침침해지고 반응도 느리고 피곤하고. 그리고 왜 그렇게 다 서럽냐."

현묵도 인생 반 정도 살아가니 몸이 하나둘씩 고장이 나기 시작했다. 오래된 물건의 AS에는 돈이 드는 법이다. 현묵은 얼마 전 위염과 임플란트 네 개의 치료비만 1천만 원을 안내받았다. 골이 흔들렸다. 임플란트하면 껌도 못 씹는다고 불평하던 선배 형사의 이야기가 떠올랐다. 한때는 최고 실적을 올리던 선배. 나이 50이 되던 생일날 범인을 잡으러 추격전을 벌이다 심장마비가 왔다.

현묵은 자신이 40이 넘었다는 사실을 믿을 수 없다. 그가 어릴 적에는 마흔이란 집도 있고, 차도 있고, 결혼도 하고, 아이도 있는, 힘든 일을 웃어넘길 수 있는 어른이라고 생각했다. 이렇게 정신은 그대로고 나이만 먹는 줄은 몰랐다.

"난 다시 젊어지면 부검의 안 해. 넓은 곳에서 좋은 것만 보면서 맘 편히 살 거야."

탁 부검의는 젊어지는 상상만으로도 기분이 좋은지 입가에 미소를 지었다.

현묵은 탁 부검의를 따라 시체보관소에 들어갔다. 이곳은 늘 와도 적응이 되지 않는다. 냄새 때문이다. 시체 냄새는 집에 와도 가시질 않는다. 처음으로 정돈된 피해자, 이철민을 마주한다.

푸르뎅뎅한 피부, 지방으로 둘러싼 거대한 시체 앞에 현묵은 숨이 막혀 왔다. 살덩이가 들러붙은 턱. 옅은 눈썹에 길게 찢어진 눈과 주먹코. 입이 크게 벌어져 고정되어 있었다.

어머니를 학대했던 아들. 노모의 기름기 하나 없는 얼굴을 떠올리자 현묵의 주먹이 쥐어졌다. 하지만 피해자는 피해자다. 죽어서 마땅한 사람은 없다. 현묵은 한숨을 후, 하고 내쉬었다.

"사인은 뭐로 나왔습니까?"

"척추골절에 의한 호흡곤란."

탁 부검의가 현묵 앞으로 한 발짝 다가왔다. 사망원인으로는 생경한 단어였다.

"현장에 흉기가 발견되지 않았어요. 뭐로 이 지경을 만들어 놓은 거예요?"

"이건 마치 망치 같은 걸로 고기를 두드린 거 같아. 이 정도의 내상을 입힌다는 게 불가능할 정도의 힘으로 말이야."

탁 부검의는 갸우뚱한 현묵의 표정을 살피더니 이철민의 시신 부분부분을 가리키며 설명을 덧붙였다.

"인체엔 1백 개의 뼈가 있어. 이철민의 몸에서 부러진 건 열세 군데. 아래턱뼈, 빗장뼈, 갈비뼈 양쪽, 어깨뼈, 엉덩이뼈, 양쪽 자뼈, 양쪽 노뼈, 무릎뼈, 목말뼈, 마지막으로 척추골절까지. 정확히 열세 군데야. 거기다가 경추 4, 5번이 손상되어서 호흡근육이 마비되자 호흡이 안 되어 사망한 거지. 고통이 상당했을 거야."

이철민의 시체는 어긋나 버린 관절인형 같았다. 그 참혹한 모습에서 형언할 수 없는 고통이 느껴져 현묵의 얼굴이 구겨졌다.

"흉기는요?"

현묵이 이철민의 팔뚝과 몸 곳곳에 선명하게 새겨진 자국을 가리켰다. 울퉁불퉁하게 찍힌 자국. 이게 뭔지 밝혀내면 흉기를 추정할 수 있다.

"못 믿겠지만 주먹 같아."

탁 부검의의 안경 너머로 가는 눈이 빛났다.

"주먹이요? 그게 말이 됩니까?"

현묵의 동공이 커졌다.

"내 주먹은 어느 정도의 충격량을 가지고 있을까."

부검의가 오른쪽 주먹을 꽉 쥐어 현묵의 눈앞에 들어 보였다. 작은 주먹이었다. 현묵의 어깨를 툭 쳤다. 별 타격감이 없었다.

"나는 충격량이 거의 없지. 근데 타이슨 주먹은 달라. 타이슨의 주먹 힘은 약 1톤의 충격량을 가진다고 알려져 있어. 그 충격량은 백두산 호랑이가 앞발을 들어 훅을 날렸을 때랑 맞먹는데. 더 대박인 건, 이소룡의 돌려차기야. 충격량이 무려 2.7톤!"

"그래서 하고 싶은 말이 뭡니까?"

"아주 힘이 세거나 훈련받은 사람이라면 불가능은 아니라는 뜻이지."

현묵은 미간을 펴고 팔짱을 풀었다.

사인은 골절에 의한 쇼크사. 사망 추정시각은 밤 10시에서 새벽 2시 사이. 흉기는 주먹. 열세 군데 관절의 골절. 장기 손상.

흉기가 주먹이라는 탁 부검의의 소견과 12층에서 뛰어내린 것을 봤다는 남학생의 증언이 그의 머릿속을 복잡하게 맴돌았다. 용의자 실루엣을 떠올렸다.

"근데 왜 굳이 이렇게 뼈를 부러뜨렸을까?"

"범인은 피해자를 죽이고 쓰레기장에 갖다 놓는 수고를 했어요."

"이상하긴 해. 굳이 흉기를 쓰지 않은 점도 그렇고."

탁중희는 눈을 가늘게 뜨고 다시 시체에 집중했다.

현묵은 국과수에서 나와 잠시 집에 들렀다.

비가 그친 뒤라 집 전체에 눅눅한 기운이 올라왔다.

"마사지해 드리고 기저귀 새로 갈아드렸습니다. 죽 좀 드셨어요. 그리고 아들 찾습니다. 내내."

지친 얼굴의 간병인은 말하면서 동시에 점퍼를 챙겨 입고 가방을 들었다.

설거지는 그대로다. 엄마를 봐주는 것만 해도 힘든 일이라 현묵은 별달리 잔소리를 하지 않는다. 매번 냉장고 안에 채워 놓은 식자재는 줄고 사놓은 커피믹스도 금방 떨어졌다.

"수고하셨습니다."

"저기… 제가 사정이 있어서 이 일을 그만둬야겠습니다."

언제 저 말이 나올까 조마조마했었다.

"애들도 이제 이 일 그만두라고, 힘들다고 하지 말라 합니다. 거기다 어머니가 보통 분입니까, 어디. 저 정도면 돈 더 줘도 하겠다는 사람 없을 겁니다. 어찌나 아귀힘이 강한지 팔을 잡히면 그다음 날 멍이 다 듭니다."

쉼표가 없는 말소리가 귀에 때려 박혔다. 저 레퍼토리를 3개월 전부터 들었다. 간병인 말이 틀린 것은 아니다. 치매 노인을 돌보는 일은 쉽지 않다. 이 아줌마가 오기 전 간병인들은 한 달을 채우지 못하고 그만뒀다. 이 정도면 시설에 맡기는 게 나을 거라고 했다. 현묵도 그걸 알고 있다.

"죄송합니다. 월급은 지금보다 좀 더 챙겨드릴게요."

"아이고, 제가 돈 때문에 이러는 게 아닙니다."

"치매 치료될 때까지만 부탁드릴게요."

"치료가 된답니까?"

"해보는 데까지 해보려고요."

"치매도 약 맞는 데 제한이 있다지요? 왜 그럴까. 치매도 늙어서 오는 건데 그걸 고쳐줘야지."

"다들 젊어지면 요양보호사분들은 뭐 하면서 사시려구요."

현묵은 마음에도 없는 너스레를 떨었다.

"요양보호사나 노인 사업하는 사람들한테는 정부에서 보

상금 준다고 하지 않습니까. 그리고 지금은 요양원이 포화 상태랍니다. 힘든 일 하려는 사람은 얼마 없고. 어차피 나도 젊어지면 이 일 안 하고 딴 일 할 거니까요."

말은 돈 때문이 아니라고 했지만 간병인은 아까와는 다르게 밝아진 얼굴로 돌아서 나갔다.

현묵은 엄마가 있는 방문을 열었다.

엄마는 현묵을 반김과 동시에 간병인의 욕을 쏟아낸다.

'둘의 대화를 엿들었을지도 모른다.'

현묵은 갑갑하다는 엄마를 휠체어에 태우고 간만에 나가기로 한다. 1층까지 휠체어를 옮기고, 엄마를 옮기는 이 단순한 일에도 등짝에 땀이 났다. 맘 같아서는 뜨거운 물에 샤워를 하고 한숨 자고 싶지만 며칠 내내 기다렸을 엄마를 생각하면 그것도 사치다. 휠체어 위로 옮긴 엄마는 볏단처럼 가볍다.

"눅눅하다. 들어가자."

엄마는 나온 지 5분도 되지 않아 못마땅한 표정으로 입을 오므리며 고개를 돌렸다.

현묵은 등에서 흐르는 땀을 닦으며 끄덕였다.

X

젊음의 물

1

우경재는 눈을 떴다. 시계는 새벽 5시를 가리켰다. 흰색 커튼 사이로 햇살이 들어온다. 듣기 좋은 노래가 들려온다.

넓고 쾌적한 침실. 공기질과 습도까지 완벽하다.

전신 거울에서 외모를 체크한다. 균형 잡힌 몸매, 팽팽한 팔다리 근육과 복근까지 눈에 띄지만 우경재는 왼쪽 턱선이 살짝 무너진 게 신경 쓰인다.

문이 열리자 의료진이 기다리고 있다. 안경을 쓴 김 박사가 일어나 어제 하루 우경재의 신체 브리핑을 한다. 잠이 다소 불안정한 상태로 피로를 느낄 수 있다고 했다.

'그 일 때문이야.'

우경재가 그 일을 떠올리니 관자놀이가 쿡 하고 쑤셨다.

김 박사는 우경재의 오늘 피로도에 따라 20여 종의 영양보

충제의 순서와 내용을 조금씩 바꾼다.

식당으로 이동하니 아들 우민호가 먼저 와서 앉아 있었다. 식당 내부는 오픈 주방임에도 불구하고 쾌청한 공기를 유지했다. 헤드 셰프를 비롯한 다섯 명의 요리사들이 우경재의 맞춤 식단을 제공하고 있다. 철저히 정해진 칼로리 안에서 최상의 음식을 만들어낸다.

"안녕히 주무셨습니까. 아버지."

우민호는 178센티의 키로 올해 마흔하나가 되었다. 올해 일흔 살인 우경재와 얼핏 형제처럼 보였다. 우민호는 마흔까지는 생생했지만 마흔하나가 되자 얼굴에 주름이 도드라졌고, 근육도 빠지는 게 느껴졌다. 우민호 또한 우경재만큼은 아니지만 철저한 식단과 운동을 하고 우경재의 지시로 술과 담배는 입에도 대지 않고 있다.

우민호는 둘째 아들로, 두 번째 부인에게서 얻었다. 첫째 부인은 암으로 사망했고 그 사이에 딸이 있었는데 딸 또한 암에 걸렸다. 두 번째 부인은 건강하고 젊었다. 당시 우경재의 나이가 마흔 살이었는데 두 번째 부인의 나이는 20대 초반이었다.

첫 번째 부인을 병으로 보낸 우경재는 새로운 아내는 무조건 건강한 여자를 원했다. 우경재의 아버지 또한 치매를 앓다가 사망했기 때문에 병에 대해서는 끔찍하게 생각했기 때문이다.

"컨디션은 어때?"

"괜찮습니다."

"거짓말 마라. 너는 속여도 그래프는 속일 수 없어. 보니까 체내 스트레스 수치가 많이 올라왔던데. 작업 있기 전에는 특히 신경 쓰라고 몇 번이나 말했냐."

우경재는 헤드 셰프가 차린 음식을 입으로 가져갔다. 아들 우민호 앞에도 그에게 필요한 영양소가 가득한 음식이 차려져 있었다. 우민호는 몇 번 젓가락질을 했으나 삼키지를 못했다.

"아버지."

우민호가 우경재의 매끈한 얼굴을 바라보았다.

"이따 작업 끝나고 이야기하자."

우경재는 맞춤 식단의 음식을 모두 비웠다. 우민호는 꾸역꾸역 목구멍으로 넘기고 있었다. 아들은 하고 싶은 것을 모두 하며 산다. 일도 하지 않는다. 그럼에도 사고 싶은 것을 사고 누릴 것은 모두 누린다. 아들 우민호에게는 아이돌 출신의 아내와 그 사이에 초등학생 아들 경민이 있다. 손자는 며느리를 닮아 건강하고 아들을 닮아 우직했다. 우경재는 집부터 차, 그들이 누리는 모든 것을 마련해 주었다.

하지만 단 하나 우민호가 그에게 해주는 일이 있었다.

우경재는 그것을 작업이라 불렀다.

식사를 마친 우경재는 우민호와 차를 타고 이동했다.

양 실장도 함께였다. 올 블랙 정장을 입은 양 실장은 한 올도 삐져나오지 않은 포니테일 머리를 숙여 귓속말을 전했다.

"이철민이 죽었습니다."

양 실장이 이철민에 대한 이력을 확인시켜 주자 우경재는 미간을 찌푸렸다.

"아무래도 37번이 본격적으로 움직이는 걸로 추정됩니다. HS들이 붙었습니다만, 아직 구체적으로 알아낸 것은 없습니다."

우경재의 관자놀이가 지근거렸다.

"빨리 데려와. 최대한 조용히."

"네. 알겠습니다."

차가 멈추고 양 실장이 내렸다. 그녀는 멀어지는 차량을 향해 90도 인사를 한 다음 어디론가 문자를 보냈다.

우경재가 탄 차량은 마치 성 같은 대저택을 빠져나와 40분가량 달렸다. 10월로 접어드니 벌써 단풍이 드는 곳이 눈에 들어왔다. 근처에 호수가 보였다. 햇빛을 받아 반짝거렸다. 눈이 부셔서 선글라스를 꼈다.

5분 정도 더 달리자 도로 끝자락에는 HL코리아의 연구소가 보였다. 하얀 큐브 박스 같은 디자인의 연구소는 연구동, 생산동, 실험동 이렇게 세 동으로 나뉘어 있었다.

연구동에는 신약에 필요한 모든 것을 연구하는 약 5백 명의 직원이 있다. 생산동에는 약 7백 명의 직원이 약을 생산하고 포장하고 유통한다. 실험동은 특별히 허락된 관계자 외에는 출입할 수 없다. 쥐부터 원숭이까지 실험체들이 있는 곳은 출입 카드가 있어야 하고, 실험동 곳곳에 CCTV가 있어 내부 외부는 철저히 모니터링된다. 경호팀은 국내 최고 에이스 팀을 고용했다.

그 사이에 병원 건물이 하나 있다. 모든 임직원의 건강을 체크하고 검진해 주는 시스템이다. 정신과부터 외과까지 필요한 의학 기술이 다 갖춰져 있다.

우경재는 실험동으로 향했다. 차에서 내린 우경재는 생체 정보를 이용해 내부로 들어갔다. 뒤따라 우민호가 걸었다. 바닥은 대리석으로 되어 있어 발소리가 크게 울렸다. 경호팀 장이 그를 알아보고 인사했다.

실험동 내에서는 소독약 냄새가 났다. 바람을 타고 썩은 냄새도 함께 풍겼다.

우경재는 살짝 이마를 찡그렸다.

"아버지. 정말 이번이 마지막이죠?"

"그래. 내가 약속한다고 했잖냐."

우민호의 목소리는 떨렸다.

'누구 덕분에 니가 먹고사는데.'

우경재는 속으로 뜨거운 게 치밀어 올랐다.

어떤 집은 자식이 부모를 공양하고 부양한다는데, 우경재는 나이가 들었지만 아들을 부양하고 산다.

우경재는 50년 전 제약 사업에 뛰어들었다. 그는 뛰어난 머리와 판단력으로 신약을 연달아 히트시켰다. 우경재는 20년 전부터 부를 쌓았다. 돈이 충족되자 이후 다른 목표를 세웠다.

바로 회춘. 우경재의 최종 목표는 자신의 몸을 20세로 되돌리는 것이다. 매일 체중, 혈당, 심박수를 측정하고 초음파와 혈액 내시경 검사를 받으면서 젊음을 갈구한다.

우경재가 실험동 A실로 들어가자 우경재의 담당의인 닥터 박이 앉아 있었다.

실험실 안에는 침대가 두 개 보였다. 침대 하나에는 우경재가 눕고 다른 침대에는 우민호가 등을 대고 누웠다.

"작업 시작하겠습니다."

마스크를 쓴 닥터 박이 라텍스 장갑을 낀 채 우민호의 팔에 밴드를 묶었다. 팽팽하게 모습을 드러낸 혈관에 바늘을 찔러 넣었다. 그리고 아들의 피가 우경재의 혈관을 타고 들어갔다.

그는 10년 전부터 아들의 피를 1리터씩 뽑아 수혈했고 효과는 제법 있다.

그의 심장, 피부 나이는 30대. 체력과 폐활량은 20대 수준이다. 이제 우경재의 신체 나이와 우민호의 신체 나이가 비슷해지고 있다.

우경재는 몸속으로 흘러들어 오는 뜨거운 피를 느끼면서

눈을 감았다.

2

아버지의 죽음은 그녀의 인생에 서프라이즈였다.

그녀는 자신의 얼굴 구석구석을 살펴보았지만 아버지와
닮은 구석은 없다. 엄마는 그런 기해의 얼굴을 빤히 보면서
니 아빠랑 똑같다는 말을 매번 내뱉었다.

장례식장 화장실은 뜨거운 물이 나오지 않았다. 찬물에 눈
이 번쩍 뜨였다. 헐렁한 상복을 입고 하얀 핀을 꽂은 여자가
거울에 보였다. 퀭한 눈에 푸석한 피부, 윤기 없는 머리칼, 눈
가와 입가에 옅은 주름이 보였다. 그래도 갈색 눈동자와 웃
을 때 드러나는 보조개, 크고 흰 앞니가 그녀를 자신의 나이
서른다섯 살보다는 어려 보이게 한다.

이 일을 하면 동안이 도움이 될 게 없어서 일부러 나이 들
어 보이는 옷을 입거나 머리 스타일을 했다. 남자들의 관심을
피하기 위해 네 번째 손가락에 반지를 끼고 다닌다. 예산 편
성 문제로 다툴 때든, 보호자에게 잘못을 따질 때든, 나이 어
린년이 버럭버럭 대든다, 나이도 젊은 여자가 까다롭다, 이런
이야기가 듣기 싫기 때문이다.

'내일이면 또 일을 시작해야 해.'

물이 묻은 양손으로 앞머리를 쓸어 올렸다.

기해는 중구센터의 사회복지사 팀장이다. 3일간 쉬었으니 3일간의 일거리가 책상 위에 쌓였을 것이다. 슬픔보다 걱정이 머릿속을 차지했다.

화장실에 다녀오자 장례식장은 한산해져 있었다.

장례식 곳곳에는 '노화종말법 반대', '인간은 누구나 늙음을 받아들일 자유가 있다'라는 팻말이 세워져 있었다.

기해의 동료가 몇 년 전 들으라고 한 상조회사에서 사람들이 나와 음식도 차리고 준비했으나 기해의 회사 사람들 몇 명만이 왔다 갔을 뿐이었다. 이제 상조회사도 장례식장도 전보다 찾는 이가 훨씬 적을 것이다.

사회복지사로 일하면서 기해는 많은 노년을 봐왔다. 평안한 노년이란 없었다. 늙음은 멸시의 대상이지 존경의 대상이 아니었다. 기해는 대통령이 노화종말법을 공포했을 때 누구보다 응원했다. 사회복지사들 대부분이 그랬다. 매일 힘든 사람만 보면서 사는데 나이가 들면 든 만큼 서럽고 힘들어지는 걸 알기 때문이다.

75세가 되면 다시 젊어질 수 있다. 그러면 인생의 기회를 한 번 더 얻을 수 있다. 미래가 생긴다. 기해는 그들의 불행을 희망으로 사라지게 할 수 있다고 믿었다.

기해가 화장실 다녀온 사이, 누군가 다녀갔는지 새로운 향이 한 개 꽂혀서 막 타들어 가는 중이었다. 주위를 둘러봤으나 밥을 먹는 이는 없었다.

일하는 여자가 "그만 정리할까요?"라고 물어왔다.

"네. 근데 누가 왔다 갔어요?"

"방금 안경 끼고 검은 양복 입은 중년 남자분이 다녀갔어요."

상조회사 사람이 남은 음식과 음료수를 정리하는 동안, 기해는 조의금 봉투를 가방 안에 쑤셔 넣고 방명록을 챙겼다. 다녀간 사람에게 또 부조를 해야 한다. 받은 만큼 돌려주는 것. 이러니 받는 것이 무슨 의미가 있는가 싶다.

기해는 아버지라 불렀던 사람을 태웠다. 아버지의 시신은 불길에 싸여 사라져 버렸고, 전광판에는 '화장 중. 화장 중'이라는 글자가 선명하게 들어왔다. 살아 있었다는 존재의 증명을 마지막으로 해대는 것처럼 느껴졌다.

아버지의 유골이 든 항아리는 따뜻했다. 상조회사의 권유대로 납골당에 묻을지 잠시 고민했지만, 엄마 때와 마찬가지로 북한산에 뿌리기로 했다.

장례를 마친 기해는 상복에서 청바지와 점퍼로 갈아입고 등에는 유골이 든 가방을 멨다. 북한산으로 가는 버스가 서는 정류장으로 향하니 버스 정류장 뒤쪽에 한 남자가 서 있었다. 40대 후반이나 50대로 보였다. 양복 차림이었고, 금테 안경을 썼다.

혹시 상조 직원분이 이야기한 양복 입은 사람일까.

그녀는 다시 한번 서 있는 남자를 흘끗 보았다. 그를 살피면서 버스에 올랐으나 남자는 끝까지 말을 걸거나 따라오지 않았다.

버스 안에는 기해 혼자였다.

북한산은 오랜만이었다. 엄마의 의식이 괜찮았을 때는 "아버지 원망하지 말어. 아버지는 큰일을 하시는 거야"라곤 말했다. 그러면 기해는 늘 "남자가 작은 일도 못 하면서 큰일을 어떻게 해!"라고 받아쳤다.

그때마다 엄마는 말없이 기해가 사 온 그림책으로 시선을 돌렸었다.

"이번 정류장은 북한산 입구입니다."

버스에 안내방송이 울렸다. 기해는 의자에서 일어나 정류소에 내렸다. 정류소 뒤로 안개에 덮인 산의 실루엣이 보였다. 바람을 타고 소나무 향이 날아왔다.

기해는 항아리가 든 가방을 메고 걸음을 옮겼다. 산을 30분쯤 올라가자 온몸이 더워지고 등짝에 땀이 나기 시작했다. 기해가 평소에 하는 운동이라고는 스트레칭뿐이었다. 숨이 턱까지 차오르고 이마에 땀이 흘러 턱을 타고 내렸다.

발인까지 3일째, 먹은 게 아무것도 없다. 슬퍼서라기보다 입안이 바짝 마르고 껄끄러워 입맛이 없었다. 청바지와 점퍼로 갈아입고 온 것은 참 잘했다는 생각이 들었다. 아버지가 들어 있는 유골함을 넣은 가방이 점차 무겁게 느껴졌다. 사람의 무게일까. 살아온 인생의 무게일까.

근육을 쓰고 땀이 나니 의식이 또렷해진다.

아버지의 사인은 교통사고라고 했다. 장소는 의정부의 한 차도 위다. 먼저 SUV 승용차 한 대가 길을 건너던 기해의 아버지를 치었고, 튕겨 나간 아버지는 또 한 번 맞은편에서 오는 2001년식 소나타 바퀴에 끼어 3미터를 끌려갔다고 한다. 사진 속에는 아버지가 입었던 바지와 코트에 선명한 타이어 자국이 보였다. 경찰은 사고 현장의 사진을 몇 장 보여줬다.

그녀의 아버지가 남긴 것 중에 낯익은 것은 그의 얼굴뿐이다.

주민등록상 나이로 올해 58세가 된 기해의 아버지는 15년 전, 당시 대학교 1학년이었던 그녀가 기억하던 모습보다 더 나이가 들어 보였다. 그가 입고 있던 겨울 정장 바지와 올이 몇 개 빠진 낡은 싸구려 스웨터도, 차고 있던 초 단위까지 나타내는 카시오 전자 손목시계도, 쓰고 있던 다리가 낡아 부러진 뿔테 안경도, 모서리가 낡아 해진 갈색 가죽 가방도 모두 처음 본 것이었다.

기해는 그렇게 15년 만에 아버지를 다시 만났다. 차가운 시신으로.

아버지가 사고를 당한 시각은 밤 11시 반이라고 했다. 아버지는 무단 횡단을 했다.

그녀가 기억하는 아버지는 준법정신이 남달랐다. 차 운전

할 때도 새치기한 적 한 번 없고, 기해가 무단 횡단을 하려고
치면 엄격하게 혼내곤 했다.

순간 두려움이 날카롭게 가슴을 찔렀다.

'벌써 15년 전 일이야. 사람은 변해.'

기해는 이상한 기분을 떨쳐내며 가방에서 물을 꺼내 마셨
다.

정상이 코앞이었다. 그녀는 오래 지체하지 않고 또다시 발
걸음을 옮겼다. 위에서 핸드폰으로 통화를 하는 50대 아저씨
가 내려온다.

맞다. 핸드폰.

아버지의 물품 중에 핸드폰이 없었다.

기해는 자꾸만 아버지의 죽음에 이상한 점을 발견해 내고
있었다.

'신경이 예민해진 거야. 그래, 핸드폰이야 사고가 났을 때
어디론가 튕겨 날아갔을지도 몰라. 아니면 바퀴 같은 데 끼어
서 부서졌을지도 모르고, 아니면 혹시 핸드폰을 발견한 누군
가가 주워서 중고나라 같은 데 팔았을지도 몰라.'

의심이 이리저리 별처럼 떠오르는 걸 간신히 누르며 정상
에 올랐다. 푸른 하늘 밑으로 작은 아파트들이 솟아 있는 풍
경이 한눈에 들어왔다. 시원한 바람이 그녀의 몸을 훑었다.
목덜미가 식었다.

그녀는 가방에서 유골함을 꺼냈다. 한 줌 쥔 유골 가루는 부

드럽고, 따뜻하다. 주먹 쥔 손을 펴자 하얀 뼛가루가 공중에 날린다. 불투명한 흰 선들이 점이 되고 흐려지더니 사라진다.

사람은 결국 자연으로 돌아간다. 다른 모습으로 와서 같은 모습으로 돌아간다.

무책임하게 가족을 버린 인간 따위 어떻게 죽었는지 알게 뭐람. 그래도 이렇게 장례식까지 치러줬으면 혈육에 대한 예의는 지킨 거다.

'그래, 그거면 됐어.'

문득 기해는 한 번도 울지 않았다는 사실이 떠올랐다.

집으로 돌아가는 버스 안에서 핸드폰을 켜니 안부 문자가 여럿 와 있었다. 조문. 애도. 슬픔. 응원. 위로. 어떤 문자를 읽어도 아무것도 느낄 수 없었다. 그저 허기가 질 뿐이다. 인간이란 남의 죽음보다 자신의 배고픔이 먼저인 동물일까.

버스에서 내려 집으로 돌아가기 전에 근처 분식집에 들렀다. 뜨겁고 매콤한 라면 국물이 목구멍을 찌르고 넘어가니 몸에 온기가 돌았다.

기해가 사는 집은 청파동에 있다. 상당히 가파른 언덕을 감수하면 위치가 좋다. 대출 받아 꽤 큰 금액의 이자를 내야 하지만 요즘 세상에 대출 없는 사람은 없다. 복도식으로 된 4층 원룸. 다행히 엘리베이터까지 있다. 그녀의 집은 2층 두 번째 집이다. 앞집과 마주 보고 있어 앞집 문이 열려 있으면

훤히 들여다보이기도 한다.

기해는 집 번호 키를 누르고 집 안으로 들어가 불을 켠다. 회색 톤의 커튼, 먼지 하나 없는 방바닥. 냉장고에 일렬로 세워 놓은 음료들. 기해는 스트레스가 쌓이면 날 잡고 청소를 한다.

가방을 내려놓고 바닥에 주저앉았다. 긴 3일이었다. 눈을 감았으나 잠이 오질 않아 방명록을 체크하고 돈봉투를 정리했다. 봉투 한 개가 두꺼웠다. 앞뒤를 살폈지만 이름이 적혀 있지 않았다.

'누구지?'

방명록을 체크해 보았더니 다녀간 사람이 스무 명. 돈봉투는 스물한 개였다. 봉투의 겉면 앞뒤 모두 아무 이름도 적혀 있지 않다. 그녀가 없을 때 다녀갔다는 아버지의 친구일까. 그녀는 봉투를 열었다. 10만 원짜리 수표가 열 장이 들어 있었다.

조의금치고 큰돈이었다.

3

죽은 아버지에게서 우편물이 왔다.

장례식을 마치고 난 다음 날인 10월 1일, 오전에 한바탕 일 처리를 하고 늦은 점심으로 샌드위치를 구겨 넣던 오후 3시경이었다.

우편물은 택배로 도착했다. 보내는 이는 이제구. 보낸 날짜는 9월 28일. 보낸 곳은 의정부의 한 편의점. 받는 이에는 '이기해. 중구센터 팀장님 앞'이라고 정확히 쓰여 있었다.

'내가 있는 곳을 언제부터 어떻게 알고 있던 걸까.'

기해는 마른세수를 하고 한숨을 후 내쉬었다.

대체 죽은 아버지는 왜 이런 것을 보냈단 말인가.

그녀가 우편봉투를 흔들어 보자 가볍고 딱딱한 것이 들어 있다. 기해는 자신도 모르게 주의를 살폈다. 30평 정도의 사무실. 채광이 좋은 사무실 밖으로는 앙상한 나뭇가지들이 보였다. 파티션이 쳐 있는 사무실에서 여섯 명의 직원들 중 세 명이 외근을 나갔고 나머지 세 명은 전화를 받거나 문서작업을 하는 등 바빠 보였다.

그녀는 마른침을 삼켰다.

15년 전 기해가 기억하는 아버지는 연구원이었다. 아침 일찍 나가 밤늦게 들어오거나 어떤 연구 프로젝트에 뛰어들면 한두 달 집을 비우기 일쑤였다. 10대 때까지는 아버지가 하는 일이 정확히 무엇인지도 알지 못하고 아버지의 직업란에 사무직이라는 글자를 써 가곤 했다. 아버지가 집을 떠나고는 그의 일에 대해 궁금하지도 않았다.

기해의 기억 속에 마지막 아버지의 모습은 15년 전 집 앞 골목이었다. 엄마가 루게릭병 진단을 받고 1년 후 즈음이었다. 루게릭병은 발병 후 결국 호흡근 마비로 수년 내 사망에 이르게 되는 치명적인 질환이다. 병을 진단받은 사람들이 대부분 2, 3년 안에 사망한다. 엄마는 특히 혀 근육이 부분적으로 수축하여 식사를 할 때 사레가 들리거나 기침을 해서 제대로 먹지도 못했다. 가로막이 약해 누우면 호흡곤란이 심해져 눕지도 못하는 상태였다. 치료제라고 해도 완치 약물은 없었고, 질병의 진행을 늦추어 생존 기간을 연장하는 정도다. 엄마는 치료를 거부하고 집에서 고통스럽게 죽어갔다.

15년 전 그날의 골목은 기해의 머릿속에 사진처럼 정확하게 남아 있다.

어둑한 가로등 밑, 집 앞, 깨진 아스팔트, 곳곳에 쓰레기들과 부서진 가구들이 늘어서 있던 좁은 골목이었다. 가로등 불빛에 음영이 굴곡져 아버지의 얼굴은 음산해 보였다. 볼은 칼자국이 난 것처럼 움푹 파였고, 눈동자는 붉게 충혈되었으며, 마른 어깨는 딱딱하게 굳어 있었다. 아버지는 마지막으로 기해를 보면서 말했다.

"고개 들어라. 어깨 펴고."

개소리.

가족을 버리면서 하는 말이라니, 제정신이 아니라고 생각했다.

더 이상 우릴 사랑하는 게 아니겠지. 이 구질구질한 일상에서 혼자 탈출하고 싶었겠지. 어쩌면 어딘가 숨겨 놓은 여자에게 가는 것일지도 몰라.

기해의 아버지는 그녀에게 통장을 건네고 좁은 골목 끝으로 멀어져 갔다. 그녀는 차마 아버지를 부를 수 없었다. 그의 등을 노려보며 머릿속으로 앞으로의 생활비, 학비, 엄마의 치료는 어떻게 할까 계획을 세우고 있었다. 그가 사라지고 난 후 통장을 열어보니 그 안에는 큰 숫자라고 할 수 없는 금액, 5백만 원이 들어 있었다.

'이 돈으로 우린 얼마나 버틸 수 있을까.'

과외를 늘려야겠다. 그리고 장학금을 받아야겠다. 연애는 하되 결혼은 절대 하지 말아야겠다.

그녀의 머릿속에서 동시다발적 시스템이 저절로 작동되었다. 막 스무 살이 된 기해는 눈물을 흘리는 대신 어금니를 꽉 깨물고 주먹을 움켜쥐었다.

그러곤 아버지를 등지고 다시 어둠 속으로 들어갔다.

낡은 초록 대문을 열고 들어가면 지하방으로 통하는 세 개의 계단이 있다. 그 문 안에 엄마라는 신분을 지닌 마흔세 살의 여자가 돌처럼 앉아 있었다. 루게릭병에 걸려 굳어가던 여자. 기해의 엄마였다. 그 시절 기해는 지나가는 구급차만 봐도 가슴이 떨렸다. 그 구급차가 그녀의 집으로 가는 건 아닐까 집으로 달려가기도 했다. 엄마는 아버지가 떠난 후 2년 후에 죽었다.

기해는 카디건을 벗고 서둘러 우편봉투를 열었다. 봉투 안에는 낡은 구형 차 열쇠와 사진 한 장, 보관함 영수증이 들어 있었다.

사진 속 배경은 그때 살던 집 근처 놀이공원이었고, 어린 기해가 강아지를 안고 있었다. 앞뒤를 살펴봐도 다른 문구는 없었다. 우리 딸, 그동안 잘 있었니, 연락 못 해 미안하다. 같은 인사는 기대도 하지 않지만, 이 뜬금없는 수수께끼는 뭘까.

기해는 다음으로 봉투에 함께 들어 있던 영수증을 살폈다.

어딘가의 보관함 영수증 같다. 영수증에는 의정부역. 16번. 날짜는 9월 28일. 오후 11시라고 쓰여 있었다. 아버지가 사고를 당하기 30분 전이다.

잊자. 나랑은 상관없는 사람이야. 이미 죽은 사람.

열쇠와 쪽지, 영수증을 봉투에 넣어 둘둘 말아 서랍 안에 넣고 닫아버렸다.

기해는 진한 커피를 타서 마시고 업무에 집중했다. 곧 있을 행사 준비를 하고, 업무 보고를 받았다. 카톡으로 피드백을 주고받고 그녀의 시간은 금방 지나갔다. 정신을 차려보니 모두가 퇴근하고 기해 혼자 남아 있었다.

시간은 벌써 8시. 마지막 메일까지 보내놓고 노트북을 닫았다.

누굴 만나지? 저녁은 또 혼밥을 해야 할까.

연애를 안 한 지 4년이 넘었다. 일부러 안 하려는 건 아니다. 가끔 소개팅을 하거나 하면 상대를 위해 머리하고 화장하고 옷을 사 입는 게 시간 낭비라는 생각이 들었다. 그렇게 만나서 영화를 보거나 밥을 먹는다. 그 두 가지는 혼자도 할 수 있다. 대화는 페이스북에서 페친과 나눈다. 깊이 없는 대화일지도 모르지만 실제로 만난 사람과도 얼마나 깊은 대화를 나눌 수 있을까. 그 시간에 침대에 누워 OTT 드라마를 보는 쪽이 더 편하게 느껴진다. 변화가 필요하다고 느끼긴 하지만 익숙해졌다. 이렇게 늙어 고독사를 하면 어쩌나, 걱정하기도 한다. 욕조에서 미끄러져 허리가 삐끗해서 큰일 날 뻔한 적도 있었다. 겨울이었다면 욕조 안에서 저체온증으로 죽었을지도 모른다. 하지만 일도 피곤하고 에너지가 드는데 새로운 사람에게 또 에너지를 쓸 여유가 없다.

재깍재깍.

시계 소리가 귓가에 들려왔다. 그리고 아버지의 카시오 손목시계가 떠올랐다.

기해는 서랍을 열었다. 낮에 둘둘 말았던 봉투를 내려다보았다. 순간 두려움이 그녀를 스치고 지나갔다. 심장이 가슴을 치며 뛰기 시작했다.

기해는 잠시 고민하다 코트와 목도리를 들고 일어섰다.

의정부.

그곳에 뭐가 있든 없든 기해는 아버지의 마지막 날인 9월 28일이 궁금해졌다.

4

도봉서 내에서는 이번 살인사건을 공개수사로 전환하기로 했다. 단서를 찾지 못한 채 시간만 보내는 것보다는 용의자의 실루엣이라도 공개하는 게 범인 검거에 도움이 된다고 판단했기 때문이다.

아파트 CCTV에 찍힌 용의자의 사진 또한 공개되었지만 검거에 도움될 만한 제보는 없었다. 뉴스에는 구체적인 살해 방법이나 흉기는 나오지 않았고 아파트에서 이 모 씨가 끔찍하게 살해되었다고 보도되며 일명 '골절 살인사건'으로 불렸다. 추가로 피해자 이철민의 신원이 알려지면서 오히려 잘 죽었다는 반응이 나오고 있으며 이철민의 모친이 학대당한 사실이 드러나자 범인을 옹호하는 의견들이 SNS를 도배했다. 모든 것이 불확실한 가운데 매일 TV 뉴스는 골절 살인사건에 대해 보도하고 있었다. 그러던 와중 또 다른 시체가 발견되었다.

이철민의 시체가 발견된 지 3일 후인 10월 4일이었다.

상암동의 한 오피스텔에서 심한 악취가 난다는 주민의 신고를 받고 경비원이 문을 열었다. 오피스텔의 거주자 이름은 최수지였고 경비원이 전화를 했지만 연락이 되지 않은 상태였다. 서늘한 기운이 오피스텔 실내에서부터 번져 나왔다. 경비원이 안으로 들어가자 한 남자가 욕실에 쓰러져 입을 벌린 채 죽어 있었다. 팔다리가 여기저기 꺾여 기이한 모습이었다.

관할서인 마포서의 박태형 형사와 한치승 형사가 출동했다. 그 남자의 신원을 조사한 결과, 거주지는 상암동에서 떨어진 아파트였고, 그 아파트에 최수지가 감금되어 있었다. 남자의 시체와 용의자를 확인한 마포서 박태영 형사는 양현묵에게 전화해 만나자는 요청을 했다. 박 형사는 현묵의 후배였다.

마포서 박태영 형사는 먼저 와 있었다. M 삼계탕집. 둘이 가끔 가던 식당이다.

현묵이 식당 안으로 들어서자 먼저 와서 기다리고 있던 박형사는 단발머리를 흔들면서 알은척을 했다. 어깨까지 오던 머리를 짧게 잘랐다. 단발이 작은 체구에 잘 어울렸다. 서른여섯이라는 나이보다는 어려 보였지만 못 본 사이에 눈가에 옅은 주름과 기미가 보였다.

"어머님은 좀 어떠세요?"

박 형사는 컵에 물을 따라 현묵 앞에 내밀었다. 왼손 약지에는 반지가 빛났다.

"그럭저럭."

엄마의 상태를 털어놓는 것만큼은 하지 않고 싶었다.

"저 그거 기억나요. 늘 멋진 옷을 입고 내어주시는 밥이랑 반찬도 근사했던 거."

둘 사이에 펄펄 연기를 내뿜는 삼계탕이 놓였다. 구수한 냄새가 식욕을 돌게 했다. 두 사람은 말없이 삼계탕을 입으로 가져갔다.

아무 생각 없이 걱정 없이 이렇게 살면 얼마나 좋을까.

박 형사는 현묵과 함께 일하다 2년 전 마포서로 발령이 났다. 여자임에도 불구하고 강력계에서 제 몫을 해냈다. 매일 잠복을 하고 밤을 새운 전우였다. 한때는 그녀를 여자로 생각하기도 했었다. 술을 먹고 울분을 토하거나 함께 일했던 동료가 죽었을 때. 서로의 어깨를 맞대고 눈물 콧물을 흘리다가 잠시 눈이 마주쳤을 때. 둘의 심장이 동시에 두근거렸던 때. 서로의 체취에 끌렸던 때. 박태영의 갈색 눈동자를 보니 3년 전 가로등 불 아래서의 그때가 생각나 현묵은 고개를 저었다.

'지금 나에게 연애는 사치, 결혼은 불가능이다.'

누가 자신의 위치를 이해해 줄까. 엄마의 병간호라는 짐을 지어줄 수도 없다. 형사라는 직업도 불규칙하지만 돌봐야 할 사람 또한 있다. 집도 없다. 간병인의 월급으로 한 달에 월급의 반을 지출한다.

인생이 어디서부터 잘못되었는지 짐작도 할 수 없다. 어릴 적 부모가 돌봐주고 먹여 주었으니 나이 들면 역할을 바꿔서 돌봐주고 먹여 주는 것이 당연한 것 아닌가. 그런데 왜 힘들어하나.

현묵은 아직도 자신이 행복하면 모두가 행복하다는 요즘

사고를 받아들이기 힘들었다. 돈이 부족한 모두는 판타지를 꿈꾼다.

삼계탕을 다 비우고 현묵은 미뤄두었던 말을 꺼냈다.

"아버님 일은 유감이다."

몇 달 전 박 형사의 아버지가 돌아가셨다. 자살이라 들었다.

"75세이니까. 대한민국 남자 평균 연령은 살다 가신 거예요."

박 형사는 자신의 불행을 가볍게 이야기하는 버릇이 있다.

"그래도 곧 약을 투약할 수 있을 텐데."

현묵은 말했다.

"아버지는 젊어지기 싫어했어요. 열심히 최선을 다해서 이만큼 살았는데 또다시 젊은 날로 돌아가야 한다니 몸서리치게 싫다고. 연금도 나오고 편한 노후를 사는구나 싶었는데 또 일을 해야 한다니. 노화종말법에 반대했고 집회도 참여하고 그랬어요. 늙지 않는 사회가 오면, 그때는 노인이 아닌 다른 집단이 약자가 될 거라고요."

박 형사는 말하면서 눈길은 컵을 만지작거리는 손에 가 있다.

"어머님은 약에 대해 어떻게 생각하세요?"

박 형사가 물었다.

"맞고 싶어 하시지. 근데 치매 때문에 어찌 될지 모르겠어. 그때 판정에 따라 달라지지만 중증질환이면 제외지. 그래서 지금 치료도 받고 있는데 별로 희망은 없는 거 같아."

현묵은 최대한 감정이 드러나지 않게 대답했다.

"그것도 불공평해요. 늙으면 다 똑같이 젊어지는 것도 아
니고 건강한 노인만 젊어지게 한다는 것. 말로는 지병이 있으
면 약효가 반응하지 않다고 하지만, 증명된 건 아무것도 없
잖아요."

노화종말법에 사용되는 신약, 텔로프록산은 이미 임상시
험도 마치고 FDA승인도 났다고 한다. 이 분야 최고의 회춘
기술자, 연구자들이 개발해 낸 약이라고 했다. 부작용에서 백
퍼센트 안전하며 남녀노소 모두가 행복해질 수 있는 마법의
약처럼 소개해 기대감을 높였다.

그러나 박 형사 말이 맞다. 약을 투약하기 전이기에 어떤
문제가 벌어질지 모른다.

그럼에도 불구하고 이 말도 안 되는 법이 국회의원 10인의
법안 제출부터 상임위와 법사위 의결을 통과해 본회의에 올
랐다. 그 후 재적의원 과반수가 찬성하고 대통령이 법안을 검
토 후 공포까지 6개월도 채 걸리지 않았다.

둘 사이 잠시 침묵이 흘렀다.

"결혼 생활은 할 만하고?"

"좋아요. 아무래도 혼자 밥 먹는 게 싫었는데 누군가 있으
니까 좋죠."

박 형사의 얼굴에 미소가 떠올랐다.

현묵은 박 형사가 말은 그렇게 해도 심적으로 안정된 것처럼 보여 좋았다. 자신이 해줄 수 없던 결혼. 박 형사가 결혼하자고 했을 때 아무 대답을 할 수 없었던 현묵.

노화종말법이 몇 년만 빨리 나왔다면, 현묵은 부양의 짐을 벗고, 그녀는 현묵과 결혼했을까.

"제가 오늘 만나자고 한 이유를 말할게요."

박 형사가 자세를 고쳐 앉았다. 현묵은 물을 삼키고 고개를 끄덕였다.

"저희 쪽 관할에서 얼마 전 살인사건이 벌어졌어요."

박 형사는 가방 속 태블릿을 꺼냈다.

"이름, 박영빈. 나이 34세. 사건 일시는 10월 4일 오후 11시. 상암동에 있는 K 오피스텔에서 사망했어요. 사인은 척추골절에 의한 호흡곤란. 박영빈의 몸에서 부러진 뼈만 열세 군데. 아래턱뼈, 빗장뼈, 갈비뼈 양쪽, 어깨뼈, 엉덩이뼈, 양쪽 자뼈, 양쪽 노뼈, 무릎뼈, 목말뼈, 마지막으로 척추골절. 경추 4, 5번 손상에 따른 호흡곤란으로 사망까지."

박 형사의 말에 현묵의 심장이 뛰기 시작했다.

"정확히 부러진 데가 열세 군데라고? 확실해?"

박 형사는 현묵의 눈을 응시하고 고개를 끄덕였다.

"죽은 박영빈에 대해 조사하다 보니까 정말 최악이더라고요."

현묵의 눈앞으로 죽은 이철민의 두꺼운 낯짝이 떠올랐다

사라졌다.

"전과 4범인데, 투자 사기에 불법 리벤지 포르노 유포에 불법 사이트 운영까지 해왔더라구요. 죽은 박영빈은 여자 친구였던 최수지를 자기 집 안에 가두고 미리 준비한 케이블 타이로 손발을 결박하고 때렸어요. 그리고 최수지네 오피스텔로 가서 그녀의 물건들을 뒤지다가 당한 거 같고, 최수지는 그 사이 도망쳤다고 하더라고요. 박영빈이 죽었다는 소식을 듣고 안도했다고 하는군요. 박영빈이 안 죽었으면 최수지가 죽었을 테니까요."

박 형사의 눈썹이 올라간다. 화를 참을 때, 혹은 욕이 튀어나오기 직전에 하는 버릇이다.

"여자 친구가 사주했거나 한패인 가능성은?"

"여자 친구 주변 다 조사했는데 아니에요."

현묵이 박 형사에게 넘겨받은 박영빈의 이력을 살피는데 한숨이 터져 나왔다.

폭력, 데이트 폭력, 강간, 상해 등 주로 약자를 대상으로 한 범죄를 저질러왔다.

"집에서도 고개를 절레절레하더라고요. 부모가 돈이 조금 있는데… 돈 해달라고 명절 때 칼부림 내고 그랬대요. 아들이 죽었다니까 부모랑 누나가 안도의 한숨을 내쉬더라니까요. 박영빈의 거주지에 가보니까 이번엔 투자 사기를 칠 계획이 있었는지 가짜 자료들이 한가득 있었어요."

박 형사가 고개를 저으면서 한숨을 내쉬었다.

"용의자는 특정했고?"

현묵의 질문에 박 형사가 CCTV 사진을 보여준다.

"이 사건 용의자예요. 다행히 오피스텔 복도 CCTV가 고화질이라 제법 또렷하게 찍혔어요. 보통 키에 호리호리한 체형, 갸름한 얼굴에 오뚝한 코, 검은 모자. 나이는 2, 30대. 3D 시뮬레이션을 통해 산출한 키는 178센티로 추정돼요."

박 형사의 눈빛이 현묵의 안색을 살핀다. 현묵의 눈이 이글거렸다.

"흉기는?"

"뚜렷한 흉기가 없어요. 부검의 말로는 얼마 전에 이런 비슷한 시체가 들어왔다고 하던데. 선배네 쪽에서요."

현묵의 가슴이 뛰었다.

3일 간격으로 벌어진 두 개의 살인사건. 흉기가 없고, 범행 수법도 똑같고, 용의자의 인상착의도 비슷하다. 현재 도봉서 강력팀은 이철민 살인사건 수사에선 용의자의 흐릿한 외모뿐, 아무것도 얻어내지 못했다.

"우연일 수도 있어."

"우연이 아닌 연쇄살인일 수도 있죠."

현묵은 박 형사의 눈을 쳐다보았다. 반짝하고 빛났다. 그녀가 일에 빠졌을 때 짓는 표정이었다.

"범인은 왜 열세 군데나 부러뜨렸을까요? 죽인다면 더 간단한 방법을 쓰면 되잖아요. 이건 분명 메시지를 보내고 있는 거예요."

"어떤 메시지?"

"그건 아직 모르겠지만, 이렇게 번거로운 방식을 택한 이유가 분명히 있을 거예요."

"사실 나도 그렇게 생각해. 그러니까 무엇보다 범인을 빨리 잡는 게 중요해. 메시지를 보내는 거라면 세 번째 희생자가 생기지 말란 법도 없으니까."

현묵의 말에 박 형사가 고개를 무겁게 끄덕였다.

"만약 두 사건이 연쇄살인이라고 가정했을 때, 이철민과 박영빈 사이의 공통점을 찾는다면 범인을 잡을 확률은 커져요."

현묵은 몸을 일으키면서 박 형사에게 박영빈의 사건기록과 신상기록을 넘겨달라고 말했다.

"고맙다."

박 형사의 입꼬리에 미소가 걸렸다.

"선배, 그럼 나 빚 갚은 거예요?"

빚이란 무엇을 말하는 걸까.

현장에서 현묵이 그녀의 목숨을 구해 준 일?

아니면 현묵을 떠난 후 다른 사람과 결혼한 일?

현묵은 이미 계산을 끝내고 멀어져 가는 박 형사의 뒷모습을 바라보았다.

5

1호선 의정부역에 내렸다. 기해의 목 안으로 찬 바람이 불어왔다. 지하철역 시계를 보니 벌써 10시가 가까웠다. 퇴근 시간이 지나서인지 종점에 가까워서인지 역사에는 사람이 얼마 없었다.

그녀가 의정부역에 온 건 몇 년 만인지 기억도 나지 않는다. 아버지의 사고 현장이 의정부 근처인 것은 알았지만 사진으로만 봤을 뿐이었다. 보관함이 어디 있는지 두리번거렸다.

개찰구로 나오자 왼편에 보관함이 보였다. 번호는 16번. 뒤에 오던 남학생과 여자 직장인이 그녀를 스쳐 지났다. 전철이 도착하고 1분이 지나자 밀물처럼 빠져나간 역 안에는 아무도 없었다. 주머니에 번호표를 확인했다. 찾음 버튼을 눌렀다. 비밀번호 네 자리를 누르라는 안내 말이 나왔다. 기해는 자신의 생일을 눌렀다. 비밀번호가 틀렸다고 나왔다. 이번엔 아버지의 생일과 엄마의 생일을 연달아 눌렀다. 마찬가지로 비밀번호가 틀렸다고 나왔다.

어떤 숫자를 누를까 생각하다가 우편봉투 안에 열쇠, 영수증과 함께 들어 있던 사진이 떠올랐다. 사진 속 강아지의 이름은 사랑이. 사랑이는 기해가 절대 잊지 못할 친구이자 반려견이었다. 기해가 열두 살이 되던 해 거리에서 주운 새끼 강아지였다. 검은 얼룩이 섞여 있는 믹스견으로 뒤쪽 다리 하나가 어딘가에 찍혀서 움직이지 못했다. 기해가 안아서 집까지 데려왔고 엄마는 못 키운다면서 도로 두고 오라고 했는데 아버지가 오늘을 생일로 해주자고 했다. 그 날짜를 기해는 명확하게 기억하고 있었다. 7월 12일. 참으로 더운 복날이었다.

기해는 사랑이의 생일, 0712를 한 개씩 눌렀다. 뒤통수가 찌릿한 느낌에 슬쩍 뒤를 돌아보았더니 검정 야구 모자를 쓴 20대 남자가 공용화장실 안으로 들어가는 모습이 보였다. 야구 모자 가운데 영어 대문자 N이 보였다. 기해는 어깨를 움츠렸다.

그냥 지나가는 사람이야.

왜 이렇게 긴장하는 거야? 이기해?

진정하자, 진정…. 단지 아버지가 남긴 물건을 찾는 것뿐이야.

맞아. 근데 아버지는 죽었어.

사고잖아.

만약 사고가 아니라면?

갑자기 공포가 그녀를 엄습했다.

아니야. 별거 아닐 거다. 그것을 확인해야 한다.

0712를 입력하니 '비밀번호가 틀렸습니다'라고 나온다.

이게 아닌가. 분명 7월 12일이 맞는데…. 더 이상 입력할 숫자도 없고, 사진을 보낸 것은 뭔가의 힌트라고 생각했는데 틀린 걸까?

기해의 아버지 이제구는 그녀에게 무엇을 이야기하고 싶었던 걸까.

늘 밖으로 나돌았던 아버지. 연구원이라 연구를 한다는 핑계로 집에는 거의 들어오지 않았다. 가끔 프로젝트가 끝나면 녹초가 되어서 집으로 돌아왔다. 그때 손에 들고 있던 통닭. 아버지는 쉬는 날엔 물먹은 솜처럼 누워 잠만 잤다. 밀린 잠을 자는 곰처럼. 기해와 엄마는 아버지를 깨우지 않도록 조심조심했다. 그러다 아버지가 잠에서 깨면 기해를 불렀다. 퀴즈 몇 개를 주고 풀도록 했고 또다시 잠을 잤다. 퀴즈를 다 풀면 아버지에게 다가가 "퀴즈 다 풀었어요" 했지만 이미 잊어버린 얼굴이었다.

그때 아버지가 내주던 퀴즈는 거꾸로 퀴즈였다. 거울에 비칠 때 진짜 글자가 나오도록 하는 암호를 보고 사건의 진실을 알아맞히는 퀴즈 같은 거였다.

'거꾸로.'

기해는 사랑이 생일 0712를 거꾸로 해보았다. 2170.

숫자 2170을 다시 눌렀다. 철컥하고 16번 보관함 문이 열렸다.

"후우—."

기해는 심호흡을 하고 보관함 문을 열어 안으로 고개를 밀어 넣었다. 안에는 검지만 한, 빨간 USB 하나가 들어 있었다. 돈이나 편지나 유품 같은 것은 없이 달랑 USB 하나다.

'참, 아버지답네.'

기해가 손을 뻗어 USB를 집었다.

뭘까. 이 안에 무엇이 있기에 아버지는 수수께끼 비밀번호까지 설정해 가면서 그녀에게 넘긴 걸까.

기해는 USB를 주머니에 넣고 지하철 밖으로 나왔다. 찬바람이 훅 하고 그녀의 땀을 식혀주었다. 볼이 따가울 정도의 찬 바람. 의정부 거리는 퇴색된 간판과 새로운 간판이 뒤섞여 쇠퇴한 마을 같이 보였다.

그녀는 주머니 안에 USB를 확인하고 싶은 마음에 주변을 둘러보았다. 건너편 2층에 PC방이 보였다. 길을 건너 PC방이 있는 건물로 들어갔다. 낮은 계단을 걸어 올라가 유행하는 게임 간판이 걸린 PC방 안으로 들어갔다. PC방 안은 쿰쿰한 냄새와 함께 담배 냄새가 뒤섞였다. PC방을 오지 않은지 10년은 넘은 거 같아 시스템을 몰라 두리번거렸다. 40평 가까이 되는 PC방은 손님이 두세 명 정도만 보였을 뿐 한산했다. 아르바이트생으로 보이는 남학생이 기해에게 카드를 준다. 그녀는 카드를 받아 구석 자리에 앉았다. 자리에 앉아 컴퓨터를 켜고 USB를 연결했다. 기해는 궁금함에 목이 말라왔다.

마우스로 연결된 프로그램을 클릭하니 비밀번호 입력란이 나왔다.

아…!

그녀는 자기도 모르게 손바닥으로 머리를 두드렸다.

보관함 비번도 겨우 풀었는데….

기해는 조심스럽게 또 한 번 사랑이의 생일, 아버지 생일, 엄마 생일, 그녀의 생일, 전화번호 몇 가지를 다 조합해 숫자를 바꿔 눌러보았지만, USB는 열리지 않았다. 눈을 감고 고개를 뒤로 젖혔다. 의자를 뒤로 밀었다. USB를 다시 분리해 핸드백이 아닌 코트 주머니에 넣고 밖으로 나왔다.

찬 바람이 얼굴을 두드렸다. 기해는 아버지가 사고를 당한 곳으로 걸었다. 양쪽 2차선 도로로 주변에 건물은 보이지 않았다. 멀리 택시 정류소와 건너편 버스 정류장. 50미터 앞에는 횡단보도가 보였다. 기해는 사진으로만 보던 곳에 와 있다. 바로 아버지의 사고 현장이다. 바닥에는 하얀 마커로 이곳저곳 표시가 남아 있다. 검은 아스팔트에 거뭇한 자국이 눈에 들어왔다. 아버지의 혈액일까.

기해가 서 있던 10분 동안 그녀를 스쳐 지나간 차는 단 두 대였다.

'이상하다.'

현장에 온 기해는 고개를 갸웃거렸다. 첫째로 이곳은 차가 많이 지나다니지 않는 곳이다. 그런데 이런 곳에서 아버지는 양쪽에서 달려오는 차량 두 대에 연속으로 치였다. 그리고 두 번째, 가까이에 횡단보도가 두 개나 보였다. 물론 둘 다 점멸 신호등이 달린 횡단보도였지만, 굳이 아버지는 왜 몇 미터 앞

횡단보도를 두고 이곳으로 건넜을까.

15년 전까지 늘 준법정신을 잘 지키던 아버지의 성격을 떠올리면 이해할 수 없었다. 어릴 적 엄마, 아버지와 그녀가 소풍을 가면 쓰레기를 다 가져오고 그것도 모자라 눈에 보이는 쓰레기까지도 그냥 두고 오지 못해 다 주워 온 기억이 있다.

아버지를 사고로 친 두 사람은 기해에게 합의를 하러 왔고, 그녀는 합의에 관심이 없었다. 돈이 있으면 좋겠지만, 아버지의 죽음으로 얻는 돈이라면 없어도 된다. 기해는 합의를 거절했고 그들은 현재 재판에 넘어간 상태다. 담당 교통과 형사 말로는 시간이 걸리는 사안이라고 했다. 둘 다 음주 운전도 아니었고, 아버지가 당시 검은 옷을 입고 있었고 무단횡단이었기 때문에 아버지 쪽 과실도 있다고 했다. 가해자 쪽에서는 보험이 들어 있어 보험사에서 일을 처리할 거라는 말만 전해 들었다. 그녀는 담당 형사에게 합의 의사 없다는 말만 남겼다.

사람 목숨을 돈으로 환산할 수 있다. 60대 이상이면 보상금이 적다. 좋은 회사라면 보상금이 크고 직업이 좋지 않을수록 보상이 적어진다.

'내가 죽으면 얼마일까.'

코끝이 시려 주머니에 손을 넣었다. 기해의 핸드폰 진동이 울렸다. 카톡 내용을 확인해 보니 내일 있을 일에 대해 몇 가지 확인사항을 체크해 달라는 것이었다. 기해는 카카오톡을 확인하고 고개를 들었다. 그러다 다시 손에 쥔 핸드폰으로 시선을 돌렸다.

핸드폰.

경찰에서는 처음부터 현장에 아버지의 핸드폰이 없었다고 했다. 어쩌면 사고가 나면서 어디론가 튕겨 나갔을지도 모른다고 했다.

아버지가 죽던 사고 현장은 가로등이 1미터 간격으로 달려 있었다.

컴컴한 밤. 달 주변으로 구름이 싸여 더욱더 어둑하게 느껴졌다. 바람이 불자 어디선가 먼지 냄새가 났다. 그녀는 혹시 모를 핸드폰을 찾아 도로 주변을 살폈다. 하수구 안, 수풀 속, 사고지점에서 부딪쳤을 때 핸드폰이 날아가 도착할 지점들을 체크했다. 핸드폰은 없었다.

바보 같아, 내가 뭘 하는 거지.

기해가 정신을 차려 시간을 보자 벌써 밤 11시가 지나가고 있다.

막차를 놓치면 곤란하다. 그녀는 핸드백을 움켜쥐고서 서둘러 발길을 옮겼다. 그때 뒤에서 지나가는 남자를 보았다.

'어? 의정부역 화장실에서 본 남자야.'

기해는 기억을 떠올려 봤다. 모자 가운데 영어 대문자 N이 인상에 남았기 때문이다. 그때였다. 남자가 기해 옆을 지나치는 듯하더니 그녀의 핸드백을 순식간에 낚아챘다. 기해는 비명을 지르며 뒤따라갔지만 남자는 기해를 밀치고 달아나 버렸다.

눈 깜짝할 사이, 남자는 길을 건너 수풀 속으로 사라졌다. 팔다리가 후들거렸다. 더 쫓아갈 수도 있었지만 다리에 힘이 풀렸다. 기해는 그대로 핸드백을 뺏겨 버렸다.

'저 남자는 언제부터 내 뒤를 따라온 걸까.'

지갑 안에 현금은 없고 카드 몇 장과 신분증, 명함이 들어 있다. 핸드백 안에는 화장품 정도. 다행히 손에 든 핸드폰을 확인하고 코트 주머니 속에 넣었다. 소매치기라니, 살면서 처음 당하는 일이다. 두려움이 가라앉지 않고 울렁였다.

기해는 그대로 근처 경찰서를 찾아가 도난신고를 했다. 심장이 방망이질 쳤다.

"여기 서류 작성 좀 해주세요."

40대로 보이는 남자 경찰이 기해에게 서류를 내밀었다.

"뭐 또 잃어버리신 건 없고요?"

경찰이 말했다.

"훔쳐 간 핸드백 안에 지갑이랑 화장품이 들어 있었어요."

"인상착의는 기억하십니까?"

"2, 30대 남자고 알파벳 N이 새겨진 검은 야구 모자를 썼어요."

기해의 말에 경찰이 메모를 했다.

"이상하네요. 사람도 잘 안 다니고 근처에 은행도 없고, 한

산하고 도망치기도 쉽지 않아서 소매치기하기에 적당한 곳은 아니거든요."

경찰관은 눈을 가늘게 뜨고 그녀를 빤히 바라본다.

"제가 거짓말이라도 했다는 거예요? 주변에 CCTV 확인해 보시면 알 거 아니에요."

"알겠습니다. 일단 돌아가서 기다리세요. 저희가 조사해 보고 연락드릴게요."

"그 사람이 지하철역에서부터 절 따라온 거 같다니까요. 제가 지하철 보관함에서."

기해는 경찰에게 설명하다 떠올랐다. 보관함. 그리고 그 속에 들었던 USB!

코트 주머니에 손을 넣자 USB가 만져졌다. PC방에서 핸드백 안에 넣으려다가 코트 주머니에 그대로 넣었던 게 생각났다.

혹시 그 남자는 이것을 노린 것일까.

지하철 보관함에서 꺼내기를 기다렸다가 PC방에서 내용을 확인하려 했는데 기해가 비밀번호를 열지 못해서 불가했고, 훔치기로 한 것일까?

'설마?'

그녀는 스스로 세운 가설에 고개를 흔들었다.

기해는 경찰서에서 나와 택시를 잡아탔다. 뒷좌석에서 온몸이 무너져 내렸다. 따뜻한 공기가 몸을 녹였다. 눈꺼풀이 자꾸만 내려왔다. 기해는 손안에 USB를 꽉 쥔 채 잠시 잠이 들었다.

잠에 빠져 얼마나 지났을까.

택시가 멈춰 선 느낌에 눈을 떴다. 기해는 택시비를 지불하고 택시에서 내렸다.

그녀의 동네 청파동이다. 언제나 같은 풍경이지만 오늘 일도 있어서 기해는 경계태세를 갖추었으나 따라오는 이는 없다. 하지만 불안은 여전했다. 지갑 안 신분증에 이 주소가 나와 있기 때문이다.

'어떡하지?'

날치기범이 지갑을 뒤지고 그 안의 신분증에 있는 주소로 찾아올 일은 없겠지? 하지만 기해는 이 직업을 가지고 나서는 별의별 꼴을 다 봤다.

나쁜 놈들은 늘 예상을 뒤엎고, 창의적으로 나쁜 짓을 꾸준히 한다. 어떻게든 맘만 먹으면 못 하는 짓이 없었다. 나쁜 놈들은 처음부터 존재했던 게 아니다. 나쁜 놈은 누구나 될 수 있다. 생존 본능, 탐욕, 욕망, 질투, 무식, 가난, 분노가 얼마나 무서운 것인지 기해는 잘 안다. 어느 베트남 출신 아내가 글을 알게 된 후 자기 말을 안 듣는다고 기해를 두들겨 패러 온 남자. 그 남자는 어머니에겐 효자 아들이었다. 또 매일 집에서 나와 길에서 자며 몸을 파는 중년 여자. 한때는 단란한 가정을 꿈꾸던 평범한 여자였다. 그뿐만 아니다. 머리를 다친 후 아들을 학교에 보내지 않고 고문하는 가장. 머리를 다치기 전에는 주말마다 아들과 축구를 하던 아버지였다. 소매치기범 또한 누군가에겐 평범한 가족일 테지만 기해의 USB 탈취에 실패한 나쁜 놈일 수도 있다.

'그래, 오늘 밤만 여기서 보내자.'

기해는 집으로 가지 않고 모텔로 갔다. 새벽 1시가 넘어갔다.

밤새 불안해 떠느니 오늘은 여기서 자자. 내일 집 비번을 바꾸거나 열쇠를 바꾸거나 보안장치를 추가하자. 그리고 카드를 정지시켜야지.

모텔 앞에서 한 번 더 고민했다.

'너무 오버하는 거 아닐까.'

'그래도 불안에 떨며 잠 못 자는 거보다는 낫겠지.'

기해는 모텔 안으로 들어가 체크인을 했다.

"혹시 방에 컴퓨터 있나요?"

"게임용 컴퓨터가 있는 방으로 해드릴까요?"

기해가 묻자 모텔 직원이 되물었다.

"네."

다행히 택시비도 모텔비도 핸드폰 속 S 페이로 지불할 수 있었다.

모텔 방 안은 방향제 냄새가 거슬렸지만 정갈했다. 방바닥은 따뜻했고, 먼지도 없었다. 돈이 주는 안락함이었다.

기해는 옷을 벗고 뜨거운 물로 샤워를 했다. 수압이 센 뜨거운 물이 기해의 몸에 닿자 긴장이 풀렸다. 샤워를 마치고 물을 마시고 머리를 말렸다.

책상 위에는 샤워 전에 꺼내 둔 USB가 놓여 있었다.

'오늘 밤은 어떻게든 암호를 풀고 말겠어.'

기해는 어깨까지 오는 머리카락을 묶고 컴퓨터를 켰다.

6

현묵은 마포서 박 형사에게서 받은 자료를 토대로 박영빈에 대한 뒷조사를 시작했다. 정 형사는 이철민과 박영빈의 과거 통화 내역을 추적했고, 현묵은 죽은 두 피해자의 전과기록을 대조했다. 죽은 박영빈의 컴퓨터에서 수많은 노인들의 정보가 나왔고 그가 살던 아파트에서는 여러 투자 사기를 의심케 한 상품들이 박스째 쌓여 있었다.

"이철민하고 박영빈 통화 내역 추적하다가요, 박영빈이 죽기 하루 전인 10월 3일에 죽은 이철민에게 전화를 건 기록이 있습니다. 거기다가 둘이 같은 중학교를 나왔습니다."

"둘이 사기전과 시기가 겹쳐."

이철민의 사기전과 판결문을 뒤져보니 8년 전 한 사건판결문에서 익숙한 이름이 등장했다. 바로 박영빈이었다.

"8년 전 투자 사기사건 기억하냐? 젊음의 물."

2018년. 일명 젊음의 물 투자 사건으로 노년층을 표적으로 한 사기였다.

"네. 그거 되게 큰 사건이라서 뉴스에도 났었잖아요."

현묵의 질문에 정 형사가 대답했다.

8년 전, 서울의 한 사무실에서 매주 투자설명회가 열렸다. 특수 개발된 물을 1년 마시면 세포가 9년 건강해진다, 염색체 양쪽 끝단에 있는 텔로미어 길이를 유지해 세포의 노화를 막는다 주장했다. 그들은 생명수 1리터랑 220만 원에 판매했다. 150억을 주고 후배가 판권을 땄다느니, 국내 텔로미어의 판권은 자신에게 있다느니, 노인들을 설득하면서 물 판매와 동시에 텔로미어 투자를 적극적으로 권했다. 주로 70세 이상의 노년층에게 나스닥 상장 주식 교환권이라 적힌 종이쪽지를 나눠줬다.

그러나 피해자들에게 돌아온 건 건강 악화였다. 물을 마신 노인들은 신장이 망가지고 폐에 염증이 생기고 물이 차기 시작했다. 신장 기능이 정상인의 4%밖에 되지 않았다. 평생 하루에 한 번 투석을 받아야만 살 수 있었다. 이들은 그 후에도 암도 낫는 생수를 팔았고, 규소수, 규산염이 포함된 돌이 든 물이라며 속여 팔기도 했으며 면역에 좋아 감기 걱정 없다고 식약처 허가와 미국 식품의약국 인증마크도 거짓으로 부착했다.

인터넷에 젊음의 물을 검색해 보면 아직 홍보영상들이 남아 있었다.

홍보영상 안에는 50여 명 되는 노인들이 앉아 있었고 그 앞에 넥타이를 맨 50대 사내가 설명을 하고 있었다. 회장님이라고 스스로를 칭했다. 텔로미어의 한국 판권을 자신이 가져왔다면서 의기양양하게 설명했다. 젊음의 물을 마신 사람 전후의 신체 피부 변화 데이터를 대형 화면 위에 띄워놓고 어느 순간에는 전문성을 어느 순간에는 친밀함을 강조했다. 물은 세상 사람들이 먹으니까 이윤이 얼마나 남겠냐며 설득했다. 나중에 밝혀졌지만 남자는 이들 일당이 고용한 연기자였다.

투자 피해자는 약 2천 명으로 사기 금액은 5백억에 달했다. 가족 지인까지 불러들여 피해가 늘어났다. 젊음의 물을 실제로 구매해 직접 복용한 사람들 또한 3백여 명. 그러나 대부분의 피해자가 70대 이상으로 사기를 당했는지도 한참 후에 인지했고, 사기당한 이후에 어떻게 대응해야 하는지 몰라 속앓이만 했다고 했다.

"그럼 이철민과 박영빈이 그 사건 가해자였다는 거네요."

정 형사가 미간을 찌푸렸다.

"총 다섯 명이 처벌을 받았는데 고작 징역 1, 2년을 받거나 벌금형으로 끝났어."

현묵이 볼펜을 세워 두드렸다.

"이 일 때문에 죽었다고 하는 사람만 수십 명이 넘는다고 들었는데, 어떻게 그렇게 가벼운 처벌을 받을 수 있죠?"

"한우진 판사."

"아."

정 형사는 고개를 끄덕였다.

당시 담당 판사는 한우진으로 처진 입꼬리와 눈가에 바짝 붙은 안경을 쓴 50대 초반의 사내였다. 2017년도에 70대 노인이 몰고 간 승용차 때문에 등교하던 늦둥이 초등학생 아들을 잃은 아버지이기도 했다. 한우진은 그 사건 이후 노인이란 불필요한 존재라고 생각했다. 아마도 그의 그런 생각이 판결에도 영향을 미쳤으리라.

"그럼 선배님은 범인이 그 사건과 연관이 있다고 보시는 거예요?"

"그래. 거기다가 판결문 보면 두 사람 말고도, 장민수, 조주호, 김남혁, 이 세 명의 이름이 더 나와. 이 사람들 행적을 먼저 파악해 봐야겠어."

정 형사는 고개를 끄덕였고 현묵은 끊었던 담배 생각이 났다.

다음 날 죽은 피해자들의 신상이 온라인에서 털렸다. 살해당한 두 사람이 8년 전 젊음의 물 사기사건의 가해자란 사실이 기사로 흘러나왔다. TV에서는 너나없이 8년 전 사건이

다시 조명되었고, 사람들은 당시 아무도 무거운 처벌을 받지 않은 것에 대해 분개했다. 여론은 이제 연쇄살인범을 반기는 쪽으로 흘러갔다.

한편으로는 사기 가해자를 응징하는 것은 경찰이 해야 할 일이었다며 다시금 경찰의 무능력이 도마 위에 올랐다. 이렇게 젊음의 물 사건이 여론의 중심이 되면서 신약 텔로프록산의 부작용에 대한 두려움이 다시 노년들을 사로잡았다.

위에서는 이런 국민의 염려와 혼돈을 감지하고 특별수사 본부를 만들어서라도 빠르게 범인을 검거하라는 지시가 내려왔다.

"딱 보름 안에 이 사건 해결해라. 안 되면 쇼라도 해."

경찰청장은 말했다. 아마도 노화종말법 시행을 보름 앞두고 나라가 시끄러워지는 것을 원치 않는 모양이다.

현묵의 선배이자 도봉서 강력계 1팀장 이 팀장은 경찰청장 앞에서 틀림없이 이 친구가 해낼 거라면서 어깨를 펴고 느끼한 웃음을 지어 보였다. 현묵이 인상을 쓰자 이참에 진급해서 자기한테 빌린 돈도 갚고 진짜 경찰공무원처럼 살라고 했다. 이 팀장은 추후 경찰서장이 될 그림을 그리고 있었으므로 현묵이 언론의 포커스가 되는 사건을 해결만 한다면 오케이였다. 자신에게도 더할 나위 없는 커리어가 되기 때문이다.

첫 번째 이철민 살인사건을 맡았던 도봉서 양현묵과 정 형사, 그리고 두 번째 박영빈 살인사건을 맡았던 마포서 박 형사와 한 형사가 같은 팀이 되었다.

한 형사는 40대 초반의 나이로 짧은 머리와 큰 덩치가 특징으로 아귀라는 별명을 가졌다. 정 형사는 박 형사와 한 형사를 반겼고, 특수수사본부 팀장은 계급이 가장 위인 현묵이 맡았다. 박 형사는 현묵에게 범인을 꼭 잡아보자면서 악수를 청했다.

"정 형사는 K 오피스텔 CCTV에 찍힌 용의자 얼굴을 언론에 전달해 공개수배하고, 젊음의 물 피해자를 중심으로 탐문수사해서 용의자 추려봐. 박 형사는 나머지 가해자인 장민수, 조주호, 김남혁 위치 파악하고, 한 형사는 용의자 동선 파악해서 추적해 봐주시죠. 나는 이철민과 박영빈 주변 인물들 만나볼게. 그러다 보면 한 점으로 모이게 될 거야."

이렇게 한 팀이 된 네 사람은 함께 밥 먹을 시간도 없이 수사를 시작했다. 빨리 범인을 잡지 않으면 다음 살인이 벌어지지 말라는 법이 없었다.

박영빈이 최근 가장 자주 통화했던 여자의 이름은 송인선. 그녀는 박영빈보다 여섯 살 많은 유부녀로 박영빈과 내연관계이기도 하고 봉사활동에 나가 노인들의 정보를 빼내는 물색조이기도 했다.

경찰서에 온 송인선은 박영빈의 끔찍한 죽음에 적잖이 충격을 받은 모양이었다.

화장을 하지 않았지만 단발머리에 화려한 이목구비가 돋보였다. 손톱은 깔끔하게 정리되어 있었다.

"박영빈이 원한 산 사람이 있습니까?"

현묵이 송인선의 얼굴을 살피며 물었다.

"모르죠. 일단 우리 남편부터 시작해서 한둘이 아닐 건데."

여자는 입술을 깨물었다.

"최근에 이상한 일이 있었다거나 한 적은 없고요?"

송인선이 고개를 젓더니 눈물을 터트렸다.

"이거 정말 묻지 마 살인이에요? 노인들 학대하거나 사기친 사람들 막 죽이는 거예요? 사람들이 인터넷에서 그러던데."

인터넷이 문제다. 언제 어떻게 새어 나갔는지 이철민과 박영빈은 노인 혐오라는 단어로 묶여서 보도가 되었다.

"아직 밝혀진 건 없습니다."

"이철민 개도 죽었잖아요. 알죠? 이철민이랑 박영빈이랑 몇몇이 그 건 작업 멤버였대요. 나머지 멤버들도 찾아서 죽일 거라던데."

송인선이 몸을 떨었다.

"나는 상관없어요. 그냥 먹고살기 힘들어서. 박영빈이 그랬어요. 노인들이 사기당해서 자살하거나 죽으면 사회에 좋은 일이라고. 노인들이 밥만 축내고 사회에서 하는 일이 없다고 우린 좋은 일을 하는 거라고 했어요."

송인선이 두 손을 머리에 넣고 감싸 쥐었다.

"노화종말법도 그래요. 그 약 먹고 노인들이 젊어지면 또 젊은이들하고 경쟁하는 거 아니겠어요? 가장 큰돈은 HL코리아가 벌 거고, 국가는 급한 불만 끄는 거고. 이래저래 우리 같은 젊은 사람들만 힘들죠."

송인선의 말처럼 두 건의 살인사건 때문에 곧 시행을 앞둔 노화종말법에 대한 찬반 논란에 다시 거세게 불이 붙었다.

과거에 미련이 남은 노인은 한 번 더 열심히 살아보고자 하고, 과거에 미련이 없는 노인은 이제껏 일궈놓은 것을 국가가 뺏어가는 거라면서 불만을 토로한다. 이 약 또한 젊은이들이 만들었고, 법을 새롭게 만들고 일하는 사람들도 모두 젊은이들이니 그들의 입장만이 반영되었다는 것이다. 결국 이런 노인들의 피해를 줄이기 위해서라도 젊어지는 게 답이라는 입장과 사회를 일군 노인들에 대한 존경 없는 젊은이들의 이기심을 지적하는 입장이 팽팽하게 부딪쳤다.

현묵은 별 소득 없이 송인선의 심문을 마쳤다. 이후 형사들 모두 회의실에 모여 각자 수사한 상황들을 공유했다. 회의실 화이트보드에는 이철민과 박영빈의 인적사항과 특이사항들이 쓰여 있었다.

"피해자들은 만나봤어?"

현묵이 정 형사에게 물었다.

"네. 아직도 피해자 모임이 있어서 가봤습니다. 근데 협조가 어려웠습니다. 아무래도 그 당시 가해자들이 모두 제대로 된 처벌을 받지 않아서 이번 살인사건을 오히려 반기는 눈치예요."

정 형사의 말에 박 형사와 한 형사가 한숨을 내쉬었다.

"또 다른 가해자들 행방은?"

현묵의 질문이 박 형사에게 닿았다. 박 형사는 패드를 보면서 설명을 이어 나갔다.

"조주호는 거주지가 불명확한데 인스타는 올리고 있어서 추적 중이고, 박영빈은 주소가 대전인데 누나 말로는 집 안 온 지 몇 년이 지났답니다. 실거주지는 따로 있던 거 같습니다. 그리고 장민수와 최근 통화한 내역이 있었습니다. 아마도 이철민이 죽었다는 소식을 들었거나 해서 통화했을 수도 있겠죠. 거기서 행동반경 추적해서 거주지 추적 중입니다. 김남혁은 다른 전과로 교도소 수감 중이고 다음 주에 교도소에서 나올 예정입니다."

"용의자 추적은 어떻게 되고 있습니까?"

현묵이 이번엔 한 형사에게 물었다.

"좀 이상한 점이 있습니다. 용의자의 얼굴을 언론에 공개했는데도 별다른 제보가 들어오지 않았습니다. 범행 지점 CCTV를 역추적해 보고 있지만 아직은 뚜렷하게 발견된 게 없습니다. 이철민 쪽 아파트 입구도 그렇고, 박영빈이 죽은 오피스텔에도 예상 동선에 나타난 흔적이 없습니다. 차량이

나 오토바이로 이동했을 가능성도 두고 근처 블랙박스 회수해서 확인 중입니다."

"장민수 위치 확인되는 대로 박 형사랑 한 형사님이 붙어서 관찰해 주세요. 지금으로써는 용의자의 행방추적이 어려우니 우리가 먼저 가서 기다려 봅시다. 정 형사는 나랑 대구 좀 가자."

"대구요?"

정 형사의 눈이 커졌다.

"좀 전에 전화가 한 통 왔었어. 젊음의 물 투자 피해자인데 해줄 말이 있대."

형사들의 시선이 얽혔다가 풀어졌다. 모두가 범인을 잡는 것에 집중하고 있다는 뜻이었다.

현묵과 정 형사는 경찰서를 나와 서울역으로 향했다. 평일 낮이라 KTX 기차 안은 띄엄띄엄 비어 있었다.

정 형사는 나이가 가장 어렸지만 현묵은 그에게 뭘 가르쳐야 하는지 몰랐다. 요즘 세대들은 모든 것이 교육되어 있다. 경험마저도 인터넷으로 미리 배우는 듯했다. 똑똑하고 예민하지만 효율적이다. 감정과 시간의 낭비를 싫어한다.

정 형사가 스마트폰으로 좌석을 예매해 놓았다. 특수수사본부가 차려지고 집에 들어가는 시간이 많이 없는데도 그는 늘 깔끔했다. 정 형사는 좌석에 앉아 연신 스마트폰으로 기사를 검색하고 댓글을 보며 여론을 살폈다. 정 형사는 스마트폰을 화장실에 갈 때도 가져간다. 떨어져 있는 모습을 볼 수 없었고 볼 때마다 에어팟이 귀에 꽂혀 있다. 젊은이들에게 스마트폰은 제2의 심장이나 다름없다. 몸에서 떨어져서는 살지 못한다. 스마트폰이 젊은이들에게는 스승이고 어른이고 친구고 애인이다.

"여론은 어때?"

"지금은 피해자들을 욕하는 댓글이 지배적인데요?"

정 형사는 기사와 댓글을 유심히 번갈아 본다.

죽어도 싸다, 라고 말하는 사람들의 목소리가 현묵의 귓가에 들리는 듯하다.

현묵은 이철민의 신상정보를 빼곡히 적어놓은 수첩을 폈다. 스마트폰에 기록하는 것이 요즘 추세지만, 종이 위에 스윽스윽 새겨지는 질감은 종이 질감 필름이 백 프로 담아내지 못하기 때문에 아직까지 수첩을 사용한다. 그러나 아이도 없고 조카도 없는 현묵은 가끔 생각한다.

나이가 들면 누가 내게 새로운 세상에 대해 가르쳐 줄까.

새로운 언어, 새로운 작동법, 새로운 문화. 이러다 홀로 무인도에 남아 늙어가는 기분이 드는 건 아닐까. 공포감이 들 때도 있다. 특히 나이 든 엄마를 보면서 더욱 느낀다. 요즘은 무엇이든 스마트폰 하나면 다 되는 세상이지만, 그 세상을 엄마는 배우지 못했다. 그러면 도태되고 소외당한다.

정 형사는 혼자 사는 집에 '감자'라는 고양이를 키운다. 사람들을 만나서 어울리는 대신 고양이 사진을 찍어 인스타그램에 올린다.

"사람들과 어울리지 않아도 SNS에 온라인 친구들이 있어요. 만나지 않아도 충분한 감정 교류가 가능해요. 함께하지 않아도 외롭지 않은 관계가 가능한 거죠."

현묵은 한 번도 트위터나 인스타그램을 한 적이 없다. 페이스북을 시도해 보려 한 적은 있으나 복잡하게 느껴졌고, 이런 인간관계는 현묵의 스타일도 아니었다. 그래도 문자보다 전화, 전화보다 만남이 중요하다.

"정 형사는 왜 강력계로 왔냐?"

언젠가 현묵이 물었을 때 정 형사는 공무원이어서라고 대답했다.

"연금 나오잖습니까. 강력계는 다들 기피해서 경쟁력도 있고요."

현실적 이유다. 기성세대가 남긴 경쟁 구도에서 벗어나기 위한 몸부림이다.

정 형사 부모님은 한식당을 하신다. 작은 가게지만 점심시간에 근처 회사원들이 쏟아져 나와 수입이 나쁘지 않았다. 일할 수 있는 부모님. 자신의 일이 있는 부모님이 있다는 것은 어쩌면 요즘 시대에 행복한 일일지도 모른다. 그러나 정 형사는 부모님처럼 장사는 죽어도 하기 싫었다. 새벽부터 일어나 남의 수발을 든다. 부모님과는 전혀 다른 인생을 살고 싶어

취업 준비를 하다가 보게 된 게 경찰관 모집 포스터였다.

"저는 서른 되기 전에 집 살 겁니다."

정 형사가 입가에 미소를 띠었다.

"형사들 중에 집 산 사람이 있던가."

현묵은 반짝이는 정 형사의 눈동자에서 시선을 거뒀다.

"홍 형사님 있잖습니까. 얼마 전에 집 옮겼다고 다들 집들이 갔었는데 뷰가 완전 좋더라구요. 역시 주식이 답인가 봅니다."

범인 잘 잡는 형사가 부러운 적은 있었어도, 돈 잘 버는 형사가 부러웠던 적은 없었다.

'내가 잘못 살았나.'

요즘 자주 드는 생각이다.

"정 형사는 어떻게 늙고 싶은데?"

"늙기 싫습니다."

"이제 노화종말법이 나오니까, 그 꿈 이루겠네?"

이제 나이는 숫자일 뿐이라는 게 현실이 된다.

나이가 숫자가 되면 그땐 무엇이 사람을 규정할까.

"근데 75세까지 기다려야 하잖아요. 차라리 좀 더 젊을 때 약을 주고 천천히 늙으면 더 좋을 텐데. 왜 굳이 75세부터인지 모르겠어요."

정부는 2025년부터 청년의 나이를 42세로 지정하고 정년 퇴임 나이를 70세로 늘렸다. 사회는 조금씩 늙어가고 있다.

정부에서는 이런 현상을 한방에 젊게 만들고 싶은 것이다.

정 형사는 대답을 하고는 스마트폰으로 KTX 풍경을 배경으로 셀카를 몇 장 찍었다.

푸른 하늘 아래 단풍잎들이 색깔을 뽐내며 나무에 매달려 있었다.

현묵은 원래도 사진을 찍지 않지만 최근엔 더하다. 하나둘 새치도 늘어나고 잔주름도 생겨나니 볼만한 사진이 나오지 않는다. 사진을 찍는다는 것은 자신의 확인인데 확인하고 싶지 않다. 별로 아름답지 않기 때문이다.

정 형사는 창밖의 풍경과 자신의 셀카를 인스타그램에 올리더니 곧 에어팟을 끼고 주식 관련 팟캐스트를 들었다.

현묵도 생각에 잠겨 창밖으로 시선을 돌렸다. 벌써 가을이다. 작년과 똑같은 풍경이 눈에 들어왔다. 자연은 늙지 않는다. 바뀌고 순환될 뿐이다. 자연은 유한하다.

현묵이 스르륵 잠이 들 무렵, 어느새 깨어 있던 정 형사가 현묵의 어깨를 건드렸다.

"선배님. 대구 다 왔어요."

도착지를 알리는 안내음과 함께 안내원 소리가 들렸다. 서울에서 대구까지 KTX로 한 시간 50분밖에 걸리지 않는다. 2026년. 세상은 KTX 속도만큼 빠르게 변한다. 자신이 발전하는 속도보다 사회가 발전하는 속도가 현저히 빠르다.

현묵과 정 형사는 기차에서 내렸다. 정 형사는 대구는 아직도 덥다며 셔츠 윗단추를 풀었다. 현묵의 시야에는 넓게 트인 광장에 햇볕이 쨍쨍하게 내리쬐고 있었다.

현묵과 정 형사는 택시를 잡았다. 정 형사가 목적지까지 바로 갈 수 있는 카카오택시를 부르자고 했지만 현묵은 역 앞에 손님을 기다리는 저 많은 택시를 그냥 지나칠 수가 없었다. 정 형사는 현묵에게 쓸데없이 감상적이라고 했다. 감상적인 것이 아니라 불공평한 거 아닐까. 저곳에서 기다린 사람들에게도 우선적 기회가 있어야 한다. 그래야 공평하다.

"하여간 쓸데없이 공정해요, 선배님은."

정 형사가 택시 승강장에 서 있는 택시에 탔다. 출퇴근 시간이 아니라 택시는 8차선 도로를 시원하게 내달렸다. 택시 기사는 사투리를 섞어가면서 정치와 경제 비난을 시작했다. 정 형사는 간간이 반론을 제기했고, 현묵은 그저 조용히 듣고만 있었다. 정 형사는 택시에서 내려 카카오택시를 불렀으면 이 고생을 안 해도 된다고, 또 택시 기사와 불필요한 대화도 할 필요 없다고 투덜거린다.

고생과 불필요한 대화가 없는 시대. 효율성만으로 움직이며 사는 게 편한 시대다.

그런 시대는 삭막하다고 여기는 내가 늙은 것일까.

현묵은 앞서 걸어가는 정 형사의 넓은 등을 따라가며 생각했다.

사기사건의 피해자 한 씨가 있는 요양원은 도로 주택가에 있었다. 2층이 전부인 작은 건물이었다. 요양원에 들어서자 희미한 소독 냄새가 났다.

현묵과 정 형사가 안내데스크에서 신분을 밝히자 직원은 잠시 기다리라고 했다. 코로나 이후에는 병실에 자유롭게 방문할 수 없고, 노인들이 요양보호사와 함께 면회실로 내려오는 형태였다.

예상보다 요양원은 활기찼다. 그 활기의 원인은 TV에 있었다. 로비에 있는 대형 TV에서는 2, 30대 남녀들이 나왔다. 노화종말법에 사용될 신약을 임상시험으로 먼저 투약한 노인들이었다. 젊어진 임상시험자들이 약을 투약하는 방법, 몸의 변화, 그리고 젊어진 지금까지의 여정을 밝은 미소를 띠우면서 이야기하고 있었다. 그들을 바라보는 노인들의 입가에는 미소가 띠어 있었다. 희망에 눈빛이 반짝거렸다.

5분 정도 기다리자 노인 한 씨가 휠체어에 앉은 채 다가왔다. 수분이 빠져나간 쪼그라든 몸과 햇빛과는 먼 허연 피부가 눈에 들어왔다. 50대로 보이는 요양보호사는 연신 웃음을 터트리면서 큰 소리로 현묵과 정 형사에게 한 씨를 소개했다.

"안녕하세요. 어르신, 저희한테 전화 주셨죠?"

한 씨는 앙상하게 마른 몸에 머리카락은 몇 가닥 남아 있지 않았지만 눈빛만은 형형했다.

"어르신, 8년 전에 젊음의 물에 투자하셨죠? 그 일에 대해

자세히 좀 들을 수 있을까요?"

한 씨의 눈동자가 현묵을 아래위로 훑었다.

"자네는 올해 나이가 몇인가?"

"저는 마흔넷입니다."

"자네는?"

한 씨가 정 형사에게 시선을 옮겼다.

"스물아홉입니다."

"늙는 게 뭐라고 생각하나?"

뜬금없는 질문이었지만 대답해야 한다고 느낀 정 형사는 적당한 문장을 말했다.

"나이가 드는 겁니다."

"나이 들면 신체가 노화되고 인지능력이 저하돼. 외모는 아름다움에서 멀어지지. 전혀 반가운 일이 아니야. 한 달만 기다리면 나도 자네처럼 젊어질 수 있겠군. 드디어. 그래, 그 때도 이런 마음이었어. 젊음의 물이 우리 모두를 건강하게 해 줄 거라 믿어 의심치 않았네. 자식들에게 대접받지 못하는 것 도, 사회구성원으로 인정받지 못하는 것도 모두 늙음 때문이 라 생각했어. 그놈들은 그걸 잘 건드렸네. 거기 모인 사람들 은 여러 가지 이유로 한 가지 목표를 가진 사람들이었어. 젊 음. 8년만 기다렸다면 국가에서 젊어지는 약을 만들어줄 텐 데."

한 씨는 또박또박한 발음으로 이야기했다. 그에게서 나이

든 학자의 분위기가 풍겼다.

현묵은 죽은 이철민과 박영빈의 사진을 한 씨의 눈앞에 들이밀었다.

"혹시 이 사람들 알아보시겠어요?"

한 씨는 얼굴을 핸드폰 가까이 들이댔다. 눈이 작아지고 얼굴 전체에 주름이 크게 잡혔다.

"알지! 어떻게 잊겠나. 여기는 박 실장이라고 불렀어. 아주 친절했어. 춥다면 자기 점퍼까지 벗어 입혀주고, 거기 다리 아픈 할머니가 하나 있었는데 업어주기도 하고 그랬지. 그 할멈이 급전이 필요할 때도 이 박 실장이 이야기해서 도와주고 그랬다니까. 그 할멈 자식들이 다 외국에 나가 있었는데 그래서 둘이 아주 각별하게 지냈어."

"혹시, 그 박 실장하고 친하게 지냈던 할머니 성함 아세요?"

현묵이 재빨리 말을 받아 질문했다.

"이꽃분. 우린 그냥 꽃분이네라고 불렀어. 동네에서 꽃집을 한다나? 뭐 그런 소문이 있었어. 바깥양반이 퇴직해서 돈이 좀 있다라는 소리도 있고. 근데 그 꽃분이 할멈도 죽었지. 신장이 다 망가져서 고생하다 갔다고 하더구만. 그 집 영감이 난리를 쳤지만은 박 실장도 그렇고 제대로 벌받은 사람들이 아무도 없었어."

한 씨의 주름진 눈 사이로 눈물이 고였다.

"그 꽃분이 할머니라는 남편분은 어떤 사람이었나요?"

"양반이었지. 그 일 있은 후에 몇 번 얼굴만 봤어. 노인들이 억울하게 당하고 있으면 안 된다고 고소하자고 한 것도 김순기, 그 양반이었어. 노인들이 어디 가서 하소연할 데가 없었거든. 우리만 죄인이지, 뭐. 늙은이 주제에 젊어지고 싶어 해서 그딴 사기를 당했다고. 웃음거리만 됐지. 근데 정말 우리한테 사기 친 그놈들이 하나씩 살해당하고 있는 건가?"

"죄송합니다. 지금 수사 중이라 자세한 말씀은 드리기가 어렵습니다. 그런데 이 두 사람이 살해당한 것을 보면 관계가 있다고 보고 있습니다."

정 형사가 대답했다.

"그렇군. 이런 말 하면 안 되지만 내가 약을 먹고 젊어지면 가장 먼저 하고픈 일이 뭐였는 줄 아나? 바로 그놈들을 찾아 복수하는 것이야."

한 씨의 표정이 갑자기 날카롭게 변했다.

"노화종말법이고 뭐고, 그거 재활용하겠다는 거잖아. 지금 이대로는 우리가 쓸모가 없으니. 우린 스스로 빈 깡통이나 플라스틱이 되는 거야. 그걸 인정하는 거라고. 쓸모없는 인간이라는 것을 말일세."

"어르신, 혹시 이 사람은 누군지 아시겠어요?"

현묵은 용의자의 얼굴 사진을 보여주었다.

"모르겠어."

한 씨가 고개를 저었다.

"혹시 이 두 사람을 죽일 만한 범인으로 짐작 가는 사람은 있습니까?"

"너무 많아. 젊음의 물로 가족을 잃은 수십 명의 사람들 모두 용의자가 아닌가. 누구라도 소중한 사람이 죽었다면 다 한 번쯤 복수를 생각할 테니까."

한 씨는 나뭇가지 같은 손을 두드리는 것을 멈추고 시선을 돌렸다.

"그러게 말입니다. 어르신. 복수를 생각만 하는 사람들과 진짜 복수하는 사람의 차이점이 뭘까요?"

현묵이 한 발짝 다가섰다.

"꽃분이 할머니가 아주 끔찍하게 죽었다는 소문을 들었어. 뼈가 다 부러졌대."

"뼈가요?"

정 형사와 현묵의 시선이 부딪쳤다.

"어쩌다가 말입니까."

"거긴까진 모르겠고. 형사들이 밝혀내야겠지."

정 형사가 되물었지만 한 씨는 더 이상 할 말이 없다는 듯 쉬어야겠다는 말을 남기고는 다시 텅 빈 눈동자로 되돌아갔다.

현묵은 정 형사와 한 씨에게 인사를 하고 뒤돌아 나왔다.

"저 할아버지가 복수에 가담했을 가능성이 있을까?"

현묵이 노트에 이꽃분과 김순기라는 단어를 적었다.

"없다고 할 수는 없죠. 근데 저분 자식들은 모두 60이 넘었고 20대 손주가 한 명 있는데 군대 가 있습니다."

"이꽃분. 그 할머니 사인하고, 남편 김순기에 대해 좀 더 알아봐. 어디서 뭘 하는지."

"네."

정 형사는 대답을 하고 나눈 대화들을 스마트폰으로 업로드했다.

현묵은 요양원을 나와 한 번 더 뒤돌아보았다.

요양원 담장에도 꽃이 피었다. 이렇게 평범한 주택가에 노인들의 무덤이 있었다. 누구든 결국 언젠간 가야 할 종착역이 이곳이었다. 숨이 멈춰야 해방되는 또 다른 감옥이자 노인 수용소. 상태가 좋아져서 그곳을 퇴소하는 노인은 한 명도 없었다. 그곳에 들어가면 시체가 되어 나갔고 그것을 모두가 알 수 있었다. 그런데 노화종말법이 생겨난 이후에 요양원 분위기가 바뀌었다. 그들에게 희망이 생긴 것이다. 정말로 법이 그들을 구제할 수 있을까.

7

몸이 덜덜 떨렸다.

가슴이 쿵쾅거렸다. 목 뒤로 식은땀이 흘렀고 손바닥이 축축했다.

이철민과 박영빈이 죽었다. 다음 타깃은 자신이 될까.

오늘 배달 일을 하는 내내 누군가 지켜보는 기분이 들었다.

기분 탓이겠지.

조주호는 옥탑방 문을 열고 안으로 들어갔다. 좁은 내부가 눈에 들어왔다. 노란 장판은 울퉁불퉁했고 벽지는 곰팡이가 피었다. 정리되지 않은 옷가지와 물건들이 좁은 내부를 더 좁게 느끼게 했다.

'8년 전 그때, 돈을 더 당겼어야 했는데, 썅.'

조주호는 발에 치이는 빈 생수통을 발로 찼다.

그는 8년 전 투자 사기에 참여했다. 박영빈은 그의 군대 동기로 언제나 한탕하겠다는 말을 했다. 실제로 전역 후 몇 년이 지나자 그에게 연락이 왔다. 백수였던 조주호에게 일자리를 주겠다고 한 것이다. 단순 포장 작업에 일당 30만 원은 조주호에게 거절할 수 없는 제안이었다.

수돗물에 박영빈이 주는 여러 약을 타고 섞어 물통에 다시 집어넣는 간단한 일이었다. 이 간단한 방식으로 만들어낸 물이 비싸게 팔렸다. 외국인 노동자 10여 명을 고용해 매일 여덟 시간 이상 일해도 일손이 늘 달렸다.

언제는 이 약이 뭐냐고 물었지만 박영빈은 답이 없었다.

조주호는 박영빈을 찾아오는 검은 차를 본 적이 있다. 고급 외제 차였다. 그 고급 차에 실리는 건 생수가 아닌 서류들이었다.

시간이 지나자 조주호는 단순 포장뿐 아니라 젊음의 물 투자 설명회에서 홍보 설명을 하는 아르바이트생들을 관리하는 관리팀장 역할도 추가로 맡았다.

그가 대충 포장했던 물이 노인들에게 이렇게 비싸게 팔린다는 것도 그때 알았다. 그리고 박영빈은 물을 사는 노인들의 생체 정보와 데이터를 수집했다. 물을 마시기 전후의 건강 상태를 비교한다는 명분이었다.

"영빈아, 이거 걸리면 어떻게 해?"

"씨바, 걱정은. 죽으면 혼자 죽냐? 보험 들어놨어."

조주호가 걱정스레 물으면 박영빈은 매번 이 말을 내뱉곤 했다. 뒷배가 있다는 소리다. 그리고 그 뒷배가 매번 오는 고급 차와 연관이 있다는 것은 눈치로 알아차렸다. 조주호가 그 고급 차에 대해 물었을 때 박영빈은 "스폰서라고 생각하면 돼"라고 대답했기 때문이다.

얼마나 많은 돈이 오고 갈까. 박영빈과 나머지 멤버들은 얼마나 가져갈까.

땀 흘리면서 물을 포장하는 것도, 외국인 노동자들을 달래 가면서 같이 일하는 것도, 빌어먹을 아르바이트생들을 감시하는 것도 자신인데. 일당 30만 원이 적다는 생각이 들었다. 8년 전 일이지만 그 일 때문에 전과가 하나 늘었으니 결국은 자신이 손해 보는 장사였다. 그 후에는 전과 때문에 취직은 안 되고, 그때 받은 돈도 비트코인으로 날려버렸다. 하루하루 배달 일로 생계를 유지하고 있지만 언제까지 이렇게 살 수는 없는 노릇이었다.

조주호는 컵라면에 미지근하게 데운 물을 붓고 핸드폰을 켰다.

뉴스는 온통 골절 살인사건과 노화종말법 이야기로 시끄러웠다. 사람들은 이철민과 박영빈을 죽인 범인이 8년 전 젊음의 물 사기사건과 연관이 있다고 수근거렸다. 용의자는 그 사건의 피해자와 연관된 자로 복수를 하고 있는 것이라고 했다.

조주호는 자신도 8년 전 젊음의 물 사기사건 가해자 중 하나로 신상이 털렸다는 것을 오늘 알았다. 인터넷에 올라온 사진은 눈은 가렸지만 주변 사람들이 조주호라는 것을 알아채는 건 시간문제일 것이다. 특히 사채업자들!

사채업자들 때문에 핸드폰도 그의 명의가 아니고, 이 옥탑방조차도 배달업하는 아는 아저씨의 명의를 빌린 것이다.

그러면 그에게도 찾아올까.

골절 연쇄살인사건의 다음 타깃이 될 수도 있을까.

피해자인 이철민과 박영빈은 동정조차 받지 못하고 있다.

'나도 그렇게 될까.'

온몸을 구타당해 죽었다던데.

등골이 오싹했다.

억울하다.

노인들에게 투자금을 그렇게 많이 사기 쳤다는 것도 나중에 알았다. 자신이 받은 돈은 고작 몇백이었다. 그 후에 박영빈은 조주호에게 멤버들도 소개시켜 주고, 더욱 중요한 일을 맡기기 시작했지만 어찌 보면 모두 그놈들이 시켜서 한 일이다. 박영빈이 탄 좋은 차와 좋은 집에 눈이 갔다. 박영빈은 말했다.

"씨발, 노인네들. 노인들이 잘못했다."

우리에게 이따위 세상을 물려줬으니 우리는 이만큼 해 먹어도 된다. 어차피 우리가 낸 세금으로 그들은 먹고산다. 되돌려 받는 것뿐이라고.

처음에는 말도 안 된다고 생각했지만 점차 마음이 움직였다.

맞아. 부모도 그 위의 부모도 나에게 해준 게 아무것도 없다.

그런데 왜 세금을 내야 하나.

왜 일해서 노인네들한테 돈을 바쳐야 하냐고!

그도 금수저처럼 부모로부터 받은 것이 많았다면 그런 짓을 하지 않아도 되었겠지.

김남혁과 장민수는 지금쯤 뭘 하고 있을까.

조주호는 이철민이 죽고, 박영빈마저 살해당하고 나서야 장민수, 김남혁에게 연락을 해보려 했지만 둘의 전화번호도

진작에 바뀌어 있어 통화가 어려웠다.

조주호는 핸드폰으로 인스타그램 앱을 열었다. 그러고는 배달하면서 찍은 외제 차를 자신의 인스타그램에 올렸다.

#차 #내차 #마이카

'좋아요'가 달렸다. SNS에는 모두 영 앤 리치만 있는 듯했다. 자신의 위치가 노출될 수도 있다는 두려움이 크지만 중독처럼 게시물 올리는 것을 멈출 수가 없다. 자신이 이곳에서 유일하게 남들에게 인정받는 것처럼 느껴졌다. 남들은 조주호가 외제 차를 몰고 강남의 고급 오피스텔에 사는 줄 알겠지.

쿵— 하는 소리가 들렸다. 조주호는 반쯤 먹은 컵라면을 내려놓고 재빨리 창밖을 내다보았다. 검은 차 한 대가 서 있었다. 달동네에 어울리지 않는 고급 차였다. 창문은 선팅이 되어 있어 내부는 전혀 볼 수 없었다.

"조주호."

조용한 저음이 들렸다. 뒤통수가 저려 왔다. 온몸이 얼어붙었다. 가까스로 뒤돌아보니 한 남자가 서 있었다. 검은 후드 티에 모자, TV에서 본 골절 살인사건의 범인과 비슷한 실루엣과 얼굴이었다.

'어떻게 들어온 거야?'

"누, 누구야?"

텅 빈 얼굴과 어둑한 눈동자.

"넌 살인자야."

조주호는 그를 보고 침을 삼켰지만 곧 자신과 비슷한 덩치를 확인하곤 공포를 억눌렀다.

"나는 그쪽을 몰라."

"왜 몰라. 니들을 찾아가서 제발 살려 달라고 빌었잖아."

남자의 얼굴이 구겨졌다. 30대나 아니다, 20대? 10대? 나이를 알 수 없는 무표정한 남자가 그를 노려본다. 조주호의 온몸이 덜덜 떨렸다.

"무슨 헛소리야, 씨발. 나는 그쪽을 만난 적이 없다니까! 그래, 미안해. 내가 기억을 못 해서. 근데 나는 지, 진짜 잘못 없어. 걔네들이 시켜서 한 일이야."

이유는 몰랐지만 조주호는 일단 발뺌했다.

"너희들 때문에 사람이 죽었어. 그 죽음은 누구에게도 비통하게 여겨지지 못했다."

"난 정말 몰랐어. 살려줘. 나도 그놈들한테 사기당한 거야."

남자가 한 걸음 더 다가왔다. 조주호가 뒤로 물러서자 벽이었다.

남자는 주먹을 쥐었다.

"너도 죽는다. 똑같은 고통을 느끼면서 죽는 거야."

"제발. 잘못했어. 사과할게. 사과하면 되잖아."

조주호는 다리에 힘이 풀려 그대로 주저앉았다. 흐느낌과 함께 울음이 터져 나왔다.

"내가 죽으면 우리 부모님 돌볼 사람이 없어."

"거짓말."

"정말이야. 조금만 기다려 줘. 법이 적용되면 우리 부모님
은 젊어질 거야. 죽여도 그때 죽여."

그의 검은 눈동자가 조주호의 눈동자에 한동안 머물렀다.
조주호는 콧물과 눈물이 범벅되어 울면서 빌고 있었다. 그러
면서 남자가 조용히 주먹을 움켜쥐는 것을 바라보았다. 그때
밖 계단에서 누군가 올라오는 발소리가 들렸다. 남자가 소리
에 반응하며 고개를 돌리더니 이동했다.

'응?'

조주호가 눈 깜짝할 사이에 남자가 사라졌다. 열린 창문으
로 뛰어내린 것이다. 창문 아래를 내려다보니 남자가 바닥에
착지하여 달려 나가고 있었다.

'여기 5층인데?'

조주호는 덜덜 떨리는 몸을 진정시켰다. 그때 문이 열리더
니 슈트를 입은 젊은 남자 둘이 들어왔다. 미소 한 점 없는 입
가와 선글라스로 가린 눈빛. 위험하다.

"조주호?"

또 이름을 묻는다. 예감이 좋지 않다.

"그 남자 어딨어?"

조주호는 손가락을 들어 창문을 가리켰고 남자들이 창문
가로 다가가는 사이, 그는 문밖으로 냅다 뛰었다. 연달아 계

단을 두세 개씩 뛰어내렸다. 다리가 꼬이고 후들거렸다.

골목을 전속력으로 달렸다. 종아리 근육이 부풀었다. 심장
이 터질 듯이 뛰고 피가 팽팽 돌았다. 자신이 어디로 가는지,
어디로 가야 할지 몰랐다. 두려움에 온몸이 부들부들 떨렸다.

8

기해는 해가 뜨자 모텔에서 나왔다. 옷을 갈아입으러 집으
로 가기 위해 거리를 걸었다. 아침의 찬 공기가 가득한 거리
에는 이른 출근을 하는 회사원들과 거리를 청소하는 환경미
화원이 보였다.

잠시 멈춰서 두 손을 들어 뻑뻑해진 눈을 꾹 눌렀다. 새벽
까지 씨름했지만 USB의 암호는 결국 풀지 못했다. 그때 모
자를 쓴 20대로 보이는 남자가 기해를 지나쳤다. 기해가 뒤
돌아보자 남자는 모자를 푹 고쳐 쓰고 저만치 멀어졌다. 그
녀의 어깨는 굳었고 손바닥에 땀이 나 있다.

'너무 긴장했나?'

어제의 일 때문이다.

기해는 배에 힘을 주고 보폭을 넓혔다. 횡단보도를 기다리
는데 전자대리점의 TV에서 최근 벌어진 연쇄살인사건을 두
고 토론이 한창이었다.

"일주일도 안 된 채 연달아 같은 방식으로 벌어진 살인으

로 시민들이 불안에 떨고 있습니다, 교수님."

"이 모 씨가 10월 1일. 박 모 씨가 10월 4일. 이렇게 짧은 간격으로 연달아 살해당한 것은 대한민국에서 처음 있는 일입니다."

"어떤 사람 같습니까? 범인."

안경을 쓰고 머리가 잘 정돈된 아나운서가 패널에게 묻는다.

"사람이 둘이 살해됐어요. 자세히 공개되진 않았지만 모두 끔찍한 방법으로요. 원한일 수 있단 말이죠. 그런데 그 방식 자체는 완전 사이코패스예요."

코가 큰 패널이 걱정스런 표정을 짓고는 답한다.

"한쪽에서는 젊은 피해자들에게 가해진 폭력을 보고 젊은 이들에 대한 경고라고 해석하는 시각도 있는데요? 세대 간의 혐오에서 오는 살인일 가능성도 있다고 보십니까?"

"글쎄요. 살인범보다는 피해자들의 행적에 사람들이 관심을 보이고 있는데요. 누가 봐도 올바르지 못한 삶을 살고 있었다는 증언들이 쏟아지고 있고, 나아가 살인범을 응원하는 목소리도 나오고 있습니다. 두 번째 피해자 같은 경우는 최근 여자 친구를 죽이려 한 가해자였습니다."

TV 속에는 피해자들의 얼굴이 나와 있었다.

"피해자들은 8년 전 젊음의 물로 투자 사기를 한 사람들입니다. 어떤 면에서 가해자들이죠. 이런 것에 대한 원한이 있을 수도 있습니다만. 하루빨리 범인을 검거하는 게 우선일 것 같습니다."

양복을 차려입은 전직 형사가 대답했다.

"범인의 몽타주를 다시 한번 공개합니다."

용의자의 몽타주가 화면에 함께 띄워져 있다.

기해는 몽타주를 바라보았다. 날렵한 턱선, 흐릿하지만 옆으로 살짝 긴 눈, 오똑한 콧대에 매부리코 같은 느낌. 20대 후반이나 30대 초반으로 보였고, 호리호리한 몸매. 178센티의 키에 보통 체격.

기해는 몸을 휙 돌려 걸어온 길을 다시 뒤돌아보았다. 몽타주 속 용의자가 아까 지나간 남자랑 비슷한 거 같다는 생각이 들었기 때문이다.

"아니겠지."

기해는 고개를 저었다.

신호등에 파란불이 켜지고 기해는 횡단보도를 건넜다. 주변을 둘러보았지만 낯선 이도, 낯선 차도 보이지 않았다. 긴장하면서 발걸음을 재촉했다. 골목으로 들어서자 낯익은 주택가가 눈에 들어왔다. 허리를 곧게 펴고 배에 힘을 주었다. 멀지 않은 곳에 그녀가 사는 건물이 보였다.

"어제 어디 다녀왔나 봐?"

그때 머리가 희끗한 앞집 아저씨가 쓰레기를 들고나왔다.

"아, 네. 일이 좀 있어서요."

"남자 친구가 오래 기다리다 가던데?"

"네?"

기해는 앞집 아저씨의 말을 의심했다. 집으로 남자를 데려온 적도 없고 남자 친구가 없는 지도 3년이 넘었다.

"그게 무슨 말씀이세요? 저 남자 친구 없는데요."

기해는 머리카락이 쭈뼛 서서 아저씨를 바라보았다.

"젊은 남자 하나가 아가씨 집에서 문을 열고 나오던데. 그때 시간이 언제야. 밤늦었지. 축구가 끝난 시간이니까 새벽 2, 3시? 당연히 남자 친구인가 했어. 아니야? 그럼 오빠야?"

얼음처럼 차가운 공포가 그녀를 덮쳤다. 기해는 남자 친구는 물론 아버지나 남동생도 없다.

"저희 집이 아니라 옆집 아니에요?"

옆집 여자는 가끔 남자를 데려온다. 남친인지 애인인지 아빠인지 모르지만. 기해가 볼 때마다 매번 바뀐다. 그래서 아저씨가 착각을 하는 걸 수도 있다.

"아니야. 확실히 아가씨 집이었어. 아가씨 집에서 나오는 걸 내가 똑똑히 봤다니까."

그제야 기해의 눈에 아저씨의 손에 들린 소주병이 눈에 들어왔다. 풀린 다리에 힘을 주고 정신을 가다듬었다. 아저씨에게 또 술 냄새가 났다. 앞집 아저씨는 늘 술에 절어 있고, 지난번에 집 앞에서 쓰러져 있는 것을 그녀가 발견해서 병원에 데리고 간 적이 있다. 무시하고 싶지만 기해의 성격 때문인지, 직업 때문인지 도저히 지나칠 수 없는 자신이 밉기까지 했다.

"아저씨, 또 빈속에 술 드셨어요? 한 번만 더 드시면 제가 알코올중독센터 연결시켜 드린다고 했을 텐데요."

아저씨는 입을 한 손으로 가린 채 도망치듯 집으로 들어가 버렸다.

심장이 쿵쾅거렸다. 비밀번호를 누르고 집 안으로 들어갔다. 닫힌 창문, 바닥에 깔린 러그, 침대 위에 놓인 이불과 쿠션의 위치, 책상 위의 컴퓨터까지 그녀가 집을 나왔을 때와 모든 풍경이 다르지 않았다.

그런데 걸리는 한 가지가 있었다. 마우스 패드. 노트북의 위치는 그대로인데, 마우스패드의 위치가 달라져 있다. 기해는 매일 같은 위치에 앉아 노트북을 만져서 오른손만 뻗으면 닿는 똑같은 위치에 두는데 이건 5센티 정도 더 오른쪽으로 향해 있다.

누군가 집에 들어온 것이다.

'왜.'

'무엇 때문에.'

기해는 아버지가 남긴 USB를 떠올렸다.

혹시 이 USB를 노리는 자들의 소행일까.

머릿속이 압력밥솥처럼 들끓었다.

핸드백을 날치기당한 일까지, 이게 만약 우연이 아니라면?

아버지는 사고로 죽기 전에 누군가에게 쫓기고 있었던 것일까.

아버지의 죽음이 만약 사고가 아니라면?

만약 어제 모텔에 가지 않고 집에서 잤다면?

기해는 생각만 해도 온몸에 소름이 돋았다.

기해는 옷을 빠르게 갈아입고 집을 나와 회사로 향했다.

오전엔 밀린 업무를 처리하고 오후엔 USB와의 싸움이 시작되었다. 어제 누군가 기해의 집까지 들어왔다면 가장 큰 그 이유는 이 USB다. 어제 핸드백을 훔쳐 간 남자도 처음부터 USB를 노린 걸 수도 있다.

그런데 기해는 정작 USB 암호를 풀지 못했다. 기해의 생일부터 예전 집 전화번호, 아버지의 생일도 아니었다. 며칠 전지하철 보관함의 비밀번호도 사랑이 생일을 거꾸로 한 숫자 2170이었으니 이번에도 거꾸로가 통하길 바랐다. 그러나 모든 숫자의 조합을 거꾸로 입력해 보았지만 열리지 않았다.

직원들은 아버지의 장례를 치른 기해에게 위로의 말을 건넨다. 솔직히 아버지의 죽음이 슬프지 않다.

"엄마는 아빠랑 왜 결혼했어?"

언젠가 기해가 엄마에게 물었을 때 엄마는 대답했다.

"늘 자신보다 남을 생각했어. 그 모습이 멋있었어."

엄마는 힘없이 웃었다.

가족보다 인류를 생각할 줄은 몰랐겠지.

가족보다는 인류의 발전이 중요했었다면 결혼 따위 하지 말았어야 했다.

기해가 USB의 비밀번호란에 0904를 눌렀다. 엄마와 아버지의 결혼기념일을 거꾸로 입력한 것이다. 아내를 버리고 떠난 사람에겐 어울리지 않은 비밀번호지만 더 이상 짜낼 번호가 없었다. 그리고 USB가 드디어 열렸다.

파일의 이름은 '개소년(改少年) 프로젝트'라고 쓰여 있었다. 파일을 열어 보았지만 그것은 알 수 없는 기호와 문자로 되어 있는 자료들이었다. 1에서 50까지 넘버링이 되어 있었는데 그 안에는 영어와 기호가 섞여 있고 플러스마이너스와 소수점으로 이뤄진 숫자가 쓰여 있었다.

기해가 눈을 크게 뜨고 뚫어져라 바라보았지만 몸무게를 뜻하는 영어 빼고는 전혀 알아볼 도리가 없었다. 하나하나 구글에 넣어 눈알이 빠지게 검색해 보았지만 기해가 알아낼 수 있는 정보라고는 어떤 연구에 관한 기록 정도라는 것이다. 어깨가 굳고 머리가 지끈거렸다.

기해는 거울을 비춰 보았다. 푸석한 피부, 충혈된 눈동자가 보였다. 인공누액을 꺼내 양쪽 눈에 넣었다. 뻑뻑함이 조금 나아지고 눈앞이 환해짐을 느꼈다.

가족까지 버려가면서 연구한 것이니 중요한 것은 틀림없다.

점심 대신 구겨 넣었던 샌드위치가 역류하는 느낌이었다.

손바닥으로 위를 쓱쓱 문질렀다.

기해의 핸드폰이 울렸다. 모르는 번호였다. 평소 같으면 잘 받지 않겠지만 혹시 어제 소매치기 일로 경찰이 연락을 줄 수도 있어서 전화를 받았다.

"이기해 씨 맞죠?"

수화기 건너편은 낮은음의 목소리를 한 중년 남자였다.

"네. 누구세요?"

"일전 장례식에서 뵀습니다. 나 이 교수랑 일했던 사람이에요. 아버지 일로 만나서 이야기를 좀 나누고 싶은데요."

누구지?

혹시 조의금을 가장 많이 낸 그 사람일까.

"제 연락처는 어떻게 아셨어요?"

"복지센터에 연락해 물어봤습니다. 물론 회사에 대해서는 그쪽 아버님께 들었고요."

"저는 할 말 없습니다."

"그 친구 딸 자랑을 많이 했어요. 시간 많이 안 뺏을 테니 만나서 이야기를 좀 해요. 마침 그쪽 근처에 일 때문에 와 있어요. 꼭 할 말이 있어서요."

건너편 남자의 목소리가 다급해진다.

"저는 아버지에 대해 드릴 말씀이 없습니다."

"혹시 이 교수가 기해 씨한테 어떤 연구 자료를 남겼나요?"

기해는 컴퓨터 모니터 위에 띄운 연구 자료를 바라보았다.

"왜 그렇게 생각하세요?"

"지금 연구 자료 가지고 있어요?"

아버지는 기해가 연구에 대해 모르는데도 그녀가 보길 바랐다. 그랬기 때문에 비밀번호를 둘이 아는 암호로 정해 놓은 것이다.

"왜 물어보시죠?"

기해 특유의 경계심이 발동되었다.

"그거 세상 밖에 유출되면 위험해져요. 어차피 기해 씨에게는 무의미한 것입니다."

흡사 암호 같은 내용들이라 아무리 바라봐도 모르는 것투성이였다. 그러나 혹시, 아버지 친구이고 같이 일했던 사람이면 이 자료의 내용이 뭔지 알아낼 수 있지 않을까.

"한 시간 후. 회사 앞 커피숍에서 봬어요."

기해는 만나자는 약속을 하고 전화를 끊었다. 심장이 두근거렸다.

거리에 나가자 코끝이 시렸다. 빗방울이 하나둘 떨어지고 있다. 그녀는 아버지가 남긴 연구 자료를 메일 클라우드에 백업하고 USB는 주머니에 넣었다. 횡단보도의 파란불이 켜지고 기해는 길을 건넜다. 길 건너편에는 약속 장소인 대형 체인 커피숍이 보였다. 그곳에 아버지의 비밀을 풀어줄 사람이 기다리고 있다.

커피숍은 사람들로 붐볐다. 기해는 두리번거리면서 아버지 나이 또래의 남성을 찾았다. 그때 누군가 기해의 팔을 두드린다. 뿔테안경을 쓰고 체크 셔츠에 회색 카디건을 걸친 60대 초반의 남자였다. 피부에 윤기가 흘렀고 머리숱이 많아 아버지보다 어려 보인다고 기해는 생각했다. 장례식 때 마주친 남자 같기도 했다.

"나 원종문이라고 합니다."

"안녕하세요. 이기해입니다."

둘 사이에 커피가 놓였다. 남자는 'HL코리아 중앙연구소. 원종문 연구팀장'이라고 새겨진 명함을 건넸다.

"전화로 말씀드렸듯이 솔직히 아버지랑 감정도 추억도 없어요. 몇 가지 궁금한 게 있어서 나온 것뿐이에요."

"네. 이해합니다. 제구에게 이야기 많이 들었어요. 사진으로 보던 것보다 아버지를 많이 닮았어요."

아버지의 이름을 호칭 없이 부른다. 친밀한 사이였을까.

"사진이요?"

"네, 딸이라면서 자랑했죠."

아버지가 내 사진을 가지고 다녔다니. 그것을 친구에게 보여 주면서 자랑을 했다니.

기해는 문득 어지러워졌다. 낮은 심호흡을 하면서 정신을 가다듬었다.

"혹시 그 연구 자료 봤습니까?"

"아니요. 암호가 걸려 있어서요."

기해는 거짓말을 했다. 앞에 앉은 남자의 얼굴을 살폈다. 얼굴은 변화가 없었다.

"아버지랑 같이 일하셨다면, 아버지가 HL코리아에서 일했다는 건가요?"

"그래요."

HL코리아는 국내 최대 다국적 제약회사 그룹이다. 꾸준히 노화 억제 바이오테크 산업 및 치매 치료제를 비롯한 약들을 주로 개발해 왔고 매출액이 상당한 회사다. 게다가 요즘 HL코리아는 노화종말법에 사용되는 약을 제조한 곳으로 연일 화제가 되고 있는 기업이었다.

가족을 버리고 떠나더니 결국 원하는 자리에서 원하는 일을 하게 된 것이다.

"어떤 일을 하셨었나요?"

"연구 내용 자체가 극비라 말씀드릴 수는 없지만, 우린 노화에 대한 전반적인 연구를 했어요. 노화로 인해 생기는 병들. 그리고 치료법을 연구했죠. 벌써 15년이 넘었습니다."

남자는 마른침을 삼켰다.

"텔로미어라고 들어봤습니까?"

"요즘 워낙 이슈라서 기사에서 본 것 같아요."

"텔로미어는 염색체 끝에 DNA 염기서열을 보호하는 염기

쌍인데, 이건 복제되지 않고 세포분열할 때마다 조금씩 길이가 짧아져요. 이게 줄어드는 과정이 나이가 드는 노화이죠. 근육세포에서 텔로미어의 길이가 짧아지면 힘이 약해지고, 피부 세포에서는 탄력이 감소해요. 텔로미어의 길이가 더 이상 줄어들 수 없을 만큼 짧아지면 세포분열은 정지하고 세포는 사멸하죠. 이 과정이 노화인데, 우린 텔로머레이스라고 불리는 효소를 통해 텔로미어의 길이를 유지하려 했어요. 우리는 이 텔로머레이스를 이용해 텔로미어를 재건하려 했고 그러기 위해 이 효소를 활성화시키는 약물을 만들어야 했어요. 우린 젊음을 이 연구에 쏟아부었어요."

남자는 양 손가락을 겹쳐 깍지를 만들었다. 그 손가락이 유난히 가늘고 길었다.

"텔로미어의 길이를 유지할 수 있다면 늙지 않는다는 말인가요?"

"네. 사람들은 모두 늙지요. 모두가 걸리는 모두의 불치병, 노화. 만약 그것을 막을 수 있다는 약물이 있다면 어떨까요?"

기해는 13년 전 먼저 하늘나라로 간 엄마가 떠올랐다. 영혼이 사라지고 죽은 무거운 육신만 남아 발버둥 치던 가여운 그녀. 그녀도 건강하게 살 수 있었을까.

남자의 입가에 살짝 미소가 번졌다. 나이 든 남자 특유의 여유로운 미소.

"그게 HL코리아에서 나온다는 텔로프록산이군요."

남자는 고개를 끄덕였다.

"우린 그걸 개소년 프로젝트라 불렀습니다."

기해의 눈동자와 남자의 시선이 마주쳤다.

기해는 남자의 표정을 살폈다.

"아버지가 남긴 연구 자료를 넘겼으면 합니다."

"제가 왜 그래야 하죠?"

남자 얼굴에 순간 경멸 어린 엷은 미소가 스친 것을 기해는 놓치지 않았다.

"연구는 아까 이야기했다시피 극비입니다. 계약 내용이 그 러해서 이제구 교수도 동의를 했고 우리는 많은 시간 연구했 어요. 말씀하신 텔로프록산이 그 결과물이고요. 그런데 이 교 수가 무슨 이유에서인지 말도 없이 그만둬 버린 후 자료를 유출한 겁니다. 그건 불법이에요. 제 선에서 처리하러 온 겁 니다. 회사 쪽에서 알게 되면 큰 문제가 될 수도 있어요. 어차 피 다른 사람들에게는 내용도 알아볼 수 없는 의미 없는 파 일일 뿐이죠."

"혹시 그 연구에 루게릭도 포함되나요?"

"그건 아니지만 루게릭과 노화 현상이 연결되어 있고, 치 매약을 루게릭 환자에게 투여했을 때 증상의 호전이 보이기 도 했습니다."

남자의 말이 맞다. 그러나 기해는 망설였다.

'왜 아버지는 이 의미도 없는 파일을 나에게 보냈을까.'

그때 손님 하나가 걸어오다가 남자의 테이블이 부딪치면서 커피가 쏟아졌다. 남자의 입에서 순간적으로 욕이 튀어나왔다. 남자는 눈을 들어 기해의 눈치를 보고 무마하려는 듯 웃어 보였다. 기해도 당황했지만 남자가 더 당황한 눈치였다.

기해의 마음이라도 읽은 것처럼 남자가 낮은 목소리로 말했다.

"그 밤에 왜 이 교수는 무단횡단을 했을까요. 왜 연락 없던 딸에게 연구 자료를 건넸을까요? 이 교수는 우울증이 심했어요. 가족을 버렸다는 죄책감에 더했고요. 연구를 성공하는 일만이 그가 할 수 있는 일처럼 일했어요. 약 하나 만드는 데도 10년이 걸리고 그사이 실패와 한계를 마주할 때가 있잖아요. 그런데 최근 이 교수가 많이 힘들어했어요. 나이 들면 가족이 더더욱 생각나기 마련이거든요. 솔직히 나는 이 교수가 자살했을지 모른다고 생각했습니다. 제 생각엔 마지막으로 딸에게 자신이 한 연구를 자랑하고 싶었던 게 아닐까요."

기해의 손이 떨렸다.

자살. 그런 부분을 생각하지 않은 건 아니다.

그 거리, 그 시각, 누군가 고의성이 없다면 말이 안 되는 우연이다. 그곳은 차가 많이 다니는 곳이 아니었다. 오히려 일부러 뛰어들었다고 해야 말이 되는 상황이다.

"괜찮아요?"

남자가 고개를 숙여 기해의 표정을 살폈다. 코앞까지 바짝 다가오자 싸구려 우드 향이 희미하게 풍겼다. 기해는 갑자기 명치가 답답해 오고 속이 메슥거렸다.

"잠깐 화장실 좀 다녀올게요."

기해는 커피숍 뒷문으로 나가 복도 끝에 있는 화장실로 들어갔다.

가장 위쪽 단추를 풀었다. 어느새 차가워진 손을 따뜻한 물로 씻고 거울을 바라봤다. 물이 손에 닿자 정신이 들었다. 아버지 장례식 이후 하루에 잠을 세 시간 이상 자본 적이 없다는 사실을 떠올렸다.

기해는 남자가 내민 명함을 노려보았다. 원종문.

기해는 의심이 많았다. 호의로 다가오는 사람을 의심하고, 미소를 의심하고, 보이는 모습보다 뒤에 감춰진 것을 보려고 한다. 그것이 생겨난 원인은 직업병 때문인지, 평생 옆에 있을 거라 믿었던 아버지 때문인지, 스무 살 때 존경하고 믿었던 교수에게 호텔 방에 불려 갔던 일 때문인지 모르겠다.

이기해, 너는 이 의심하는 버릇 때문에 인생 편하게 못 사는 거라고 친구들은 말했다.

'그냥 믿어. 모르는 척 믿어봐. 그래야 니가 편하지.'

기해는 핸드폰 검색창을 켜고 원종문 세 글자를 입력했다. 기사들이 주룩 나왔다.

'2026년. 10월 30일부터 75세 노인들에게 원종문 교수팀이 개발한 텔로프록산을 투여하는 노화종말법 시행.'

'텔로프록신승인 허가, 발매 앞둬.'

'임상시험 승인. 임상 3차 성공. 생체시계 30년 이상 젊어져.'

'원종문 교수팀, 텔로미어 생성하는 HXL0101 물질 개발 성공. 텔로프록산이라 명명해.'

'HL코리아, 원종문 교수 유전자 공학 최고 권위자 영입.'

'노후를 건강하게 보내다가 죽는 것을 꿈꿔. 유전자 공학 박사가 된 드라마 같은 이유.'

'조로증에 걸린 딸의 치료를 위해 뛰어들어. 의학 발전과 희망을 주기 위해 멈추지 않을 것.'

기해는 한참 동안 인터넷에 나온 원종문의 사진을 들여다보았다. 벗어진 머리에 마른 체형. 얼굴에 살이 없고 광대뼈가 나왔다. 기해의 눈이 커졌다.

커피숍에 앉아 있는 키 크고 통통한 얼굴에 작은 눈의 사내와는 전혀 닮지 않았다.

속이 메스꺼워 터틀넥 티를 손으로 잡아 늘였다.

'저 사람은 원종문이 아니야.'

기해의 머릿속에서 며칠간 벌어진 일들이 펼쳐졌다. 심장이 쿵쾅거렸다.

기해는 서둘러 얼굴과 손에 물기를 닦아냈다. 화장실을 나와 커피숍을 지나 뒷문으로 몸을 빠져나갔다. 뒤통수가 쭈뼛서고, 온몸의 솜털이 서는 기분이었다. 기해가 뒷문으로 빠져나가는 그 순간, 자칭 원종문이라는 사람과 눈이 마주쳤다. 가짜 원종문. 그가 커피숍 건물을 벗어나는 기해를 무섭게 노려보고 있었다. 꽉 다문 입, 올라간 눈초리. 그는 당장에라도 기해에게 달려올 거 같았다.

기해는 몸을 돌렸다. 주머니 안에서 전화기가 비명처럼 울렸다. 뒤를 돌아보니 가짜 원종문이 일어나 뛰어온다. 그때 기해의 구두가 꺾여 넘어진다. 사람들이 모여든다.

"아가씨, 괜찮아요?"

사람들 사이에서 가짜 원종문이 걸어 나와 기해를 일으켰다. 놀란 기해는 소리를 질렀지만 그 모습이 사람들에게는 도움이 필요한 사람으로 보였는지 여기저기 부축의 손길이 이어졌다.

행동엔 의도가 있고, 의도엔 의미가 있다. 무슨 이유든 아버지는 그녀에게 자료를 준 이유가 있다. 그리고 이 자료를 많은 사람들이 찾고 있다는 사실은 명백해졌다.

어쩌면 그녀의 가방을 훔쳐 간 소매치기범도, 앞집 아저씨가 봤다던 이상한 남자도 아버지의 친구도 모두 그 자료를 노리고 있을지도 모른다.

기해가 몸을 일으켜 주머니를 뒤지자 USB는 사라지고 없었다.

XXX

늙은 사람

1

　겨울은 가난한 자들에게 더 빨리 찾아온다. 쪽방촌의 작은 창문 틈에는 바람막이와 뽁뽁이가 붙어 있고 찬 바람에 창문틀이 삐걱삐걱 흔들렸다. 여름엔 선풍기 하나로, 겨울엔 전기장판 하나로 겨울을 나는 사람들이 보였다. 주로 노인들이었다.

　현묵은 거리에 보이지 않았던 노인들을 전부 쪽방촌으로 모아둔 느낌이 들었다.

　골목에는 이른 연탄불의 온기를 느끼며 바둑을 두는 노인들이 보였다. 바둑판 옆에는 막걸릿병과 마른 김이 놓여 있다. 기름기 하나 없는 얼굴들로 당장에라도 바삭하고 금이 갈 것 같다. 그들은 현묵과 정 형사를 경계심 가득한 얼굴로 바라보았다. 마치 다른 세계에서 온 것처럼.

"여기네요."

김순기의 주소를 확인하던 정 형사가 발걸음을 멈췄다.

"계십니까, 어르신?"

정 형사가 문을 두드린다. 현묵은 창문을 통해 안을 들여다보았다. 아무도 없었다. 문고리를 돌리니 문은 잠겨 있지 않았다.

"김순기 할아버지 핸드폰이 없지?"

"네."

현묵은 문을 열고 안으로 들어갔다.

"들어가 보자."

방 안에는 전기장판과 선풍기가 같이 놓여 있다. 현묵은 신발을 벗고 올라섰다. 작은 싱크대에는 설거지를 하지 않은 그릇에 묻은 음식물들이 말라비틀어져서 곰팡이가 자라나고 있었다. 약 봉투와 벗겨진 장판, 바닥에 탄 자국과 군데군데 눌어붙은 모양이 보였다. 정 형사도 현묵을 따라 신발을 벗고 방 안으로 들어왔다. 뒤따라 정 형사가 들어오니 움직이면 서로 부딪칠 정도로 방이 꽉 찼다.

방 곳곳에는 색 바랜 사진, 해가 지난 달력과 한쪽에 모아둔 신문지들, 낡은 신발과 무채색의 옷가지들이 보였다. 정 형사가 입을 가리며 쿨럭, 헛기침을 했다.

"한동안 안 들어온 거 같은데요?"

정 형사의 말대로 미니 냉장고 안에는 곰팡이가 핀 밥과 김치가 있었고 겨울인데도 집 안에는 초파리들이 날아다녔다.

현묵이 한쪽에 놓인 약 봉투를 들어보니 '김순기'라는 이름이 쓰여 있다. 서랍장 위에는 영정사진으로 준비해 놓았는지 A4용지 크기의 사진이 액자에 끼워 눕혀져 있었다. 사진 속 김순기는 광대 근처에 검버섯이 올라왔으며 흰 눈썹 아래 자리한 두 눈동자는 탁하고, 귀는 축 늘어지고 입이 합죽하며 뺨에는 주름이 가득하다.

"여기 이 시 뭐예요?"

정 형사가 벽에 바짝 얼굴을 가져다 댔다.

"비잔티움에로의 항해."

거울 옆에는 예이츠의 「비잔티움에로의 항해」라는 시 한 편이 단정한 글씨로 쓰여 붙어 있다. 몇 개의 시구가 현묵의 눈에 들어왔다.

저곳은 늙은이가 살 나라가 못 된다. 서로 껴안고 있는
젊은이들, 나무의 새들—저 죽어가는 세대들—은 노래 부르며,

연어 폭포, 고등어가 우글대는 바다,
물고기, 짐승, 또 새들은 온 여름 내내 찬미한다.
잉태하고 태어나고 죽는 온갖 것을.
관능의 음악에 사로잡혀, 모두가

늙지 않는 지성의 기념비를 소홀히 하고 있다.

늙은이는 그저 하나의 하찮은 물건,

막대기에 걸쳐놓은 다 해진 옷,

그래서 내 영혼의 노래 스승이 되어라.

나의 심장을 삼켜라, 욕망으로 병들고

죽어가는 동물에 얽매여

심장은 스스로가 뭔지 알지 못하니, 그리고 나를

영원한 예술품 속에 넣어다오.

　나이 들면 시를 좋아하기로 약속이라도 하는 걸까.

　현묵의 엄마도 나이가 들어서는 시를 배우러 다니곤 했다. 자작시를 보여주기도 했는데 간단한 문장이었지만 울림이 있었다. 시는 압축인데 마치 인생을 압축하는 작업을 하는 것처럼 진지했던 모습이 기억에 남았다.

　"아내가 젊음의 물 때문에 사기당했잖아요. 김순기 할아버지는 그 이후에도 늙어가는 것에 대해 고민했던 걸까요."

　현묵은 핸드폰으로 사진을 몇 장 찍었다.

　"사기당해서 재산 날리고 아내까지 죽었어. 늙어가는 자신의 처지가 분하지 않았을까. 아무것도 할 수 없었으니."

　현묵은 거울 한쪽에 붙어 있는 복지센터의 연락처도 저장했다.

"지병이 없다면 신약 맞을 수 있으니. 꽃분이 할머니의 소원을 대신 풀게 될 수도 있겠네요."

방구석을 차지하고 있는 낡은 이동식 옷장에는 솜이 죽은 겨울 점퍼가 한 벌 걸려 있었다. 옷장 밑에 앨범이 보였다. 현묵은 낡은 앨범을 열었다. 그 안에는 빛바랜 사진들이 빛바랜 추억처럼 남아 있었다. 적어도 그 안의 김순기는 젊고 아름다웠다.

"옆방 영감 안 보인 지 꽤 됐는데? 삼촌들은 어디서들 왔어요?"

분홍 루주를 바른 할머니가 불쑥 고개를 들이밀며 물었다.

"안녕하세요, 어르신. 경찰입니다."

"아이고. 경찰 양반들이구만."

"여기 이 방 할아버님 언제부터 안 보이셨습니까?"

"안 보인 지 달포 됐나? 모르지, 뭐. 이쪽 사람들 다 말 안 하고 왔다가 말 안 하고 사라지잖아. 그래도 내가 사람 상대하는 장사를 오래 해서 보는 눈이 있다구. 해줄 이야기가 좀 있지. 소주 한 병 사다 줄래? 안주 할 것도 사 오면 고맙고. 내가 약 먹고 젊어지면 나중에 다 갚을게. 또 알아? 나중에는 내가 그쪽한테 소주를 사주게 되는 날이 올지?"

정 형사는 슈퍼 쪽으로 뛰어간다. 할머니는 뛰어간 정 형사를 확인하고 현묵을 보면서 들어오라는 손짓을 한다.

할머니 방은 좁지만 깔끔했다. 벽에 트로피처럼 걸어놓은 것은 빛바랜 가족사진이다.

할머니는 밝게 웃으면서 현묵을 맞이했다.

"누추하지만 깔끔하지? 내가 왕년에 디자이너였거든."

현묵도 할머니 앞에 따라 앉았다.

"옆방 영감은 도통 찐맛 없어. 사람이 인사를 건네면 받아주길 하나. 밥도 혼자 먹고. 한 달 전쯤인가, 전깃불이 나갔을 때는 양초를 좀 빌려 달라고 두들겼더니 못 들은 척하더라고, 흥. 얼마 후에 시커먼 안경 낀 젊은 남자 둘이 와서 집 안을 막 뒤지더라구. 영감을 막 찾고. 우린 서로 이름은 모르거든. 김순기 씨 어디 갔냐. 김순기 할아버지 어디 갔냐. 그래서 그 양반 이름이 김순기인 줄 알았지."

선글라스 낀 젊은 남자 둘이 노인을 찾아올 이유는 뭐가 있을까?

"남자들은 뭐 하는 사람들 같던가요."

"나도 모르지, 뭐. 양복 입고 검은 안경 쓰고 멋지대. 신발도 안 벗고 방 안으로 들어가더라고."

"경찰에 신고는 하셨습니까?"

"사연도 모르는데 괜히 그랬다가 큰일 나려고."

혹시 생활고에 시달려 사채라도 빌려 쓴 것일까.

현묵은 수첩을 꺼내 '한 달 전, 정전', '남자들', '뒤짐'이라고 적었다.

"김 영감님 아들과 딸은 찾아온 적 있습니까?"

"글쎄. 자식들 다 외국 산다고 하던데. 근데 젊은 남자 하나가 그 방에서 나가더라고. 김 영감 좀 닮은 거 같아서 손자인가 했지."

"그게 언제입니까?"

"전깃불 나간 다음 날이니까 한 달 전쯤 봤나? 내가 손자냐고 물었더니 말이 없고 쓱 가버리더라고."

"혹시 그 사람이 이 사람입니까?"

현묵은 용의자의 사진을 꺼냈다. 할머니는 손을 뻗어 TV 앞에 둔 돋보기를 집어 코에 걸치고는 사진 속 용의자 얼굴을 살폈다.

"그런 거 같아. 이 남자 맞는 거 같은데?"

현묵의 심장이 쿵쾅거렸다. 김순기와 용의자의 접점이 생겼다. 둘은 아는 사이다.

닮았다고 하는 것을 보면 친척일까?

만약 대신 복수를 해준다면 그 대가는 무엇일까? 살림살이를 보면 대가를 지불할 경제적 능력은 없다.

정 형사가 마침 소주 한 병과 검은 비닐봉지를 들고 왔다. 만두의 고기 냄새가 훅 풍겼다. 소주를 한 잔 마시고 만두까지 삼킨 할머니는 비밀이라도 가르쳐 주는 것처럼 조심스럽게 이야기한다.

"친하게 지냈던 영감이 있어. 박 영감이라고, 저 뒤쪽에 살아. 박 영감하고 김 영감하고 둘이 뭐 일도 하러 다니고 그랬지. 박 영감한테 물어봐. 나보다 잘 알 거야."

할머니는 주름진 입술로 소주를 들이켰다.

"근데 경찰 삼촌은 혼자 살아? 우리 손녀 소개시켜 주면 딱인데. 우리 손녀 좋은 대학 나와서 지금은 일류 유명한 회사에 다녀."

할머니가 정 형사를 위아래로 훑었다. 정 형사는 감사하지만 여자 친구 있다면서 머쓱하게 웃어 보였다.

그 후로 현묵과 정 형사는 할머니의 손녀 자랑을 뒤로하고 박 영감 집으로 향했다. 현묵은 가면서 할머니에게 들은 이야기를 정 형사에게 전했다.

"할머니 말대로 용의자가 맞다면 김순기 할아버지가 고용한 사람일 수도 있겠네요?"

현묵이 고개를 끄덕였다.

"닮았다고 하니. 자식은 없으니 친척이랑 손주까지 다 찾아서 확인해 봐."

막힌 미로에서 길이 보이기 시작했다.

"네, 알겠습니다. 근데 김순기 할아버지는 대체 어딜 간 걸까요?"

박 영감의 집은 할머니 집과 별다른 점 없는 비슷한 크기의 비슷한 방이었는데 살림살이가 많아서 발 디딜 틈이 없었다. 박 영감은 1분에 한 번씩 콜록거리는데 목 안에서 가래 끓는 소리가 났다. 집 안이 좁은 관계로 정 형사는 밖에서 기다리기로 하고, 현묵만 방 안에 들어와 무릎을 꿇은 채 앉았다. 박 영감은 누워 있었다.

"병원에 가보셔야 하는 거 아닙니까."

"늙어서 이러는 거요. 병원은 무슨. 이러고 살다 죽는 거지, 뭐."

박 영감은 기운 없는 목소리로 말했다.

"뒷집 김순기 할아버지. 아니, 김 영감님 아시죠? 두 분이 그래도 꽤 친했다고 하던데요."

박 영감의 눈동자가 위로 향한다.

"아… 김 영감! 우리 나이 또래는 과거가 똑같아. 전쟁 겪고, 베트남 파병 다녀왔다가 보릿고개 지나서 겨우 살 만하다 싶으니 금융위기, 외환위기 와 자식들 풍비박산 나서 거리로 내앉고. 그런 마당에 우리까지 신경 쓸 겨를이 있겠어? 아등바등 사는데 짐이나 되지 말아야지. 하루하루가 무서워…. 차라리 빨리 죽었으면 좋겠다니까."

"김 영감님이 지금 어딨는지 아십니까?"

"몰라. 안 그래도 걱정이야. 핸드폰도 없는 양반이 어디 가서 죽은 건 아닌지."

"마지막으로 본 게 언제입니까?"

"언제더라. 한참 됐지. 올여름에 우리 같이 나이 든 노인들이 할 일이 있다고 같이 일하러 가자고 했는데… 난 몸이 영

안 좋아서 안 갔지. 거기다가 자식도 없는 게 조건이라고 하더라고."

"자식이 없는 게 조건이라고요? 혹시 무슨 회사인지 이름은 아십니까."

"이름은 잘 모르겠는데…. 뭐더라. 나보고 같이 가자고 구인 광고 찢어놓은 걸 김 영감이 준 게 있을 텐데."

박 영감은 힘들게 상체를 일으킨다. 엉덩이를 끌고 몸을 움직여 방 한쪽 서랍장에서 스크랩 뭉치를 꺼냈다. 교차로 구인 광고들을 모아둔 것이다.

"어떤 구인 광고였는지 기억하십니까?"

"정말로 노인들 구한다는 광고였어. 70대 이상 노인. 그래서 기억하지. 노인들 구하는 건 드문 일이니까."

박 영감은 수북하게 쌓인 신문 광고들을 헤집으며 말했다.

현묵은 용의자의 사진을 보여주었다.

"이 사진 한 번만 봐주세요. 이 남자 보신 적 있습니까?"

박 영감은 사진이 잘 보이지 않는지 눈을 잔뜩 찌푸리고 들여다봤다.

"모르겠어."

"한 달 전에 김 영감님 댁에서 나오는 걸 옆집 할머니가 봤다고 하던데. 혹시 친척이나 손자나, 이런 이야기는 안 하시던가요?"

"올 사람 아무도 없다고 하던데? 아, 그 옆집 할망구 입만 열면 거짓부렁이야. 믿지 마. 아무도 관심 안 가져주니까 관심받으려고 죄다 거짓말한다니까. 외로워서겠지. 누가 늙은이한테 소주 한 병 사다 주겠나."

"혹시 김순기 할아버님이 아내분에 대해서는 뭐라고 하던가요?"

"무슨 교통사고로 죽었다고 하던데?"

정 형사와 현묵이 눈을 마주쳤다.

"교통사고요? 지병이 아니고요?"

"나한테는 교통사고라고 했어. 나랑 김 씨는 공항에서 만났어. 거기서 죽치고 앉아 있는 노인네들이 많거든. 그때 이야기를 많이 했지. 쪽방촌도 내가 소개해 준 거야."

한참을 느린 동작으로 찾던 박 영감이 말했다.

"네. 혹시 김순기 할아버님이 일하러 갔다던 구인 광고를 찾으시거나 할아버님과 연락이 닿으면 이쪽으로 연락 주십쇼."

현묵은 명함을 건넸다. 박 영감의 어깨 너머로 일고여덟 살로 보이는 아이들 사진이 보였다. 현묵의 눈길을 읽은 박 영감이 미소를 지었다.

"이쁘지? 손자 손녀들이야."

"네. 귀엽네요."

"지금은 서른이 다 됐대. 내가 젊었을 때 잘했어야지. 내가 배운 게 없어서, 아들딸한테 해준 게 없으니까. 나 젊었을 때는 다들 힘들었을 때고 입에 풀칠하기 바빴지. 미안한 마음이지, 뭐. 내 죄지, 죄. 나는 그 약 나오면 먹고 정말 열심히 살아볼 거야. 다시 젊어지면, 자식들한테 도움이 되는 아버지가 될 거야."

기침을 하는 박 영감의 목소리가 외롭게 들렸다.

김순기 할아버지는 대체 어디로 갔을까.

하늘은 구름 한 점 없이 맑았다. 쪽방촌을 벗어나자 간판이 화려한 커피숍 거리가 펼쳐졌다. 현묵은 멀어진 쪽방촌을 돌아보았다. 그곳은 거대한 피사체의 그림자에 가려 잿빛이었다. 양지와 음지. 빛과 그림자. 보이지 않는 혹은 보려 하지 않는. 세상에는 존재하지만 보이지 않는 영역이 있다. 정 형사가 우두커니 서 있는 현묵을 잡아끌었다.

2

"팀장님. 경찰서에서 형사님이 찾아왔어요."

기해는 형사가 찾아왔다는 말에 키보드에서 손을 뗐다. 기해가 몸을 일으켜 응접실로 나가 보자 키가 크고 마른 남자가 서 있었다. 올 블랙의 옷과 검은 머리가 우울한 인상을 주었다. 가는 콧날과 기다란 목, 삐뚤어진 어깨, 귀를 덮은 머리칼. 옆으로 길고 검은 눈은 나른해 보인다. 어딘가 지친 기색. 힘겹게 고통을 감춘 얼굴이 거기에도 있다. 찌든 마음, 고통을 감추는 가면 쓴 자의 절박한 얼굴이었다. 그에게서 눅눅한 나프탈렌 냄새가 났다. 어릴 적 그녀의 엄마 방에서 자주 풍기던 냄새였다.

"특수수사본부 양현묵 형사입니다."

침착한 동작과 차분한 말투 때문에 형사라는 배역을 맡은 배우 같다.

기해는 몸을 틀어 응접실 소파를 가리켰다. 현묵은 그곳에 앉는다.

"무슨 일이시죠?"

"김순기 할아버님 행방을 알 수 있을까요?"

김순기라는 이름이 나올 때부터 그의 담당자인 지현은 안절부절못했다. 지현은 기해를 보고 고개를 숙이며 눈을 피한다. 그녀는 뭔가 잘못되었다는 것을 깨닫는다. 내부 개인의 잘못은 센터의 잘못이 돼버린다.

기해는 쪽방촌에 있던 김순기 할아버지를 떠올렸다. 주름으로 내려앉은 눈꺼풀 밑 눈동자는 늘 허공을 향해 있었다. 꾸역꾸역 정부 보조금과 아르바이트로 빚을 갚고 하루하루를 살아내던 할아버지. 죽은 할머니에 대한 것도 자식들에 대한 이야기도 말을 아끼던 할아버지였다고 기해는 기억한다.

"잠시만요. 자료를 확인해 볼게요."

기해는 김순기에 대해 아는 척 받아쳤지만, 지현에게 보고받은 것은 없다. 사라졌다느니, 며칠간 보이지 않는다는 말은 따로 없었다. 그녀의 변명은 뻔하다. 워낙 집을 비우는 일이 잦다든지, 찾아갔는데 없어서 그냥 왔다든지.

기해가 그녀보다 열두 살 어린 지현을 이해 못 하는 건 아니다. 하루에 돌보고 체크해야 하는 인원이 1인당 약 40명. 하루에 직접 다 찾아가서 살펴보아야 한다고 기해는 처음 일할 때 배웠다. 뒤꿈치가 까지는 건 부지기수, 부부싸움에 걸려 냄비로 얻어맞기도 하고, 장판에서 쏟아져 나오는 바퀴벌레 소굴에서 아이들을 꺼내 밥을 차려 먹이기도 했다. 그게 이 일이라고 믿었다. 그러나 아직 20대인 지현에게 자신처럼 희생을 강요할 수 없다. 기해가 얻은 것이라곤 만성피로와 과로뿐이니까.

"김순기 할아버지 상황 체크한 게 여기 8월 27일이고, 이번 달은 9월 3일에 갔었는데 안 계셔서 부재중으로 되어 있었네요. 할아버지가 자주 집을 비우세요. 종종 박스 주우러 멀리까지 갔다가 거리에서 주무시기도 하고 그래요. 거기다 핸드폰이 없으셔서 연락이 힘들긴 해요."

기해의 눈이 조용히 그의 시선과 겹쳤다. 기해를 바라보는 현묵의 눈동자, 그 안이 깊고 검었다. 말 대신 속으로 삭히는 사람 특유의 눈동자다. 기해는 알 수 없는 동질감을 느꼈다.

"할아버님께 무슨 일이 생겼나요?"

"현재 조사하고 있는 사건 관련 차 여쭤볼 게 있어서요."

"무슨 사건인데요? 할아버님이랑 무슨 관계가 있는 건가요?"

"아직은 확정할 수 없지만 할아버님 아내분이 8년 전 젊음의 물 사기사건의 피해자셨습니다. 그래서 중요한 참고인이고, 요즘 시끄러운 골절 살인사건의 용의자가 김순기 할아버지 집에서 나오는 걸 본 사람이 있다고 하네요."

기해도 뉴스에서 본 적이 있다. 죽은 피해자들은 사기꾼들이었고, 아마도 죽인 범인이 원한을 품고 살해한 것 아니냐는 이야기가 떠돌았으니까.

현묵은 용의자 사진을 보여주었다.

"혹시 본 적 있으신가요?"

기해가 사진을 확인하고 지현에게도 보여주었지만 그녀는 고개를 저었다.

"혹시 뭔가 생각나는 게 있으면 연락 주세요."

기해는 잠시 명함을 바라본다. 양현묵.

기해는 번호를 저장하고 서랍 안에 명함을 넣었다.

현묵이 나가자마자 지현이 기해의 옆으로 바짝 붙었다. 그녀는 고개를 숙이면서 미리 보고드리지 못해서 죄송합니다, 라고 말했다. 기해는 머리가 지끈 아파왔다.

노인은 두 가지 부류다. 아직 자존심이 있는 노인들과 자신의 처지를 받아들이고 복지사에게 고맙다고 하면서 더 이익을 챙기려는 노인이다.

김순기는 앞의 부류에 가까웠다. 때때로 집을 비우기 일쑤였고, 복지관에서 갖다주는 음식을 마다했던 노인이었다. 김순기는 매너가 있고 옷차림도 깔끔했다. 기해는 그런 김순기가 마음이 쓰여서 더 챙기기도 했었다. 그런데 담당자가 지현으로 바뀌고 나서는 신경을 덜 쓴 게 맞다.

기해는 폭풍이 지나고 난 후의 대지처럼 텅 빈 김순기의 눈빛을 떠올렸다.

"할아버지 행적 확인되는 거 있으면 나한테 알려줘요."

지현은 알았다고 대답하고 자리로 돌아갔다.

어느 철학자의 말처럼 약자에 대한 정의는 보호와 친절이다. 그런데 보호와 친절 대신, 멸시와 조롱으로 대하는 것을 그녀는 목격하곤 했다.

인간은 시간을 담을수록 현명해지는 것이 아니다. 그저 낡아 닳아버린다.

그래서 처연하고 슬프다. 기해는 나이 듦의 억울함과 서운함을 누구보다 가까이서 느끼곤 했다.

노화종말법이 시행되면 기해의 이런 감정도 사라질까.

기해는 답답한 마음에 센터 밖으로 나왔다.

'할아버지는 대체 어디로 갔을까.'

김순기 할아버지는 핸드폰이 없었다. 전화기도 필요 없는 사람이었다. 누구에게서 연락 올 일도, 연락할 일도 없는 그런 노인이었고, 주변 사람들과도 그다지 어울리는 법이 없었다.

할아버지의 시체와 마주하고 싶지는 않았다. 조금만 기다리면 김순기 할아버지도 젊어질 수 있다. 그때까지만 버텨준다면, 그래서 생체 나이가 젊어진다면 뭐든 다시 시작할 수 있을 텐데.

그런데 그 약을 개발하는 데 아버지가 일조했다니, 이상한 기분이 들었다.

아버지는 늙지 않는 삶이 필요하다고 생각했을까.

늙어가는 것이 두려웠을까.

소멸해 가는 엄마를 보면서 구원의 해답을 찾고 싶었을까.

아버지가 연구했던 개소년 프로젝트는 대체 무엇이길래, 아버지는 이 파일을 유출하려 했으며 그들은 이것을 찾으려 할까.

단지 연구 자료였다면, 이렇게까지 찾을 이유가 있을까?

깊은 생각이 그녀를 붙잡았다. 머리를 세차게 흔들었지만 커져 가는 궁금증이 그녀의 어깨를 눌렀다.

3

김순기는 1947년생으로 한 공장의 평범한 생산직원으로 30년간 일하고 정년퇴직을 했다. 그가 일한 공장에서는 김순기를 모두 책임감 있는 신사라고 기억했다. 지각 한 번 한 적 없고, 불평불만 없이 30년간 같은 일을 해왔다. 남들보다 유난히 깔끔하고 주변에 피해 주기 싫어했다고 한다. 젊은 시절 김순기의 아버지가 당시 알코올성 치매를 앓고 있어서 본인은 술 한 잔 입에 대지도 않았고, 건강에 집착이 있어서 운동도 열심히 하고 식단도 챙겨서 퇴직할 당시 나이가 60세였지만 겉으로는 더 젊게 보였다고 한다. 퇴직금으로 많지 않은 돈을 받았을 것이고, 소문으로는 그 돈을 아내, 이꽃분에게 맡겼는데 젊음의 물 사기를 당해 날렸다고 했다. 자식은 둘 다 사망했다. 손자 또한 없으며 먼 친척 중에서도 20대 남자는 없었다.

젊음의 물 사기사건 때문에 하나뿐인 가족인 아내를 잃은 남편.

범행 동기는 충분하다. 그러나 김순기의 나이는 현재 79세.

'누군가에게 살인을 의뢰했을 가능성도 있긴 하지만 뼈를 열세 군데나 부러뜨리는 복잡한 방법을 쓸까.'

'청부업자라면 좀 더 깔끔하고 편한 방법으로 죽였을 것이다.'

'용의자와 할아버지가 닮았다는 말은 할머니의 착각일까.'

현묵은 머리가 엉킨 털 뭉치처럼 복잡했다.

"꽃분이 할머니 사망원인은 확인해 봤어?"

현묵이 정 형사에게 물었다.

"할머니 의료 기록을 보면 2019년까지 K 병원에서 신장 투석을 받았거든요. 사망일은 2021년 2월 14일인데 병원에

간 기록도 그렇고 쪽방촌 박 영감님이 들었다던 교통사고에 대한 기록은 달리 없었습니다."

"그럼 할머니가 자연사해서 장례를 혼자 치렀다는 건가?"

"그럴 수도 있죠. 사망증명서에는 김순기 할아버지 이름이 아니라 통장, 동장 이름이 들어갔더라구요. 좀 더 알아보겠습니다."

정 형사는 커피를 내려놓고 기지개를 켰다.

현묵과 정 형사가 김순기에 대해 조사하는 동안 박 형사와 한 형사는 근처 CCTV를 더 뒤지고, 피해자 이철민과 박영빈의 채무 관계, 원한 관계, 주변 조사, 통장 거래 내역을 조사했다. 그들의 핸드폰과 컴퓨터도 뒤졌다. 나머지 가해자인 장민수의 이동 동선이 파악되었다. 조주호가 살던 옥탑방에 찾아가 보았지만 이미 사라진 후였다.

현묵은 잠깐 집으로 돌아가 엄마를 체크했다. 간병인의 불평불만을 듣고, 추가 돈을 주고, 갈아입을 옷가지를 챙겼다. 엄마는 눈이 더 움푹 들어가고, 팔은 뼈에 가죽을 두른 것처럼 앙상했다.

산다고 해서 다 같은 삶이 아니고, 죽는다고 해서 다 같은 죽음이 아니라는 것을 증명하는 것처럼.

엄마가 죽여 달라고 했을 때. 그래야 했을까.

사는 게 지옥이라면 죽음이 구원일까. 엄마는 스스로 리사이클되는 것을 원할까.

같은 질문을 스스로에서 수천 번 해봤지만 결론은 단 한 번도 명쾌하게 난 적이 없다.

현묵은 엄마의 약을 받아오기 위해 잠시 병원에 들렀다.

평일이지만 병원은 사람들로 북적였다.

"치매 치료는 아직 완전한 것이 없습니다. 급속한 진행을 막는 것이 최선입니다."

담당 의사는 말했다.

치매는 더 좋아지는 일은 없다. 이 상황을 지켜보는 것만큼 답답하고 슬픈 일은 없다. 은행 계좌 잔액도 엄마의 상태도 그전보다 모두 좋아지지 않았다.

엄마의 병이 좋아지길 바라면서 병원을 전전하던 날들이 있었다. 시간과 돈만 나갔을 뿐 좋아진 건 없다. 의사들은 불치병이란 소리를 돌려 말한다. 희망을 갖지 못하면 병원에 돈도 쓰지 않으니깐. 의사의 능력은 희망 주입과 자신을 믿게 하는 두 가지로 결정 나는 것 같다. 니체가 그랬다. 희망은 모든 악 중에 가장 나쁜 것이라고. 그것은 인간의 고통을 연장시키기 때문이다.

"혹시 혈장 투여에 대해 들어보셨습니까?"

의사가 말하는 혈장 투여는 합법이 아니다. 그러나 사람들은 젊어지기 위해 어떤 노력도 마다하지 않게 되었다. 그래서 또 다른 사회적 문제가 생겼다. 젊은 사람의 피를 수혈해서 혈액에서 추출한 혈장을 투여하니 치매 증상이 완화된 효과가 있었다. 이 효과에 대한 소문이 퍼지자, 10, 20대는 피를 팔고, 40세 이상은 피를 사려고 했다. 암거래가 이뤄졌고 오염된 피를 불법으로 시술해서 문제가 되기도 했다. 혈장 1리터가 8백만 원 정도에 거래되었는데, 어리면 어릴수록 돈을 더 비싸게 불렀다. 젊은 피가 비싸니 돈 많은 중년이 주된 고객이었다. 돈이 많은 사람은 젊어지고 돈이 없는 노인은 더욱더 늙는 불공정이 생겨나기 시작했다. 나라에서는 혈장 거래를 금지하고 효과가 없다고 발표했지만 여전히 뒷거래는 이뤄지고 있다.

돈으로 무엇이든 할 수 있는 세상.

이제 젊음과 시간조차 돈으로 사지 못하는 유일한 것이 아닐지도 모른다.

"지금으로선 그게 방법이 될 수밖에 없겠네요. 필요하면 이야기하세요."

의사는 하얀 가운에 어울리지 않은 고급 시계를 차고 있었다. 치매를 고쳐야 신약을 투약받을 수 있으니 사람들이 병원으로 몰릴 것은 뻔했다. 어쩌면 의사는 월급보다 불법으로 더 많은 돈을 벌고 있을지도 모른다.

치매 노인들이 자주 오는 병원 화장실에는 늘 같은 문구의 스티커가 눈에 띈다.

이 병원 화장실도 마찬가지다.

오늘도 '젊은 피 매매 가능'이란 문구와 전화번호가 쓰인 스티커가 붙였다 떨어졌다 한 자국이 반복적으로 많았다. 현묵도 엄마의 치매를 고치려고 알아본 적이 있었다.

1주 1회, 총 4주에 걸쳐 주입. 금액은 2천만 원.

현묵이 사채업자 상어에게 돈을 빌린 이유다. 그러나 아직 망설이고 있다. 젊은 피를 사서 엄마의 치매를 고친 후, 75세가 된 엄마에게 텔로프록산을 투약하게 하는 것. 그것만이 이 지옥에서 벗어날 방법일까. 혹은 이대로 늙어가는 것을 지켜보면서 요양원으로 옮기는 게 맞을까. 국가에서 노인 문제를 해결하기 위해 만든 법 때문에 다른 불법적인 일이 훨씬 많이 벌어진다는 사실을 그들은 알까.

현묵은 벽에 붙은 스티커를 떼어 돌돌 말아 버렸다.

관자놀이가 욱신거렸다.

화장실에서 나와 로비를 걸어갔다.

밖으로 나오니 대형 버스에는 주름을 펴준다는 화장품 광고가 붙어 있었다. 이 세상 곳곳에 젊음을 강조하는 상품들이 늘어났다. 만약 늙은 사람들이 사라진다면 이들 사업은 하향세를 걸을 수밖에 없지 않을까. 그래도 젊어지기 위해 피를 파는 일은 사라질 수 있는 장점이 있을지도 모른다.

세상은 여전히 늙음과 투쟁 중이었다.

현묵의 입안이 썼다.

4

특수수사본부 회의실은 긴장이 맴돌았다.

"장민수 거처 찾았고요. 지금 한 형사와 교대로 잠복 중입
니다. 아직은 수상한 인물은 발견하지 못했습니다. 김순기
할아버지 쪽은요?"

박 형사가 커피를 들이켜면서 말했다.

정 형사가 화면에 김순기 할아버지와 관계도를 띄웠다.

"할아버지는 카드도 없고, 핸드폰도 없어서 위치 추적이
어렵습니다. 불행 중 다행인지 할아버지가 사라진 후부터 오
늘까지 무연고자 시체 중에 김순기 할아버지로 보이는 시체
는 없었습니다. 할아버지는 자식이 둘 있었고 사망했어요. 장
남은 도박 빚에 허덕여 자살했고, 차녀는 가정폭력을 겪다가
외국으로 나간 후 연락이 끊긴 다음 사망했습니다. 그 뒤로
김순기 할아버지와 꽃분이 할머니 부부는 서로를 아주 의지
하면서 지냈다고 합니다. 그리고 김순기 할아버지 쪽방에 나
타난 양복 입고 선글라스 낀 젊은 남자 둘 있잖습니까. 혹시
김순기 할아버지가 고용한 살인청부업자일까 생각해 봤는데
용의자와 인상착의가 전혀 다릅니다."

정 형사가 손가락을 움직여 화면 속 마우스 포인트를 부지
런히 옮겼다.

"김순기 할아버지는 아내가 사망하고 돈이 하나도 없었어.

재정적으로 살인청부업자를 고용하긴 어려웠을 거야."

현묵이 입을 뗐다.

"그럼 왜 할아버지를 찾아왔을까요?"

"사채 쪽일 수도 있으니까. 일단 주변 CCTV 확인해서 차 번호 알아내고 신원 파악해 봐야지."

"네. 알겠습니다."

"조주호 쪽은?"

현묵의 시선이 박 형사에게 향했다.

"조주호는 신용불량자라 핸드폰도 자신의 명의가 아닌 거 같아서 통화 내역 확보가 어렵습니다. 살던 옥탑방도 배달업 체에서 함께 일하던 동료 명의를 돈 주고 빌렸다고 합니다. 옆집에서도 선글라스 낀 젊은 두 남자를 보았다는 목격담이 있었어요. 김순기에게 나타난 자들과 인상착의, 키, 옷도 동 일합니다."

박 형사가 고개를 갸웃거렸다.

"뭐죠? 저 사람들? 사채업자라도 김순기, 조주호랑 겹치는 게 가능할까요?"

정 형사가 덧붙였다.

잠시 침묵이 흘렀다.

"용의자를 쫓는 거라면? 용의자는 다음 타깃으로 조주호 의 집을 찾아갔고? 저들이 용의자를 쫓아 조주호 집에 나타 났다면?"

현묵은 머릿속에 떠오른 문장들을 입 밖으로 내뱉었다.

"그러면 말은 되네요."

정 형사가 고개를 끄덕였다.

"용의자에 대해서는 조주호 옆집에서 봤다는 사람들이 있었습니다. 용의자가 조주호 집 쪽에서 큰길 쪽으로 빠르게 뛰어갔다고 하더라구요. 그 외는 워낙 주택가고 낮에는 거의 사람이 없다 보니 목격자 확보가 어려웠습니다. 근처 CCTV 알아보겠습니다."

박 형사가 눈빛을 반짝였다.

"장민수를 주시해. 범인이 조주호를 찾아갔다면, 장민수 앞에 꼭 나타날 거다."

현묵의 말에 박 형사는 고개를 끄덕였다.

골절 연쇄살인사건이 이슈가 되면서 어딜 가든 사람들은 두 쪽으로 나눠 싸웠다.

한쪽은 젊은 쓰레기 전담반이라 통쾌하다며, 또 다른 쪽에서는 노인네 복수 대리인이냐는 조롱을 일삼았다.

이렇듯 연쇄살인사건을 두고서도 젊은이와 노인들이 격돌했다. 한쪽에서는 노화종말법안 무효화를 주장하는 움직임도 거세게 일었다.

현묵은 잠시 목욕탕에 들렀다. 며칠째 수사 때문에 씻지를 못했기 때문이다. 현묵은 동네 목욕탕을 좋아한다. 낡은 보관함은 손에 익었고, 퀴퀴한 곰팡이 냄새와 눅눅함도 안정을 느끼게 한다.

동네 목욕탕은 어르신들이 많다. 세월이 새겨진 가죽을 이끌고 저마다 죽은 세포를 벗겨내는 광경은 어찌 보면 기괴하기까지 하다. 현묵의 몸을 부러워하는 시선들도 좋았다. 현묵은 이제 젊지도 늙지도 않은 나이지만 이곳에서만큼은 늘 가장 젊다. 목욕탕에서 가끔 젊은 자식들이 늙은 아버지를 모셔 와 씻기는 경우도 보인다. 그러나 그건 희귀한 경우라 다른 노인들은 그 자식과 노인을 두고서 부러운 시선이 교차한다.

노인들은 요즘 젊은 세대는 이해할 수가 없다고 말한다. 현묵에게도 요즘 MZ세대는 어렵다. 정 형사도 그렇고 젊은 사람들의 생각을 알 수가 없다. 현묵은 아직 아날로그 감성을 가지고 있다. 조부모와 살았던 시간이 많아서일 수도 있다. 현묵이 어릴 때는 조부모가 많은 것을 가르쳐 줬는데 이제는 모든 것을 컴퓨터가 대신하니, 노인들의 존재가치가 열어진다.

현묵은 뜨거운 탕 속에 몸을 담갔다. 눈앞에서 수증기가 흩어져 사라졌다.

범인의 정체를 뒤덮는 의문이 수증기처럼 사라지길 바랐다.

그날 오후 서울의 한 여관 주인으로부터 제보가 들어왔다.

"똑같아! 뉴스에 나오는 이 사람! 우리 여관에 묵었던 손님. 확실해!"

여자의 목소리는 쩌렁쩌렁했다. 자신의 여관에 묵었던 손님이 뉴스에 나오는 용의자임에 틀림없다는 것이다. 현묵은 정 형사와 여관으로 빠르게 출동했다.

서울역 뒷골목에 위치한 여관은 허름한 수정장이란 간판을 달고 있었다. 안으로 들어서자 수정장 주인이 현묵과 정 형사를 기다렸다는 듯 반겼다. 여관 주인은 50대 후반으로 진한 아이라인에 날카로운 눈매를 가지고 있었다. 여관 사장보다 여관 주인이 어울리는 다정하면서도 수다스러운 분위기였다.

그녀의 말에 의하면 젊은 남자는 20일 전에 투숙해서 보름 정도 묵었으며 말이 없었고 늘 현금으로 계산했다고 한다. 나이는 20대 초반 같은데 옷은 늘 허름한 것만 입었다고 한다.

"요즘 젊은이답지 않아서 기억에 남아. 애들이 이런 데 오겠어? 게스트하우스나 무인모텔을 이용할 텐데. 군이 왜 여기에 올까 했어. 여기 오는 손님은 보통 나이대가 있으니까. 물론 저렴하긴 하지만."

여관 주인은 목소리를 높이면서 현묵에게 말했다.

현묵은 여관을 살폈고 입구에 달린 CCTV가 눈에 들어왔다. 오래된 장식품처럼 여관 입구 끝에 매달려 있었다.

"저 CCTV 좀 볼 수 있을까요?"

"저거 고장 나서 돌려볼 수 없어. 못 고쳐서 새로 사야 한대. 장사도 안 되는데 저거 살 돈이 어딨어."

현묵이 한숨을 내쉬자 그녀가 고개를 쓱 돌렸다.

"방은 언제 뺐습니까?"

"9월 16일부터 묵었는데, 한 3, 4일 전에 남자들이 찾아와서 한바탕 난리였어."

여관 주인이 기록을 살피며 대답했다.

"남자들이요? 자세히 좀 말씀해 주세요."

"양복 입고 좋은 차 탔어. 둘 다 젊고 선글라스를 꼈더라구. 근데 저 앞에 세워놨다가 주차 딱지 떼이는 거 봤어. 둘이 여관 앞까지 걸어와서 살피더니, 내가 누구세요? 하고 물으니까 대답도 없이 막 뛰어올라 가더라고, 그 남자는 도망가고. 양복 입은 남자들은 막 쫓아가고."

"자세한 인상착의는 기억나는 거 없습니까?"

"나이대가 30대 정도 같고, 두 명인데 한 명은 호리호리. 한 명은 몸이 좋고. 얼굴이 차가운 인상이었는데. 눈썹이 짙고. 젊은 사람이 목을 꺾으니까 우둑우둑 소리가 나더라고. 내 눈썰미나 되니까 본 거지. 이거 고급정보야."

여관 주인이 인심 쓰듯 어깨를 으쓱했다.

선글라스 낀 남자 둘.

혹시 김순기의 쪽방과 조주호 집에 찾아온 사람들과 동일한 인물일까.

"남자가 묵은 방은 치웠습니까?"

"돈을 미리 한 달 치를 받아놔서 내가 딱— 그대로 놔뒀지. 아주 난리를 쳐놨어. 아무튼 범인 잡아서 그쪽들 승진하면 다 내 덕이야."

정 형사는 대충 맞장구를 쳐주었다.

여관 주인은 뿌듯한 표정으로 앞장서서 걸었다. 203호 앞에 선 여관 주인은 문을 열어 안으로 들어갔고, 현묵과 정 형사가 뒤따라 들어갔다.

방은 난장판이었다. 이부자리는 발자국들이 찍혀 있고, 거울은 깨져 있었다. 약 봉투, 붕대, 소독약이 보였다.

"여기서 한바탕 난리가 났었나 본대요."

정 형사가 옷장을 열어본다. 지문과 DNA를 채취할 수 있는 그가 사용했던 유리컵과 칫솔, 머리빗을 비닐봉지에 넣었다.

현묵은 창문가로 다가갔다. 깨진 창문 옆에 살짝 파인 홈이 눈에 들어온다. 손끝으로 만져본다. 파인 모양으로 보아 총알 자국이다.

"총알 자국이에요?"

정 형사가 놀란 목소리로 물었고 현묵이 고개를 끄덕였다.

"일이 대체 어떻게 돌아가는 거예요?"

정 형사는 고개를 절레절레 흔들었다.

"선글라스 낀 남자 둘이 그냥 사채업자는 아니라는 건 확실해 보이네."

현묵은 수정장을 나와 중국집으로 향했다. 수정장에서 가장 가까운 식당은 중국집이었다. 매콤한 냄새와 기름 냄새가 섞인 특유의 향이 났다. 여관 주인 말에 의하면 남자는 이곳에 자주 들르는 눈치라고 했다.

현묵은 중국집에서 일하는 여종업원에게 수정장에서 들은 남자의 인상착의를 말했다. 현묵의 말을 듣던 종업원은 젊은 남자에 대해 비교적 자세히 기억하고 있었다. 밥을 먹다가 갑자기 가슴을 움켜쥐고 쓰러진 적이 있어서 기억한다고 했다. 중국집 배달원은 그 젊은 남자가 이 집 딸하고 있는 것을 보았다고 했다.

그때 중국집 안으로 교복 입은 소녀가 들어오려다가 현묵을 보고 뒤돌아서 나갔다.

"딸! 밥 먹고 가!"

중국집 주인이 외쳤지만 소녀는 들은 척도 하지 않고 가게 밖으로 나갔다.

현묵도 가게를 나와 소녀의 뒤를 따라 걸었다.

"왜 쫓아와요?"

"니가 도망가니까."

"도망간 거 아니거든요."

"그럼 잠시 이야기 좀 할 수 있을까?"

소녀는 몸을 휙 돌렸지만 더는 도망가지 않았다.

"혹시 이 사람 봤니? 니네 가게 단골손님이라던데."

현묵이 용의자의 몽타주를 소녀에게 보여줬다. 소녀의 눈이 일순 커졌지만 대답을 아꼈다. 대신 고개를 좌우로 흔들었다. 당찬 눈매와 얇은 입술에서 누군가를 지키고자 하는 강인함이 느껴졌다.

"아는 거 있으면 이야기해 줘."

"없어요. 몰라요. 가게 단골손님을 왜 나한테 물어보는데요."

"니가 이 남자랑 있는 거 봤다는 사람이 있어."

소녀는 대답 대신 입을 꾹 다물었다.

"그 남자 위험한 사람이야. 사람을 죽였을지도 모르는 용의자라 하루빨리 잡아야 해."

"나쁜 사람 아니에요. 뭐 알지도 못하면서 진짜, 짜증 나게."

소녀가 갑자기 소리를 꽥 질렀다.

"그 사람이 범인이 맞다면 잡아야지."

"죽은 사람들, 다 죽을 만한 사람들이었다면서요. 뉴스에서 봤어요."

"위험한 사람이야."

"좋은 사람이라니까요!"

"니가 어떻게 아니?"

"행복이를 구해 줬으니까요."

소녀는 눈이 붉어지더니 울음 대신 화를 냈다. 뒤따라온 정 형사가 소녀를 달랬다.

"행복이?"

"강아지요. 동네 남자애들이 괴롭혔거든요. 도와달라고 했더니 개들한테서 강아지 구해 줬어요. 엄마 아빠는 데려온 거 몰라요. 내가 강아지 치료비도 구하려고 했는데… 피 팔아서."

"그거 위험한 거야."

현묵은 이렇게 답했지만 한편으로는 이 소녀의 피를 엄마에게 주는 상상을 했다.

"저 중학생이에요. 중학생 피는 비싸게 팔 수 있대요. 근데, 그 사람이 돈을 줬어요. 행복이 치료하라고. 내 몸 귀하게 여기라고 하면서."

소녀의 두 눈에서 눈물이 흘렀다.

"이 형사 아저씨도 고양이 키우는데, 감자라고. 정 형사, 맞지?"

정 형사는 현묵의 지시에 따라 핸드폰 속에 저장된 고양이 사진을 보여줬다.

"귀엽다."

"이름이 감자야."

정 형사가 고양이 사진을 몇 장 더 보여주자 소녀의 표정이 한결 부드럽게 바뀌었다.

"그 사람 이상하긴 했어도 착한 사람이에요."

현묵은 그 사람을 돕기 위해서라도 꼭 만나야 한다고 설득했다. 소녀의 눈동자가 갈등하는 게 보였다.

"몸이 아픈 거 같았어요. 피도 토하고."

소녀의 얼굴이 걱정스러움으로 가득 찼다.

"아프니까 더욱 도와줘야지. 또 뭐 기억나는 건 없어?"

"말투가 특이했어요."

"어떻게?"

"옛날 사람 같았어요. 카카오톡도 인스타도 모르는 거 같았어요. 진짜 꼭 도와주세요. 누군가에게 쫓기고 있었어요. 진짜 나쁜 새끼들, 그 사람 다리에 총을 쐈다니까요."

소녀가 총이라는 단어를 언급하자 현묵이 꿈틀했다.

그의 방에 총을 쏘아댔던 사람들일까.

왜 쫓는 것일까. 총까지 소지한 그들은 누구일까.

그런 자들이 쫓는 남자는 대체 누구일까.

"다리에 총을 맞았다면 근처 병원을 뒤져볼게요."

"아니야. 남자가 5일 전에 퇴실했다고 했잖아. 조주호 집에 나타난 건 그 후잖아."

"목격자 말에 의하면 용의자가 조주호 집에서 뛰어갔다고 했잖아요. 그럼 다리에 총 맞았다는 건 뭘까요?"

현묵은 마른세수를 했다. 턱에 가슬가슬하게 수염이 만져졌다.

　며칠째 밤을 새웠다. 낮에는 잠깐 집에 들러 엄마를 체크하고, 밤에는 본부에서 CCTV를 보았다. 소녀의 목격담을 토대로 다시 제작한 몽타주까지 배포되었다. 그러나 별다른 제보가 들어오지 않았다. 오히려 새로운 몽타주가 공개되면서 용의자의 외모를 칭찬하는 말이 인터넷에 올라오기 시작했고, 악을 처단하는 진정한 영웅이라며 팬 카페도 생겼다. 경찰들이 무능해서 이런 일이 일어났다고 경찰 홈페이지에 욕이 도배되었다. 정 형사가 점퍼를 벗으면서 들어왔다.

　"이꽃분 할머니 사망증명서 받은 사람들 만나고 왔는데요. 김순기 할아버지가 할머니 시신을 끌어안고 있었다고 하네요. 동장, 통장이 나서서 사망신고하고 장례 치렀다고 하더라구요."

　정 형사는 한숨을 쉬었다.

　현묵은 정 형사의 말을 듣고 꽃분이 할머니를 떠올렸다. 아내의 죽음. 그것을 본 할아버지. 아무것도 할 수 없었을 것이다. 가해자들은 꽃분이 할머니가 살해된 일로 처벌받지 않았다.

　종이컵을 구겼다. 그때 현묵의 전화벨이 울렸다. 쪽방촌 박영감이었다.

　현묵과 정 형사는 다급히 탑골공원으로 향했다. 탑골공

원 한쪽에는 무료 배식 코너와 의자들이 보였다. 큰 가마솥에 김이 무럭무럭 나는 호박죽을 끓이고 있다. 천사봉사단이라고 쓰여 있는 현수막이 보였다. 박 영감은 저번보다 혈색이 돈 얼굴로 호박죽을 먹고 있었다. 입술 옆으로 누런 호박죽이 흘러내렸다.

"여기야, 여기. 이걸 여기 공원에서 나눠줬대. 그때 난 몸이 안 좋아서 안 갔지만."

박 영감이 내민 신문 구인 광고에는 한성인력이라고 쓰여 있었다.

"늙은이가 도움이 되는지 몰라."

현묵은 한성인력이 낸 구인 광고를 읽어보았다. 신문 날짜는 8월 15일.

70~80대 사이의 어르신 모집. 간단한 알바. 고액 보장.

070-8888-10871. 주소는 영등포였다.

현묵과 정 형사는 영등포로 향했다.

영등포의 밤은 낮과 다르다. 영등포역은 밤이 되면 노숙자들의 잠자리가 된다.

현묵과 정 형사가 역을 지나가는데 노숙자들이 웅성웅성거리면서 모여 있다. 그들 사이에 노숙자가 쓰러져 있다. 몇몇은 순찰대원을 부르러 간다. 노숙자는 얼굴에 주름이 가득한 노인으로, 짙은 왼쪽 눈썹 아래 사마귀가 눈에 띄었다. 조금만 가까이 가도 악취 때문에 숨을 쉴 수 없다. 뒤늦게 귀가하는 사람들이 흘끗흘끗 그를 보지만 아무도 다가가지 않는다. 노숙자는 몸을 비틀고 심장을 부여잡더니 이내 움직임을 멈춘다.

현묵은 사람들 사이를 비집고 들어가 노숙자의 맥박을 확인한다.

"119 좀 불러."

현묵의 지시에 정 형사가 다급히 119를 누른다.

"선배님."

정 형사가 현묵의 팔을 잡았다.

"신분 확인하고."

현묵은 정 형사의 손을 떼어놓고는 노숙자의 윗옷을 급하게 벗겨낸다. 정 형사가 노숙자의 품 안에서 지갑을 꺼내 빛바랜 주민등록증을 확인했다. 76세 우상근이었다.

현묵은 인공호흡을 시도한다. 현묵의 입술에서 노숙자의 입술로 공기가 들어갈 때마다 사람들은 저절로 얼굴을 찌푸린다.

세 번, 네 번.

노숙자는 숨을 쉬지 않는다. 사람들은 믿지 못할 광경에 이내 모여든다. 몇몇이 핸드폰으로 사진을 찍자 전부 핸드폰 카메라를 든다.

현묵은 포기하지 않는다. 다섯 번, 여섯 번. 노숙자는 미동이 없다.

일곱 번, 여덟 번.

멀리서 구급차가 사이렌을 울리면서 사람들을 뚫고 가까워져 온다. 노숙자가 숨을 토해 낸다. 사람들은 박수를 친다. 박수는 전염되어 우레와 같은 갈채로 바뀐다. 탄성도 쏟아져 나온다. 어린 여자애가 뛰어와 현묵에게 생수를 건넨다. 중년 여자는 손수건을 건넨다. 구급차가 도착하고, 노숙자가 실려 갔다.

"선배님, 왜 그렇게까지 하시는 거예요?"

현묵이 생수로 입을 헹구는 모습을 바라보던 정 형사가 물었다.

"아까 그 노숙자 말이에요. 무슨 병이 있을지도 모르잖아요. 솔직히 선배님이 좀 걱정돼요."

"내일이라도 그 사람 실려 간 병원 연락해서 경과 어떻게 됐는지 알아봐. 의료혜택이든 뭐든 도움 줄 수 있는 건 연결해 줘야지."

"그 사람이 살고 싶을까요? 저 같으면 그런 꼴로 사느니 차라리 죽는 게 나을 거 같습니다."

정 형사는 등을 보이며 앞서 걸었고, 현묵은 입을 다물었다.

마음 한구석에 무작정 서운한 기분이 들었다.

이게 늙어가는 기분 비슷한 걸까.

한성인력은 영등포 번화가 뒷골목에 사무실이 있었다. 동전 노래방. 귀청소방. 인력 개발소 등이 밀집해 있는 낡은 5층 건물에 3층 가장 끝이었다. 책상이 달랑 두 개. 파티션 한 개, 낡은 소파가 놓여 있다. 여직원이 인사도 없이 컴퓨터에 눈을 돌리고 있다. 대표란 명패가 놓여 있는 책상에는 점퍼 입은 50대 사내, 방 사장이 앉아 있다.

"무슨 일입니까?"

현묵이 형사임을 밝히며 명함을 내밀었다. 방 사장의 입가가 굳었다가 이내 미소로 바뀐다. 정 형사가 김순기의 사진을 꺼내 사내에게 들이댔다.

"이 할아버지 보신 적 있죠."

"글쎄요."

"여기 이 모집 공모를 보고 왔는데 여기서 낸 것 맞죠?"

예상했다는 듯이 현묵은 한성인력의 구인 공고를 내밀었다.

방 사장의 눈빛이 순간 흔들리는 것을 현묵은 놓치지 않는다.

"무슨 일로 그러십니까?"

"이 할아버지가 사건 관련자인데 실종되었습니다. 이 구인 공고를 보고 여기 왔다고 하는데, 기억하십니까."

"여긴 사람들이 워낙 많이 들락날락하는 곳이라. 하루에도 수십 명이 왔다 가고 그럽니다. 기억이 안 나는데…."

방 사장은 말을 흐리면서 몸을 돌렸다. 책상 서랍을 열었다가 컴퓨터 자판을 두드렸지만 곁눈으로 현묵을 흘깃 보았다.

"그럼 이 구인 공고 주체가 어딥니까?"

"아… 그건 말씀드리기 곤란합니다. 고객 개인정보라서 누출시킬 수가 없어요."

방 사장은 능숙하게 말을 돌린다.

그때 동남아 출신으로 보이는 사내 둘이 들어왔다. 방 사장은 빠른 동작으로 사내 둘을 맞이했다. 현묵은 소파에 앉았다. 정 형사가 준비한 멘트를 날렸다.

"방홍기. 전과 7범에 집행유예. 미성년자 강간과 사기."

방 사장이 한 발짝 정 형사에게 다가섰다. 정 형사보다 머리 하나가 작았다.

"지금 하나 재판받고 있는 거 있지? 검사 찾아가서 이번 일 이야기해? 불법적으로 사람들 모집해서 넘겼다고."

방 사장은 정 형사의 협박에 귀밑까지 벌게진 얼굴을 하고는 한 손으로 머리를 쓸어 넘겼다.

"왜 이래요, 진짜!"

"일 크게 만들 거야? 아니면 조용히 구인 공고를 한 주체가 어디였는지 말할래?"

이번엔 현묵이 조용히 소파에서 일어나 방 사장에 다가갔다. 방 사장은 굳은 얼굴로 현묵을 바라본다. 둘의 시선이 잠시 공중에서 얽혔다. 그러다가 방 사장이 눈을 피했다.

"대신 내가 말했다는 건 비밀로 해주세요."

"빨리 말해. 맘 변하기 전에."

"여기 왔었어요. 이 노인네."

"무슨 일인데? 이 노인이 무슨 일로 여길 왔냐고."

"임상시험. 왜 그런 거 지하철 같은 데도 쓰여 있잖아요. 병원이나 제약회사에서 하는 거. 약 먹고 어떻게 경과되었는지 실험하는 거요. 간단한 일이니까 70세 이상의 노인들로만 모집해 달랬어요. 50명 정도."

"임상시험? 어떤 임상시험?"

"저야 자세한 건 모르죠, 저는 그냥 노인들 모집해서 실어주기만 했어요. 배달만 배달. 노인네들이 거기서 뭘 했는지 이후에 어떻게 됐는지는 몰라요."

방 사장은 어깨를 으쓱해 보였다.

"어디로 배달했는데?"

방 사장이 좁쌀만 한 눈을 굴리며 입술을 잘근잘근 씹었다. 현묵이 매서운 눈으로 노려본다.

"의정부 K 공장이에요. 거기서 뭘 했는지 그건 몰라요. 진짜 딱 배달만 했으니까."

"그 사람들 연락처는?"

방 사장이 담배를 한 대 피워 물더니 입을 열었다.

"그냥 윤, 킴이라고 불렸어요. 그 사람들은 돈은 꼭 현금으로 췄고 연락은 발신자표시 제한으로 왔었어요. 꼭 첩보영화에 나오는 스파이 작전 같더라니까요. 움직이는 스타일 하며, 일 처리 능력이며 보통 놈들이 아니에요. 그리고 걔네들 총도 가지고 있었어요. 내가 봤다니까요."

방 사장은 목소리를 낮추며 말했다.

현묵은 손가락으로 방 사장의 어깨를 톡톡 두드렸다.

"인상착의는?"

"30대나 40대로 보이는 남자 둘이었고 정장을 입고 있었어요. 한 명은 마르고 한 명은 덩치가 좀 있고. 군인 같은 스타일? 경호원 같은 스타일이랄까."

"그래도 특징이 있었을 거 아냐. 말투는 어땠는지, 걸음걸이든, 뭐든."

"글쎄요. 아, 한 명이 목을 좌우로 돌릴 때마다 드륵드륵 엄청난 소리가 나서 신경이 거슬렸어요."

정 형사가 현묵을 슬쩍 쳐다본다.

방 사장이 말한 남자 둘은 여관에서 용의자를 쫓던 놈들과 인상착의가 일치한다.

현묵의 심장이 조용히 뛰기 시작했다.

"모집한 50명 명단 줘봐. 있을 거 아니야."

방 사장은 손바닥으로 마른세수를 두어 번 하더니 서랍에서 서류 두 장을 꺼내 줬다. 거기에는 50명의 이름이 빼곡하게 적혀 있었고, 김순기의 이름도 보였다.

현묵은 마지막으로 방 사장에게 노인들을 모집해 배달해 줬다는 의정부 K 공장의 위치를 확인했다.

정 형사와 현묵은 한성인력에서 나와 차에 올랐다.

"김순기 할아버지가 임상시험에 참여했다니, 무슨 임상시험일까요? 그리고 그 노인들을 데려간 사람들 인상착의가 용의자 쫓은 놈들하고 동일하죠? 총까지 가지고 있는 거 보면 맞는데."

정 형사의 눈빛이 날카로워졌다. 현묵 또한 머릿속에 물음표가 가득했다.

"여기에 가면 뭔가를 알 수 있지 않을까? 일단 의정부 K 공장으로 가보자."

현묵은 방 사장이 말해 준 공장 주소를 바라보았다. 정 형사가 시동을 걸고 핸들을 틀었다. 도로가 막히기 시작해서 차는 느리게 이동했지만, 현묵의 마음은 저만치 달렸다.

국도를 한참 달리자 내비게이션에 찍어놓은 장소가 나왔다. 멀리서 폐쇄된 K 가구점이 보였다. 주변은 고요하고 인적이 없다. 라이트를 끄고 건너편에 세웠다. 시각은 밤 11시가 다 되어간다. 공기가 차다.

정 형사는 주변을 수색하기로 하고 현묵은 가구점 안으로 들어가 살펴보기로 했다. 벨을 눌러도 아무런 인기척이 없었다.

가구점 철문 입구에 CCTV가 보인다. 뒤로 돌아 CCTV의

사각지대 근처 담을 넘는다. 철장 담은 흔들리며 삐걱삐걱 요란한 소리를 낸다. 바닥에 착지한 현묵은 무릎을 굽히고 대형가구점의 창고 쪽으로 다가간다.

바람이 사납게 불더니 현수막이 펄럭인다. 비가 내리기 시작한다. 바닥이 젖어 들어간다. 비 냄새와 오래된 고가구 냄새가 풍겼다.

전기 사용량을 나타내는 곳은 숫자의 변화가 없다. 아무도 없을까.

호흡을 낮추고 들어갈 곳을 찾는다. 모두 안에서 잠겨 있다. 철문은 번호 키로 되어 있어 꿈쩍도 하지 않는다. 지하에서 새어 나오는 불빛 하나 없다. 안은 철저히 가려져 보이질 않는다. 현묵이 창문 하나를 깨고 들어간다.

핸드폰 플래시로 안을 비추다가 미끄러져 손에서 떨어졌다. 손을 뻗었지만 닿지 않았다. 현묵은 어쩔 수 없이 핸드폰을 주우러 안으로 들어갔다. 의약품 냄새와 화학품, 가구 냄새 희미하게 뒤섞인 넓은 창고가 보였다. 창고 내부는 텅 비어 있었다. 현묵이 바닥을 손가락으로 쓰윽 그어보았다. 먼지 한 톨 묻어나지 않았다. 오래된 외관과는 다르게 내부는 최근에 깨끗하게 청소한 것 같았다.

"벌써 정리 다 한 거 같은데요?"

외부 수색을 마친 정 형사가 창문 안으로 고개를 들이밀었다.

"길 건너편에 순댓국밥집이 하나 있어 물어봤는데, 여기가 두 달 전까지만 해도 사람이 들락날락했었대요."

"여기 소유주 알아봐."

"네."

현묵이 다시 밖으로 나왔을 때 박 형사에게서 전화가 왔다.

"여관에서 가져온 칫솔하고 물컵에서 지문감식 결과 나왔답니다."

박 형사의 목소리가 평소보다 떨렸다.

"신원 나왔어?"

정 형사의 질문에 박 형사가 대답을 하지 못했다.

"뭔데? 말해 봐."

"김순기래요."

"김순기? 확실해?"

현묵의 입술 사이에서 나온 이름을 들은 정 형사의 눈동자가 커졌다.

"네. 47년생 김순기. 그 꽃분이 할머니 남편이요."

수화기 너머 박 형사의 말을 들은 현묵은 사고가 정지된 사람처럼 한참을 꼼짝할 수 없었다.

"선배님. 용의자가 묵었던 곳에서 어떻게 할아버지 지문이 나오죠?"

정 형사의 질문에 현묵은 맨몸으로 막다른 골목에 내던져진 기분이었다. 박 형사와의 전화를 끊었다.

"혹시 범인이 김순기 할아버지 지문이랑 DNA를 일부러 묻혀놓은 거 아닐까요?"

"자기 신원을 감추는 게 목적이라면 그냥 지문을 닦는 게 더 편할 텐데 이상하잖아."

현묵의 말에 정 형사가 고개를 끄덕였다.

"아까 방 사장이 준 노인 명단 줘봐."

정 형사는 서류를 꺼내 현묵에게 건넸다.

"왜요?"

현묵은 서류를 훑었다.

"텔로프록산 임상시험자들 경험담 봤지?"

"당연히 봤죠. 노화종말법안 시행을 앞두고 광고인지 홍보인지 TV만 틀면 나오던데요. 근데 이 사건하고 무슨 상관이에요?"

현묵은 핸드폰으로 텔로프록산 임상시험 참여자라는 글자를 검색창에 넣었다. TV에 나와 임상시험의 전후를 비교하면서 경험담을 이야기한 젊어진 노인들이 나왔다. 거기 이름과 나이가 있었다.

이순자(78세. 여), 박남동(81세. 남)

"이 두 사람의 이름 봐봐. 명단 안에 있는 이름과 동일해."

"어, 진짜네. 뭐예요? 그럼?"

정 형사가 미간을 찌푸렸다.

"HL코리아가 임상시험자를 한성인력을 통해 모집했다?"

"전부는 아니겠지만 일부는 맞을 거야."

현묵은 고개를 끄덕인 후 대답했다.

"그럼 김순기 할아버지도 임상시험으로 젊어졌다?"

현묵은 한 씨의 절규가 떠올랐다. 자신이 젊어지면 그들에게 복수를 할 거라고.

"그럴 가능성이 충분히 있어."

"설마."

"언론에 용의자가 공개되었지만 이상하게 별다른 제보가 들어오지 않았잖아. 보통 얼굴을 공개하면 동창이든 옆집 사람이든 연관된 사람이 한둘은 나오기 마련인데 이번엔 전혀 없었어."

"그러긴 해요. 만약 김순기 할아버지가 실종된 게 아니라 모습이 달라졌다면, 젊어졌다면 못 알아봤을 수도 있겠네요? 용의자가 김순기 할아버지 집에 왔다 간 것도 자기 집에 왔다 간 거고. 그 총 든 사람들은 젊어진 김순기 할아버지를 쫓고 있는 거네요?"

정 형사의 입이 쩍 벌어졌다.

"난 할아버지네 집 가서 확인 좀 해봐야겠어. 정 형사는 가구점하고 HL코리아 관련 정보 다 캐봐."

"네."

정 형사의 목소리가 다급했다.

현묵의 입 사이로 헛웃음이 새어 나왔다. 그러나 이 말도 안 되는 가설만이 이 말도 안 되는 상황들을 전부 설명할 수 있다. 만약 김순기가 임상시험에 참여했고 젊어졌다면. 확인하는 확실한 방법이 하나 있다.

현묵은 정 형사를 경찰서 앞에 내려주고 김순기가 살던 집으로 향했다.

비 오는 쪽방촌은 회색빛 하늘 아래 우중충한 모습을 하고 있었다. 입구 쪽에 차를 주차하고 쪽방촌 골목 안으로 걸어갔다. 어디선가 부침개 냄새가 진동했다.

김순기의 집 안은 눅눅함만 더해졌을 뿐 그대로였다. 방구석 쪽에 똑똑 물이 새고 있다. 그 물 새는 자리에는 정확히 재떨이가 놓여 있다. 현묵은 신발을 벗고 들어가 옷장 밑에 앨범을 꺼냈다. 지난번에 왔을 때 봤던 앨범 사진이었지만 이번엔 다르게 느껴졌다. 현묵은 할아버지의 앨범을 열었다.

앨범을 몇 장 넘기자 흑백 사진이 나왔다. 동글납작한 얼굴에 작은 입술과 그 위에 동그란 눈을 한 한복 입은 젊은 여자와 매끈한 얼굴형에, 콧대 높은 코, 짙은 눈썹, 목에 점이 난 젊은 남자가 한복을 입은 채 나란히 팔짱을 끼고 서 있었다. 김순기와 이꽃분 둘의 결혼식 사진이다. 현묵은 젊은 김순기의 얼굴을 유심히 바라보았다. 숨이 턱하고 막혔다. 사진 속 그 남자의 얼굴은 용의자 몽타주와 똑같다.

현묵은 비틀거리면서 쪽방 골목을 벗어나 탑골공원, 종로,

락희거리를 걸어갔다.

낙원상가 4층 실버영화관. 노인 전용좌석. 오히려 이곳은 노인의 전유물로 다른 사람들은 침범하면 안 되는 영역처럼 느껴진다. 인간의 가장 기본적 욕망. 그리고 그 욕망을 돈으로 삼는 사람들. 공급이 있고 수요가 있는 한 이 세상은 돌아간다. 자신도 곧 늙는다는 것을 알면서도 현묵은 그곳에서 도망치고 싶었다.

김순기도 그랬을 것이다. 김순기의 유일한 가족인 아내가 비참하게 죽었다. 그러나 늙고 힘이 없다. 무력하다. 죽음은 앞둔 그는 아무것도 할 수 없었다. 그런데 텔로프록산 임상시험으로 젊어졌다. 힘을 가졌다. 그리고 자신의 아내를 죽인 자들에게 복수를 하기로 결심한다. 70대 지문을 가진 20대 청년. 노인 말투, 그를 쫓는 사내들. 현묵의 머릿속에 모든 것이 퍼즐처럼 맞춰졌다.

5

행사장은 빈 좌석 하나 없이 꽉 차 있었다. '이 시대 리더, HL코리아 대표 우경재의 노화 종말'이라는 주제의 강연을 듣기 위해 모인 사람들로 꽉 차 있었다.

블랙 터틀넥 티셔츠와 청바지를 입은 우경재는 마이크를 잡았다. 팽팽한 이마, 팔자주름 없이 달려 올라간 뺨, 짙은 눈

섭과 혈색 좋은 얼굴. 벌어진 어깨와 부푼 엉덩이 근육 덕분에 원래 그의 나이인 70세보다 훨씬 젊은 50대 초반으로 보인다.

무대에 선 그는 HL코리아의 처음과 신약 개발 과정, 그리고 앞으로 출시될 신약에 대한 정보까지 자신감 넘치는 말투로 이야기했다.

사람들은 늙음을 정복한 우경재에게 존경 어린 시선을 보냈다.

우경재는 강의를 마치고 차에 올랐다. 사람들의 박수 소리를 듣자 기분이 좋아졌다. 거울을 꺼내 얼굴을 확인했다. 어제보다 늙지 않았다. 창밖으로 노인들이 보인다. 삼삼오오 모여 시간을 죽인다. 결코 오지 않을 좋은 날을 기다리며 과거의 영광으로 살아간다. 우경재는 얼굴이 저절로 찌푸려졌다.

그가 안티에이징 쪽에 눈을 돌린 건 20년 전이었다. 눈에 띄게 피부가 처지고 근육 또한 빨리 빠져 갔다. 조금만 더 늦었다면 우경재가 아는 노인들이 그랬듯 그 역시 흉물스럽게 무너져 갈 것이다.

20년 전에도 전문가들은 노인 인구가 늘어나고 몇 년 후엔 거의 노인만 있는 사회가 될 것이라 전망했다. 2000년 고령화 사회에 들어서면서 2017년 고령 사회로 바뀌었다. 생산 인구 15~64세의 감소. 작년 대비 11만 명 줄었다. 노인

인구의 비율은 작년 13.6%에서 올해 14.2%로 상승했다. 14%가 넘으면 고령 사회로 분류한다. 일본의 경우는 7%에서 14%로 늘어나는 데 24년이 걸렸다. 한국은 그보다 빠른 17년이 걸렸다. 세계에서 급속한 고령화 사회가 되고 있는 것으로 파악되었다. 이대로라면 2067년에는 인구 절반이 노인이 된다는 전망이다. 대한민국은 OECD 국가 중 노인 빈곤율과 노인 자살률이 높다. 2005년도에 77만 명이었던 독거노인 숫자가 2016년에는 130만 명을 넘어 2035년에는 340만 명에 육박할 것으로 추정한다. 그러나 고령 사회로 접어드는 한국에서 노인을 대우하지는 않는다.

늙었다는 이유로 조롱받고 무시당한다. 사회에 아직 보탬이 될 수 있는 인재가 많은데도 늙었다는 편견에 둘러싸여 제대로 된 일자리를 구하기가 어렵다. 이 사회에서 늙어간다는 것은 죄악이나 다름없다. 젊은이들의 고혈을 짜 복지혜택을 늘리거나, 돌봐줄 인원을 늘려서 가까이서 보살펴야 하는 방법뿐이다.

나이가 들면 무언가 한 박자씩 느려져 결국은 주인공이었던 사람들도 구경꾼이 되어버리고 만다. 우경재는 구경꾼인 삶은 견딜 수 없다. 그의 스승이 치매에 걸렸을 때도 그의 전 아내의 얼굴에 저승꽃이 피어오를 때도 우경재는 슬퍼서 견딜 수 없었다.

인간은 나이가 들어 슬프고 추한 존재가 되어야 하나?

그 불행을 막을 수는 없을까?

오랫동안 고민하고 노력해 왔던 일이다.

늙음이야말로 사회악이다. 그럼에도 불구하고 살겠다고 꾸역꾸역 가래침을 뱉으면서 공원을 돌고, 고래고래 소리를 지르면서 말귀를 못 알아듣는다.

인류에 불필요한 종은 도태되고 인류에 필요한 종만이 살아남는다. 노인은 불필요하다. 불필요한 것은 사라져야 한다. 그것이 순리다.

전화벨이 울렸다. 그들이다.

"물건은 언제쯤 받아볼 수 있지?"

나직한 목소리가 수화기 너머로 들려왔다.

"조금만 기다려 주십시오."

우경재의 손바닥에 땀이 배어 나왔다.

"찾긴 한 거고?"

"네. 그자가 자기 딸에게 물건을 남겼습니다."

"딸? 이라면 여자 하나 상대로 물건을 가져오지 못했단 뜻인가?"

"딸도 현재 물건에 대해 인지하지 못하는 것 같습니다. 스스로 알아낼 때까지 기다리는 게 좋다고 판단했습니다."

"판단 말고 결과를 만들어야지."

"네. 알아내게 만들겠습니다."

우경재는 심호흡을 하고 전화를 끊었다.

서두르지 않으면 안 된다는 것을 알았다. 그들은 인내심이 별로 없다.

대한민국을 움직이는 자들은 총 열두 명. 그들에게 완벽한 물건을 가져다준다고 약속하고 모든 편법을 저질렀다. 그래도 아무 탈이 없었다. 밥숟가락을 드는 것보다 더 쉬운 일이었다. 우경재는 이들 보호 아래 앞으로 나아가면 되는 것이었다. 연구에 미친 천재들은 언제나 있었다. 그들을 조종하면서 완벽한 약을 만들면 되었다.

연구원 나부랭이, 이제구가 다 된 밥에 재를 뿌리기 전까지는.

이제구가 딸에게 '물건'을 남긴 것 같아서 접근했지만 아니었다. 소매치기와 가짜 원종문까지 만들어서 빼내온 USB에는 '물건'이 아닌 다른 파일이 들어 있었다.

핸드폰을 해킹해서 일거수일투족을 감시하는 중이지만 그녀도 아직 물건에 대해 인지하지 못하는 게 확실하다. 딸이 아니면 영원히 찾지 못할 수도 있다.

그때 끼익― 소리와 함께 차가 급정거를 했다. 우경재의 몸이 앞으로 쏟아지고, 잘 넘겨 고정해 놓은 머리카락 한 덩어리가 떨어졌다 다시 붙었다. 입술 사이로 영어와 일본어가 섞인 욕이 튀어나왔다. 고개를 들어 보니 한 남자가 우경재가 탄 차에 뛰어들었다.

'뭐야, 저거?'

194

경호원이 창문을 내렸다.

남자는 신분증을 내밀었다.

"특수수사본부 양현묵 경위?"

신분증을 확인한 경호원이 되물었다.

"안녕하세요. 우경재 대표님. 몇 가지만 좀 여쭤보려고 계속 사무실과 자택을 찾아갔었는데 만나기가 어려워서. 실례를 범했습니다."

몽둥이보다 메스를 닮은 사내로, 형사치고 특이한 분위기다. 마른 몸에 목이 긴 사내, 올 블랙 옷을 입은 사내. 우경재는 그의 무례함에서 짜증보다는 신선함을 느꼈다.

"어떻게 할까요?"

경호원이 우경재를 쳐다보았다. 이 차는 방음에 방탄에, 유리는 선팅이 진하게 되어 있어서 밖에서는 안이 보이지 않는다. 우경재는 창문을 반쯤 내렸다.

"무슨 일입니까?"

"최근 일어난 골절 연쇄살인사건 아시죠? 그 사건 관련해서 물어볼 게 있습니다."

"타시죠. 제가 시간이 없어서."

현묵은 구겨진 앞섶을 털어내고 고급 세단에 올랐다. 운전석엔 기사가 있고, 보조석엔 선글라스를 낀 경호원이 타고 있다.

우경재의 가늘고 긴 눈이 현묵을 쳐다본다. 얇은 입술은

웃는지 화가 난 건지 알 수 없었다. 현묵은 그의 얼굴을 보았다. 현묵의 엄마와 비슷한 나이지만 목의 주름은 다리미로 편 듯 깨끗했고, 눈가의 주름 하나도 허락하지 않겠다는 듯 팽팽한 얼굴을 하고 있다. 게다가 은은하게 풍기는 향기까지, 그가 나이 들었음을 확인해 줄 근거는 없었다. 현묵의 자신의 얼굴에 번지는 주름과 입안에 수분이 없이 바짝 마른 혀가 느껴졌다.

"그 사건에 대해서는 떠들썩해서 저도 알고 있습니다만."

"김순기라는 노인에 대해 아십니까?"

현묵은 핸드폰에 찍힌 노인 김순기의 사진을 들이밀었다. 우경재의 시선이 김순기에 닿았다. 현묵은 사진을 바라보는 우경재를 관찰했다.

우경재는 알고 있다.

실험번호 37번. 특이한 염색체를 가진 노인네.

그는 특이 케이스였다. 텔로프록산으로 젊어진 것뿐만 아니라, 차를 막아서는 힘과 근력, 발달된 오감, 차에 치여도 금방 회복하는 능력과 손으로 사람의 뼈를 부러뜨릴 만한 힘을 가졌다. 그자는 젊어지면서 대단한 체력 또한 플러스로 얻을 수 있는 열쇠가 될 수 있었다. 좋은 연구감이었는데 이제구가 놔줘 버렸다. 우경재의 제안을 거절하고.

"모르겠습니다."

"그럼 이 사람은요?"

20대 용의자 사진을 다시 들이밀었다.

"본 적 없는 얼굴입니다. 근데 이게 저랑 무슨 상관입니까?"

우경재는 현묵의 눈동자로 시선을 옮겼다.

"두 인물은 동일인물입니다."

우경재는 현묵의 말을 듣다 말고 웃음을 터트렸다.

"재밌습니까? 저희는 이 김순기라는 사람이 텔로프록산 임상시험자로, 젊어진 골절 연쇄살인의 용의자라고 추정하고 있습니다."

현묵의 눈빛이 험악해졌다.

"형사님 말이 맞다면 저 노인이 이렇게 젊어졌다는 거 아닙니까. 만약 저희 약 효능 덕분이라면 대단하지 않습니까."

사진에서 눈을 돌린 우경재가 가방에서 특수 미스트를 꺼내 얼굴에 뿌렸다. 잔잔한 향이 차 안에 퍼졌다.

"HL코리아의 임상시험자인 것을 인정하는 겁니까? 불법적인 과정을 통해 시험자를 모집한 것에 대해서는 어떻게 생각하시죠?"

"글쎄요. 임상시험에 관해서는 연구원들이 권한을 가지고 모두 진행하고 있어서, 저는 자세한 건 알지 못합니다."

"김순기 씨는 지금 어딨습니까?"

"모릅니다. 살인용의자라면서요. 경찰이 알아내야 하는 거 아닙니까?"

"이 노인이 젊음의 물 투자 사기사건의 피해자인 건 알고 계셨습니까?"

"누군지도 모르는데 그걸 알 리가 있습니까."

우경재는 슬슬 재미가 없어졌다.

"차 세우지. 형사님 내리시게."

우경재의 말에 차가 멈췄다.

"텔로프록산은 개발기간이 특히나 짧았던 것으로 알고 있는데, 그 수많은 임상데이터를 어디서 얻었습니까?"

현묵은 이 질문을 하기 위해 앞의 질문들을 던졌다. 처음으로 우경재의 미간이 찌푸려졌다.

"무슨 말이 하고 싶은 겁니까?"

"8년 전 젊음의 물 투자 사기사건 때 노인들의 방대한 생체 정보와 데이터가 HL코리아로 빼돌려졌다는 의혹이 있어서요. 젊음의 물 투자 사기 가해자 중 한 명인 조주호의 SNS에 올라온 글입니다만, 그때 대량의 정보를 돈을 주고 사 갔던 배후가 있었다고 하던데. 대표님은 어떻게 생각하시는지 궁금해서요."

"수사는 좀 더 추측보다 증거에 기반을 두고 하셔야죠? 사기꾼이 지껄이는 말을 믿는 겁니까? 그 사건 가해자가 차례대로 살해당하고 있다면서요? 그럼 범인한테 살해당하지 않으려고 이 말 저 말 지어낸다는 생각을 해보셔야죠."

"젊음의 물 투자 사기사건은 노인들이 대거 희생당한 사건입니다. 가볍게 넘어갈 일이 아니었지만 가볍게 넘어갔죠."

현묵이 우경재를 응시했다. 현묵의 얼음 같은 눈빛을 감지한 우경재의 입꼬리 한쪽이 올라갔다.

늙은이들이 수백, 수천이 희생되는 것이 대수인가. 그들이 죽어 나간다면 오히려 인구과잉이라는 사회문제를 해결해 준 것에 가깝다. 이 세상은 동전의 양면이다. 좋은 면이 있으면 나쁜 면이 있다. 모든 것을 다 짚고 넘어가다간 아무 발전이 없다.

그가 스스로 나쁘다고 생각해 본 적은 없다. 최선을 위한 어쩔 수 없는 선택일 뿐.

해서는 안 되는 일이 살인이라면 전쟁에서 벌어진 살인은? 미사일 발사 버튼을 누르는 장교의 손가락은? 베트남 파병을 해서 수많은 사람을 죽음으로 몰고 간 정치인들은? 마루타가 남긴 의학적 데이터는 과연 어디로 흘러들어 갔을까?

선이라는 목적을 가지면 악을 수단으로 삼아도 된다는 명제는 옛날부터 뚜렷했다.

선의 목적은 힘을 가진 집단의 이익을 말하는 것이나 다름없다. 그에 비해 우경재는, 그의 HL코리아는 인류의 구원에 앞장선다고 생각한다. 인류를 구원할 마법의 약을 만든다. 큰일을 이루기 위해 희생이 필요하다. 이제구처럼 공부만 한 인간들은 융통성이 없다. 이제껏 개고생을 해놓고 그런 선택을 하다니.

노인들이 뭐라고.

우경재는 자신이 좋아하는 누군가의 명언이 떠올랐다.

> 노인들에 대해서 우리는 겉으로
>
> 그들을 받들어 모시는 시늉을 하지만
>
> 사실은 그들이 늙어 힘없는 개처럼 뒤뚱거리며
>
> 우리에게 곤욕을 주지 않게 어디론가 가서
>
> 죽은 다음 스스로가 땅에 매장할 수 있기를
>
> 은근히 바라고 있는 것이다.

"정말 노인들이 필요한 존재라고 생각하십니까?"

현묵은 우경재의 질문에 대답을 하지 않고 등받이에 등을 기대며 말을 돌렸다.

"회사로 가신다고 했죠? 거기 가면 연구원들이 있겠네요. 직접 연구원들에게 김순기 씨에 대해 물어보겠습니다."

"당신 어머니는 뭘 할 수 있죠? 지금? 형사님이 마련한 좁은 방에서 하루 종일 간병인과 실랑이를 하는 것 말고는 말입니다."

현묵의 미간이 꿈틀거렸다. 엄마를 떠올리는 것만으로도 심장이 쿵쾅거렸다. 우경재는 어머니의 상태를 알고 있다. 그것은 현묵의 뒷조사도 이미 끝냈다는 소리였다. 그건 뭔가 켕기는 게 있다는 뜻이기도 했다. 이쪽도 밀릴 수 없었다.

"HL코리아는 몇 년 전에도 한 번 불법 임상시험으로 시끄러웠던 적이 있었죠? 연구원들한테 혈압강하제와 항혈전응고제를 투여했던데요. 연구원들은 동의서는커녕 건강검진도 받지 않고 시험대상이 되었죠. 개발하려는 약을 먹기 전후로 피를 뽑고 복제하려는 약을 먹은 뒤에 연구원들 스스로 불법 실험체가 되어 하루에 수십 번씩 채혈도 해야 했고요. 제보받고 식품의약품안전처가 조사를 나갔지만 허위제보라고 결론 났고, 여기 계신 우경재 대표님도 단 한 번도 조사를 받지 않았죠. 검찰도 수사를 안 하고요. 식약처도 방치하고요. 국정원 손잡고 특허청까지 손쓸 수 있는 사람이잖습니까. 그런 대표님이 젊음의 물 투자 사기 배후라면 어울리긴 해서요."

우경재가 현묵을 응시했다. 역시 나이와 걸맞지 않은 깊은 눈이었다.

"연구원 이제구 씨는 사망했고, 장희진 연구원은 실종. 이 연구의 핵심 인물이었던 원종문 교수는 생활반응이 없던데요? 설명 좀 해주시겠습니까."

"원종문 교수는 천재예요. 천재들은 원래 설명하기 어렵습니다."

차는 도로를 내달리기 시작했다.

"같이 가서 확인해 보시든가요."

우경재는 창가로 고개를 돌렸다. 현묵은 품 안에 손을 넣어 총을 확인했다.

6

"여보세요. 제가 홍승환인데 누구시오?"

기해는 울컥하면서 이름을 밝혔다. 이제구의 딸, 이기해라고. 13년 전 엄마 장례식 때는 감사했었다고. 그러자 전화 수화기 너머로 반갑다는 명랑한 목소리가 들렸다. 홍승환은 아버지의 K 대학 동창으로 같은 생물학과를 다녔다. 그의 연락처는 엄마가 남긴 오래된 수첩에서 겨우 찾아냈다.

기해는 전화를 끊고 홍승환이 칼국수 가게를 하고 있다는 번개시장으로 향했다.

주말이라 시장은 붐볐다. 시장 중앙에 자리한 홍칼국수에는 손님이 줄을 서 있었다. 점심시간이 한참 지났지만 줄은 줄어들 기미가 보이지 않았다.

머리가 희끗하고 어깨가 굽은 홍승환은 기해를 알아보고 한 손을 들고는 미소 지었다. 밀린 주문만 마무리하고 온다고 조금만 기다려 달라고 하며 다시 주방 안으로 몸을 돌렸다. 이왕 이렇게 된 거 기해도 줄을 섰다. 15분 정도 기다린후 1인석 자리에 앉아 칼국수를 시켰다. 그릇 가득 담긴 찰랑거리는 국물과 풀어진 계란 위에 알맞게 뿌려진 고춧가루. 국물을 한입 넣었다. 진하고 말끔한 향과 맛이 난다.

생각해 보니 요 며칠 동안 제대로 된 식사를 거의 하지 못했다. 매번 식사 대신 때운 맥주 한 캔, 빵 한 조각이 스쳐 지났다. 정신없이 뜨거운 칼국수를 먹고 난 후, 밖에 조금 기다리자 홍승환이 몸을 반쯤 가린 거대한 앞치마를 하고 나왔다.

"기해야. 정말 오랜만이네."

"칼국수 정말 맛있었어요."

"고마워. 너는 대학생 때 모습 그대로네."

"이제 저도 늙었어요."

"늙긴 내가 늙었지."

홍승환은 머리가 벗어지고 근육이 다소 빠져서인지 나이는 들어 보였지만 풍기는 분위기와 말투에서 예전의 모습이 보였다. 엄마 장례식 때 유일하게 왔던 아버지의 친구였기 때문에 얼굴을 기억했다.

"무슨 일로 아저씨를 다 찾아주었어?"

기해는 그간 벌어진 일의 이야기했다.

아버지의 죽음과 그가 남긴 파일. 그리고 그것을 빼앗으려는 사람들.

그는 아버지의 죽음을 듣고 잠시 침묵했다. 그러다가 이내 장례식에 부르지 그랬냐는 말을 했다. 기해는 그간 아버지와 연락을 하고 지내지 않아서 아버지 지인의 연락처는커녕 아버지가 어찌 살았는지 몰랐다고 대답했다.

아버지의 죽음을 말하는 기해의 목소리는 의외로 담담해서 그도 고개를 끄덕였다. 이제 이별이든 죽음이든 담담하게 받아들이는 나이가 된 것일지도 모른다.

"보다시피 난 수재였던 제구와는 달라서, 어떻게든 대학은 붙었는데… 수업 따라가기도 벅차더라. 제구는 진심으로 생물학을 좋아했지. 금방 교수 눈에 들어서 스카우트되고, 난 대학 졸업 후 어쩌다 운 좋게 취직은 됐는데 못 하겠더라. 이 일은 힘들지만 재밌어. 그렇게 벌써 30년이 지나버렸지. 그래도 칼국수 팔아서 손자 용돈도 주는 거야."

"건강은 괜찮으세요?"

"다 안 괜찮지, 뭐. 난 웰다잉 하려고. 이제 여기도 슬슬 정리하고 유언도 다 써놨어. 버킷리스트도 만들어서 하나씩 해보고 있고, 묘비명도 만들었지. 근데 제구는 갑자기 가버렸구나."

승환은 잠시 눈꺼풀을 닫았다가 열었다.

고령화에 따른 각종 질병의 증가, 가족 해체와 1인 가구의 확산으로 고독사가 급증하고 있다. 웰다잉은 당하는 죽음이 아니라 맞이하는 죽음. 잘 죽는 법이란 의미로 노화종말법이 나오기 전까지는 인기가 있었다.

"아저씨는 신약 안 맞으시려구요?"

"75살 될 때까지 아직 10년도 넘게 남았는데 그전까지 인생 어떻게 될지 모르잖아. 대학 때 제구랑 데모하고 토론하고 그러던 게 엊그제 같은데… 세월 빨라."

나이 든 사람들은 과거 이야기를 한다. 그들에겐 미래보다 과거가 친숙하다.

"너는 괜찮은 거냐?"

"네. 괜찮아요."

기해는 때론 상대방이 듣고 싶은 말을 한다.

"아버지를 마지막으로 만난 게 언제예요?"

"꽤 됐지. 기억도 안 나네. 제구는 동창회도 안 나왔어. 내가 연락하는 것도 왠지 방해되는 거 같아서 미안한 마음에 안 하게 되더라. 그러다 점점 멀어졌지. 사는 건 점점 달라지고. 그래도 응원했어. 제구가 중요한 프로젝트에 참여한다는 소식은 소문으로 들었어. 그게 뭔지 구체적으로는 몰랐지만, 속으로 이 녀석 해냈구나, 기특하다 그랬지."

승환이 땀으로 젖은 양 손바닥을 앞치마에 문질렀다.

"얼굴 본 건 아마. 아, 맞다. 길 가다 우연히 봤어. 제구는 날 못 봤겠지만. 한 2년쯤 됐나? 서울에 딸 시댁이 있어서 손녀 데리러 갔었지. 의정부 근처였는데…. 제구인 거야. 아는 척하려고 했는데… 웬 차가 서더니 제구가 타고 가더라고. 그래서 문자를 보냈지. 한참 있다가. 나 너 봤다. 잘 사냐. 그랬더니 답이 없다가 그다음 날 전화가 왔더라구. 이런저런 이야기 나누다가… 식당 한다고 했더니. 어울린다고 하더라구. 넌 잘돼 가? 물으니깐 그런 말 잘 안 하던 녀석이 힘들다고 하대."

기해의 심장이 쿵, 내려앉았다.

그때부터 좋지 않은 일이 있었던 것일까.

"왜 기해 엄마 장례식에도 안 왔냐고 하니까 답이 없었어. 그랬는데, 결국 제구가 가버렸구나."

승환이 잠시 말을 잇지 못하고 침묵했다. 고개가 바닥으로 떨어졌다.

기해가 시선을 돌리고 아버지가 남긴 파일 서류를 꺼냈다.

"아저씨. 이게 아버지가 죽기 전에 남긴 파일이에요. USB 는 누군가에게 뺏겼고, 이건 백업한 걸 출력한 거예요."

홍승환은 눈을 찌푸리고 서류를 바라보았다.

"개소년 프로젝트라."

"내용이 뭔 줄 알겠어요? 전 봐도 도통 모르겠어요."

이 자료를 제대로 봐줄 전문가가 필요했는데 의학계는 아는 사람도 없었지만 믿을 사람도 없었다. 있다 해도 그럴 만한 사람은 HL코리아가 매수할 가능성도 있었다. 그나마 아빠의 옛 친구라면 꿍꿍이 없이 봐줄 거 같았다.

승환은 다시 한번 손바닥을 무릎에 닦아내고 기해가 출력해 온 서류를 집어 들었다. 서류를 읽어 내려가는 그의 표정이 진지했다.

"연구 보고서야. 이 번호가 실험대상이고, H.R. 이건 심박수, B.P. 이건 혈압. R.R. 호흡수. I.V. 인트라비너스 인젝션, 정맥주사. I.M.는 인트라 머스큘러 인젝션…. 팔로업한 건데…. 이거 임상시험 진행한 거네."

"임상시험은 보통 어떻게 진행돼요?"

"임상시험은 보건당국과 윤리위원회 승인을 받은 후에만 실시될 수 있어. 그래야 이들이 하는 시험이 유익한지 위험한지 조사할 수 있으니까. 동물한테 실험하는 비임상부터 1상, 2상, 3상, 4상 시험으로 구분돼. 비임상시험에서 독성이나 부작용이 없는지 확인하는 안전성 평가가 실시돼. 그다음에 인간 대상인 임상시험을 하는 거고."

"이게 어떤 실험인지 알 수 있어요?"

"이것만 봐서는 어떤 실험인지, 모르겠고. 이걸 보면… 약물을 투여했고, 그 약 투여에 따른 신체 변화를 기록한 일지인 것 같네."

"시험대상이 누군지는 알 수 없나요?"

"개인정보는 여기 나와 있지 않은데? 나이가 70대에서 80대고. 남녀 분포도는 알 수 있는데 1부터 50까지 넘버링이 되어 있어서 이름은 몰라."

기해는 고개를 힘없이 끄덕였다.

"보통 개인정보는 연구 자료가 아닌 다른 곳에 보관할 거야. 임상시험을 하기 전에 통상적으로 대상을 모집하고 치료 관리 대상의 건강 데이터를 수집하니까. 당연히 모두에게 시험에 대해 알려주고 동의를 받아야 하지. 투약 기간인 40일 정도까지 감시 아래 유지되니까. 아빠가 남긴 물건에서 한 번 더 찾아보든지, 이 연구를 한 곳에 사연을 이야기하고 요청해

보는 게 어떨까."

"아저씨, HL코리아라는 곳 아세요?"

"그럼, 당연하지. 노화종말법 때문에 그 회사 모르는 사람이 없을걸. 제약회사 중엔 아주 유명한 회사지. 제구가 그곳에서 일했어?"

"네, 제 추측이에요. 확인차 메일을 보냈는데 그곳에서는 아버지가 일한 적이 없다고 답변이 왔지만요."

"만약 거기서 일했으면 제구가 꿈을 이뤘다는 건데."

"꿈이요?"

아버지에게 꿈이 있었다니 기해는 전혀 몰랐던 이야기다.

"제구의 형, 그러니까 너의 큰아버지. 이유 없이 아팠고 그랬어. 아주 똑똑하고 멋진 형이었지. 제구가 어릴 적부터 형을 꼭 고치겠다고 했거든."

기해는 복잡한 미로 속에 서 있는 기분이 들었다.

기해의 엄마와 아버지와 결혼했고 아버지의 집안에서 반대했다는 이야기만 엄마에게 들었다. 그래서 아버지는 엄마와의 결혼 이후 집과 연락을 두절한 채 살았다. 엄마는 아버지의 집안에 대해 욕만 했을 뿐 자세하게 말한 적도 없었다. 기해는 어릴 적 친할머니 친할아버지 사랑을 받아본 적이 없다. 이 이야기도 처음 들었다.

'역시 아버지는 엄마의 루게릭을 고치려던 것이 아니었어.'

기해의 살짝 구겨진 표정을 읽고 괜한 소리를 했나 싶은 홍승환이 말을 돌렸다.

"여기가 조금 신경 쓰이네. HCC, 이게 간암을 뜻하는 의학용어인데."

홍승환은 실험 기록들의 한 부분을 가리켰다.

"이 기록에 따르면 실험자들에게 처음엔 이 기록이 없다가, 시간이 지날수록 암이 발생했거나, 암의 전이가 상당히 빨리 진전된 모습을 보이고 있어."

"50명 다요?"

"응. 이건 심각한 부작용이야. 어쩌면 부작용 리스트만 모아놓은 것일 수도 있겠어."

홍승환의 낯빛이 어두워졌다. 얇고 검은 입술을 이로 깨무는 게 보였다.

"아버지가 HL코리아에서 노화 관련 약을 개발했다면요."

기해는 가짜 원종문이 한 말들을 떠올렸다. 그는 아버지에 대해 알고 있었다. 처음부터 끝까지 거짓말은 아니었을 것이다. 만약 부작용이 있고 그걸 아버지가 폭로하려고 했다면, 그들이 그토록 USB를 빼앗으려고 했던 이유가 설명된다.

기해의 말에 홍승환의 눈동자가 커졌다.

"원래 텔로미어 관점에서 본다면 노화와 암은 동전의 양면이야. 노화를 막으려고 텔로미어의 길이를 길게 하려다 잘못 조작하면 정상세포가 암세포가 될 수 있다는 거지."

"그럼 암이 젊어지게 하는 약의 부작용이 될 수 있다는 거네요."

고개를 끄덕이는 홍승환의 표정이 무거웠다.

"텔로프록산. 만약, 이게 노화종말법에 사용되는 텔로프록산의 부작용이라면 어떻게 해요? 앞으로 투약할 노인들이 암에 걸릴 수도 있다는 말이잖아요."

홍승환은 주름진 입가를 꾹 닫고 한참을 생각하더니 입을 열었다.

"제구 성격이라면 부작용이 있다는 걸 밝히려고 했을지도 모르지."

"그래서 이 파일을 저에게 보낸 걸까요? 대신 부작용을 밝혀달라고?"

기해는 울컥함이 쏟아져 나왔다. 한 손으로 얼굴을 쓸어내렸다.

"전 정말 모르겠어요. 아버지랑 연락도 없었는데 왜 나한테 이런 무거운 짐을 맡긴 걸까요?"

"글쎄. 근데 더 생각해 보면 75세 노인 중에 아프지 않은 사람이 있을까. 나라면, 암에 걸릴 확률이 있다 해도 텔로프록산을 투약할 거 같아."

"암에 걸려도요?"

기해는 홍승환을 바라보았다.

"늙는다는 것은 모든 신체 기능이 퇴화된다는 것을 의미해. 세포가 분열할 능력을 잃어버리는 거지. 어차피 질병에 걸릴 위험이 증가한다는 거야. 그렇다면 노인은 질병과 퇴화 중 어떤 걸 선택할까. 어쨌든 나는 50년이 젊어진다면 그 정도 리스크는 감수할 수 있다고 생각할 거 같거든.”

“그럼 대체 아버지는 뭘 하려는 거였을까요.”

“나는 모르지. 그걸 기해만이 알아낼 수 있는 거니까, 기해에게 보냈을 거 같다는 생각만 들어.”

기해는 한참 생각에 빠졌다.

내가 아버지라면, 뭘 하고 싶었을까.

“혹시 아버지는 부작용 없는 약 개발에 성공한 걸까요?”

홍승환은 멈칫하더니 고개를 끄덕였다.

“제구의 실력이라면 아마도 가능할 거야. 부작용 없이 젊어지는 완벽한 약, 개소년 프로젝트에 걸맞은 약 말이야.”

기해는 그의 말에 깊은 생각에 빠졌다.

“만약 제구가 성공했다면, 공식을 어디에 숨겼을지 짐작이 가?”

기해가 고개를 저었다. 아버지의 죽은 얼굴을 떠올렸다.

푸르스름하던 피부. 감긴 눈. 젖은 머리카락이 딱딱한 이마에 달라붙어 있었다.

아버지는 부작용이 없는 완벽한 약을 지키기 위해 죽었을까.

왜, 라는 또 다른 의문이 기해의 머릿속을 파고들었다.

홍승환의 전화벨이 울렸다. 잠시 핸드폰을 확인하던 그가 몸을 일으켜 가봐야겠다는 말을 건넸다. 도움이 못 돼서 미안하다는 말을 남겼다.

기해는 시장 안으로 사라지는 홍승환을 뒤로하고 인파 속을 걸었다.

이른 저녁 시간이라 장 보는 사람들의 모습이 보였다. 다정한 말들이 공중에 떠다녔고, 정겨운 반찬 냄새가 바람을 타고 날아다녔다. 잠시 멈춰서 일상 풍경을 바라보았다. 모두가 행복해 보였다. 그 행복에 질식사할 것 같았다.

"기해야!"

기해가 뒤돌아보자 인파 속으로 사라졌던 홍승환이 다시 모습을 보였다. 손을 흔드는 그의 손바닥에는 기해의 핸드폰이 있었다.

"기해야, 식당에 핸드폰 놓고 갔어!"

칼국수 먹을 때 테이블에 놓고 간 걸까?

기해는 달려가 홍승환에게서 핸드폰을 받았다. 고맙다고 고개를 숙이자 그가 사람 좋은 미소를 지었다.

"그럼 가볼게요."

"조심히 가고, 궁금한 게 있으면 언제든 연락해."

기해가 멀어지는 모습을 본 홍승환은 울리는 전화를 받았다.

"네. 시키는 대로 했습니다."

7

후드티에 벙거지를 쓴 장민수가 아파트에서 나와 주차된 그의 블루 BMW에 올랐다. 박 형사와 한 형사의 회색 스타렉스가 그 뒤를 따랐다. 차는 도로를 10분 정도 달리더니 술집 골목에 들어섰다. 그는 술집 골목에 차를 세우고 건너편 바(bar)로 들어갔다. 박 형사와 한 형사도 바 건너편 앞에 차를 세웠다. 건너편 창가 안으로 벙거지를 쓴 장민수가 보였다.

그를 미행한 지 이틀째였다. 한 형사는 주변을 둘러보았다. 박 형사는 장민수에게 눈을 떼지 않았다.

"저 자식, 이틀 만에 밖에 나오네."

한 형사가 허리를 펴며 말했다. 두둑 소리가 났다.

"근데 왜 지금 밖으로 나왔지? 자기가 위험한 거 알 텐데. 다른 움직임은 없었죠?"

"어. 없었어."

한 형사의 대답이 끝나자 차창 밖으로 비가 내렸다. 두 번째 피해자가 발생한 지 6일째 되는 날이었다. 서울역 여관에서 10월 5일 다리에 총을 맞았다던 용의자는 10월 6일 조주호의 집 근처에서 찍힌 CCTV에서는 다리가 멀쩡했다.

현묵의 말대로 김순기가 텔로프록산의 임상시험에 의해 젊어졌다는 게 사실일까.

거기다 맨손으로 열세 군데 뼈를 부러뜨리고, 아파트 12층에서 뛰어내려도 멀쩡하며, 총을 맞아도 금방 회복될 정도의 특수한 힘을 얻었다면 장민수의 상황은 더더욱 위험했다.

"범인이 정말로 젊어진 김순기일까요? 양 형사님이 확인한 김순기 젊은 시절 사진과 용의자 사진은 놀랄 만큼 똑같았잖아요. DNA도 일치하고요."

박 형사가 품 안에 총을 확인했다.

"잡아서 확인해 봐야지. 근데 조주호 집 앞에 세워졌던 차량이랑 서울역 모텔 앞에 세워뒀던 차량번호가 일치하잖아. 게다가 대포차고. 김순기를 쫓는 선글라스 낀 남자 둘은 한성인력에서 HL코리아 쪽으로 임상시험자를 실어 나르는 일도 했으니까. 그쪽만 전문으로 하는 애들이 있거든. 주로 사설 경비업체나 용병 애들이 그런 방식으로 움직인다는 소리를 들었어."

"회사 입장에서 보면 실험체니까 회수하려고 하겠네요. 근데 궁금한 게, 범인은 어디서 가해자 신상정보를 얻었을까요. 우리도 찾느라 꽤 고생했잖아요."

박 형사는 고개를 갸웃거렸다.

"글쎄. 그나저나 골절 연쇄살인 범인이 신약 임상시험자일 수도 있다는 정보가 새어 나갔어."

한 형사가 한숨을 내쉬었다.

"난리겠네, 너도나도 그 약 맞겠다고. 이보다 더 효과적인 광고가 없잖아요.”

박 형사의 한숨 섞인 말이 끝나자 한 남자가 장민수가 있는 바로 들어갔다.

검은 가방을 메고, 검은 모자를 깊게 눌러쓴 수상한 인물이었다. CCTV에서 찍힌 용의자와도 비슷해 보였다.

“저 새끼 뭐야. 장민수한테 접근하는데?”

“딸까요?”

박 형사가 차 문을 열고 몸을 일으켰다.

“내가 출입구 맡을게.”

한 형사는 출입구 뒤로 향했고 박 형사가 앞으로 들어갔다. 검은 모자가 장민수에게 접근하기 전에 박 형사가 그의 팔을 비틀었다. 검은 모자를 쓴 남자는 온몸을 비틀면서 저항했다. 얼굴을 확인하자 사각 턱의 40대였다. 용의자가 아니었다. 한 형사가 고개를 저었다.

“뭡니까, 지금!”

“죄송합니다.”

박 형사는 40대 남자에게 사과 인사를 하고 벙거지 쓴 장민수의 얼굴을 확인했다.

“잠깐만, 이 새끼 장민수 아닌데?”

벙거지 아래 얼굴은 장민수가 아닌 다른 사람이었다. 어디서부터 놓친 걸까. 분명 아파트 안으로 들어갔던 사람은 장민수가 맞았었다.

"장민수 어딨어?"

박 형사가 벙거지 쓴 남자를 벽으로 밀었다.

"몰라요. 그게 누군데요?"

"장민수가 누군지 모르는데 장민수 차를 타고 머리부터 발끝까지 똑같은 걸 입었다고?"

한 형사의 말에 남자의 표정이 구겨졌다.

"이거 공무집행방해죄야. 바로 체포한다."

한 형사의 날카로운 관찰력과 박 형사의 협박에 남자가 입을 열었다.

"짭새가 붙었다고, 잠수 탄다고 했어요. 이거 다 그 새끼가 부탁했어요. 옷하고 모자 바꿔 입고 자기 대신 짭새들 앞에 얼쩡거려 달라고."

남자는 억울한 듯 벙거지를 벗었다.

"장민수 위험한 거 알지? 어딨는지 말해."

"좆 됐다고 한국 뜬다고만 했지 어딨는지 몰라요."

"장민수한테 전화해 봐."

남자가 전화를 했지만 전화기가 꺼져 있다는 안내음성만 흘러나왔다.

박 형사와 한 형사는 다시 스타렉스에 올랐다.

"어디로 가?"

한 형사가 박 형사에게 물었다. 박 형사는 짧은 손톱을 깨물었다.

"일단 지원 요청하고 장민수 위치 추적하죠."

박 형사가 액셀을 밟았다.

8

그는 얼마 전 조주호를 놔줬다. 겁이 많은 조주호가 다른 가해자들과 만날 거란 계산이었다. 아니나 다를까 조주호는 장민수와 연락이 닿았는지 둘이 만났다. 조주호는 두려움에 떨면서 경찰에게 도와달라고 하자고 했지만 장민수는 오히려 그런 조주호를 겁쟁이라 다그쳤다. 장민수에게 내쳐진 조주호는 도망치듯 뒤돌아갔다.

그는 장민수를 미행했다. 장민수는 30대로 중간 키에 큰 덩치, 왼쪽 팔뚝부터 손목까지 색깔이 들어간 잉어 문신을 새겼다. 간발의 차로 형사들이 장민수에게 붙어 24시간 그를 미행했다. 지켜보던 그의 입술이 말라왔다.

'시간이 없다.'

주변을 둘러보니 킴과 윤의 모습은 보이지 않았다. 일을 다 마치기 전까지 죽을 수도 없고, 그들에게 잡혀서도 안 된다. 그러나 장민수는 고맙게도 스스로 경찰을 따돌렸다.

그를 미행해 묵는 호텔을 알아냈다. 호텔은 견고한 탑처럼 서 있었다. 그놈이 묵는 호텔은 1층부터는 관리인을 거치거나, 아니면 비밀번호를 눌러야 들어갈 수 있는 곳이다. 용의자로 뉴스까지 나온 마당에 얼굴을 드러내는 건 좋지 않아 보인다.

그는 호텔 안 대신 지하주차장으로 들어갔다. 주차 공간 두 개를 널찍하게 차지한 그놈의 또 다른 차인 아우디를 찾아냈다.

차가 여기 있으니 때가 되면 나올 것이다.

찬 바람이 지하주차장까지 불어왔지만 그는 참을 수 있었다. 그간 보낸 세월에 비하면 이 몇 시간은 아무것도 아니다.

해가 질 때까지 기다리니 머리에 모자를 눌러쓴 그놈, 장민수가 나왔다. 뭔가 쫓기는 듯한 모습으로 걸음걸이는 불안해 보였고 연신 주위를 살폈다.

"장민수."

그가 부르자 장민수는 덩치와 맞지 않게 겁에 질린 채 얼른 차에 올라 시동을 걸었다. 그는 달려가 차 문에 손을 뻗었다. 동시에 장민수가 잠금장치를 건다.

"너냐? 애들 죽인 새끼가?"

그는 주먹으로 차 유리를 내리친다. 눈이 동그래진 장민수가 욕설을 내뱉는다.

"꺼져, 이 새끼야!"

그는 손을 뻗어 장민수의 목덜미를 움켜잡는다. 그 순간 장민수가 시동을 걸어 거칠게 차를 출발시킨다. 그는 어쩔 수 없이 팔을 뺀다. 후진을 해서 차를 돌리는 장민수의 차 앞

유리 쪽으로 뛰어오른다. 그는 거침없이 주먹으로 차 유리를 내리친다.

"뭐야, 씨발! 너 누구야?"

"김순기."

장민수는 하얗게 질린 얼굴로 욕설을 쏟아낸다. 그 많은 적들 중에 그의 이름은 없다. 그의 존재를 알지 못한다. 과거를 더듬어봐도 모른다. 마주친 기억이 없다.

코가 시큰하다. 그가 주먹으로 차 유리를 두 번 내리치자 앞 유리가 깨진다. 장민수가 놀라서 급브레이크를 밟는다. 그 바람에 그는 차 밑으로 굴러떨어진다. 차는 쏜살같이 그의 옆을 지나간다. 그는 일어나 달아나는 승용차의 뒤 범퍼를 잡는다.

"미친 새끼…. 너 대체!"

장민수의 얼굴이 일그러진다. 차바퀴가 공중에서 윙윙— 소리를 내며 회전하고 장민수는 액셀을 180까지 밟는다. 차는 제자리다. 뒤 범퍼가 사내의 잡아당기는 힘을 이기지 못하고 떨어져 나간다. 그 바람에 장민수가 탄 승용차가 앞으로 튀어 나간다. 그는 승용차를 따라 뛴다. 장민수는 백미러를 노려본다. 온몸이 덜덜 떨린다. 백미러로 그를 찾아보는데 아무 데도 없다. 핸드폰을 들어 그제야 112에 신고한다. 차 위에서 쿵! 하는 소리가 들린다. 놀란 장민수는 핸드폰에 대고 빨리 와달라고 소리 지른다. 갑자기 차 문이 떨어져 나가더니 장민수가 획— 하고 끌려 나간다. 장민수는 품 안에서 칼을 꺼내 찔렀다. 정확하게 그의 복부에 칼이 꽂혔다.

"야이, 씨발 놈아! 죽어! 이 개새끼야!"

그는 칼을 뽑아 던졌다. 복부에서 피가 번져 나왔다. 그는 별 타격이 없는 듯 주먹으로 장민수를 한 방 내리쳤다. 장민수는 양손을 들어 방어하더니 애원했다.

"살려주세요! 제발 살려주세요. 선생님."

호칭은 씨발 놈에서 미친놈, 그리고 마지막에는 선생님이 되었다.

"저한테 왜 이러세요?"

장민수의 등이 단단한 벽에 부딪쳤다.

"정말 몰라?"

장민수는 그 이유를 짐작할 수 없다.

"정말로 몰라서 그럽니다. 설마, 정말로 사기를 좀 친 것 때문에 그러시는 건가요?"

먼저 죽은 두 놈은 원래 노답의 쓰레기였다. 그러나 자신은 다르다고 믿었다. 이대로 죽을까 두려워졌다. 온몸으로 발버둥 쳤다. 저주의 말과 욕설이 신음으로 바뀌어 나왔다. 이런 주차장에서 죽을 수는 없다. 아직 살날이 많다. 남자는 무기가 없었고, 칼에 찔리기까지 했다. 해볼 만하다. 장민수도 운동으로 다져진 근육질이다.

그런데 둘 다 뼈가 다 부러져 죽었다던데, 나도 그렇게 죽게 되는 걸까. 조금 전에 괴력을 보면 가능하고도 남는다.

"살려줘!"

비명 같은 신음을 질렀다. 장민수는 필사적으로 남자에게서 멀어지고 싶었다. 하지만 간격은 벌어지지 않았다. 그가 다가왔다. 장민수의 턱이 덜덜 떨렸다.

"젊음의 물. 그딴 건 없었잖아. 속였잖아. 니들이."

목소리는 기괴했다. 얼굴은 20대였지만 목소리는 굵고 쉬었다.

"먹고살려다 보니 그랬습니다. 선생님."

"사람이 죽었어. 니들 때문에."

"그럴 생각은 없었어요. 정말이라니까요. 아이 씨!"

장민수가 콧물과 눈물을 질질 흘린다.

"근데 어느 분 가족이세요? 제가 알아야 할 거 아닙니까."

"이꽃분 할머니 기억하지?"

"꽃분, 씨발, 이름 참… 몰라요."

"신장 투석을 받았어. 그 물을 먹고. 몸이 다 망가졌어. 내 아내가."

"아내요? 선생님, 뭔가 착오가 있으신 거 같은데."

장민수는 그를 바라보았다. 어둑한 조명 아래 말간 얼굴이 드러났다.

"이게 자랑은 아니지만 저희 고객들 대부분 60대 이상입니다. 근데 딱 봐도 20대이신 거 같은데 아내분이 저희 때문에

죽었다뇨. 그게 말이 됩니까. 혹시 정말 신약 임상시험자세
요?"

그는 대답 대신 장민수의 목덜미를 잡아채 끌고 갔다.

"니들이 자초한 일이야."

"어차피 죽을 노인네. 그거 좀 빨리 죽은 거잖아. 노인네가
젊어지려는 욕심을 내서 죽은 거지! 그게 어떻게 나 때문이
야."

남자의 발걸음이 멈췄다. 눈동자가 차갑게 살기를 띠었다.
장민수는 온몸이 굳어 움직일 수 없었다.

"나, 나쁜 놈이라고 치면 더 나쁜 놈이 있다니까. 우리는
그냥 피라미라고."

그가 장민수를 내려다본다.

"젊음의 물. 그거 노인네들 데이터가 고스란히 어디로 갔
겠어? HL코리아야, HL코리아라고. 당신 젊어지게 만들어준
그 회사!"

그는 대답 대신 주먹을 들었다.

퍽퍽─. 내리치는 육중한 소리만이 조용한 주차장에 울려
퍼진다.

9

기해는 가방 속에서 낡은 차 열쇠를 꺼내 테이블 위에 올려

두었다. 그것을 쳐다보면 답이라도 나올 것처럼 응시했다. 아빠가 보낸 우편물 안에 들어 있던 낡은 차 열쇠. 이건 대체 어디 열쇠일까. 그녀는 아빠 친구 홍승환의 말을 곱씹어 보았다.

'아빠는 부작용에 대해 알았어. 그랬다면 왜 알리지 않았을까.'

'부작용이 있더라도 출시되는 것이 옳다고 생각했을까.'

'정말로 완벽한 약이 있다면, 어디에 숨겼을까. 대체 왜 숨겼을까.'

만약 진실을 알게 되면 예전으로 돌아갈 수 있을까.

두려움이 어깨를 짓눌렀다. 손발이 차갑고 한기가 들었다. 기해는 감기약을 하나 입속으로 털어 넣고선 이불 속으로 들어갔다. 눈을 질끈 감고 베개로 양쪽 귀를 막았다. 온몸의 떨림이 멈추지 않았다.

그녀 안의 무언가와 싸우듯 한참을 버둥거렸다. 의식이 흐려졌다. 그녀의 정신이 그녀에게서 멀어졌다. 그러다 자신도 모르게 잠이 들었다.

꿈에서 아빠와 엄마가 나왔다. 사랑이를 안고 동네 놀이공원을 간다. 놀이공원은 어느 개인이 운영하는 곳이었기에 유명한 놀이공원처럼 빛나지는 않았다. 회전목마와 범퍼카. 오르막 내리막이 있는 빨간색 구식 열차와 하늘을 일정한 높이로 나는 낡은 비행기. 작은 동물들. 가루로 만든 아이스크림과 설탕 도넛이 다였지만 그곳은 천국 같았다. 기해에겐 그때가 가장 행복했던 시절이었다. 가족이 있고, 사랑하는 것들이 있었다.

놀이공원에서 기해가 가장 좋아하는 놀이기구는 회전목마였다. 몸이 좋지 않은 엄마는 밖에서 기다리고, 기해와 아빠는 함께 말을 탔다. 늘 타는 말은 정해져 있었다. 높이가 가장 높고 예쁜 말. 아빠와 기해가 빙글빙글 돌아가는 말 위에 앉아 엄마를 본다. 그러면 엄마는 사랑이를 안고 눈으로 기해를 좇으면서 손을 흔들었다.

기해의 입가에도 웃음이 터져 나왔다. 아빠의 웃음소리도 귓가에 들렸다.

"기해야."

눈을 떴다. 눈가가 젖어 있었다.

이런 꿈을 꾸다니. 아빠가 보낸 사랑이의 사진 때문이다.

기해는 몸을 일으켰다. 여전히 몸은 물먹은 솜처럼 무거웠지만 머리는 맑아졌다.

만약 부작용이 있다면, 연구원들이나 회사도 그것에 대해 알고 있었을 것이다.

임상시험을 하기 위해서는 대상이 있어야 하고 모집하는 기관이 필요하다.

그곳은 어디일까.

기해는 HL코리아와 원종문 교수의 기사를 다시 검색하기 시작했고 모집 기관이 될 만한 곳을 찾았다. 그러던 중, 관련 기사에 자주 나오는 병원 이름이 '바이오메디컬'이었다. 바이오메디컬은 HL코리아 중앙연구소 협력 지원 병원이었다. 이번엔 원종문과 바이오메디컬을 검색했다. 장희수라는 이름이 겹쳐서 나왔다. 그녀는 바이오메디컬에서 일하고 있었다.

이름이 어딘가 낯익었다.

'어디서 봤더라.'

기해는 눈을 감고 엄지로 눈 위를 꾹꾹 눌렀다. 기억이 별처럼 떠올랐다.

원종문 교수가 『네이처』에 발표한 논문에 함께 기재된 이름이었다. 원종문 교수는 이미 2년 전에 텔로미어를 생성하는 물질 HXL0101을 개발하여 주목을 받은 상태였다. 그게 텔로프록산의 시작이었다. 그런데 그 논문에 이제구라는 이름은 없었다.

'장희수를 만나면 뭔가 알게 될지도 몰라.'

다음 날 기해는 오전 근무만 마치고 인천으로 향했다.

인천에 위치한 바이오메디컬은 항구처럼 넓었다. 푸른 하늘빛에 화이트톤 건물이 성처럼 우뚝 서 있었다. 기해는 본관으로 걸어갔다. 화이트톤으로 된 본관 건물은 최신식 디자인으로 꾸며져 있었다. 입구를 통과하자 대리석 바닥이 나왔다. 천장은 뻥 뚫려 있어 바깥 경치를 그대로 구경할 수 있다. 중앙엔 위층으로 올라가는 에스컬레이터가 보였다. 건물이 온통 하얘서 기해는 자기도 모르게 신발 바닥에 뭐가 묻었는지 바라보았다.

기해가 로비를 가로질러 입구 쪽으로 걸어가자, 그녀보다 머리 두 개가 큰 경비가 가로막았다. 뒤로는 안내데스크가 보였다. 안내데스크까지도 못 가다니.

"무슨 일이시죠?"

30대 중반의 젊은 경비였다. 빽빽한 머리숱에 어깨가 넓어 럭비 선수를 연상시킨다.

"기부금 문제로 장희수 씨를 만나러 왔습니다."

사실대로 말할 수는 없었다.

"신분증 좀 보여주시죠."

기해는 핸드백 안에서 명함을 꺼내 보여주었다.

경비는 무표정으로 그녀의 신분증을 보더니 이어 잭과 마이크를 이용해 뭐라 뭐라 이야기를 나눴다.

"장희수 씨는 퇴사하셨답니다."

"뭔가 착오가 있는 거 아닐까요. 홈페이지에 연구원 이름으로 장희수 씨가 있던데요?"

"본사에서 수정하는 것을 깜빡한 것 같습니다."

경비는 양손을 허리에 집고 거대한 벽처럼 서서 기계처럼 말했다.

"그럼 장희수 씨 연락처를 좀 알 수 있을까요?"

"기부금 문제로 이야기 나누셨을 때는 연락처를 모르셨습니까?"

기해의 심장이 뛰었다.

"네. 저희 센터로 오셔서 이야기 나눈 거라서요."

"개인정보이기 때문에 가르쳐 드릴 수 없습니다."

"그럼 연락할 방법은요? 장희수를 아는 다른 분들이라도 만나게 해주실 수 없나요?"

기해는 오고 가는 사람들을 바라보았다. 저 중에 장희수를 아는 사람이 있을지도 몰랐다. 경비는 대답 대신 두꺼운 다리를 들어 거대한 몸을 기해 앞으로 옮겨 왔다. 돌아가라는 말이었다.

기해는 무거운 몸을 이끌고 집에 돌아왔다. 마음은 몸보다 더 무거웠다. 아무 소득이 없었다.

하루 종일 걸어 다닌 탓에 종아리가 쑤시고 온몸이 두들겨 맞은 것처럼 아팠다.

오는 길 내내 혹시 미행이 있는 건 아닐까 두리번거렸다. 앞집 아저씨의 말 이후에 비밀번호를 바꿨지만 불안감은 여전했다. 열쇠공을 불러 안에서 잠그는 보조키를 하나 더 달고 난 후에야 안심할 수 있었다.

기해의 별명은 쌈닭이었다. 싸움을 잘하는 방법은 약점과 욕망을 파악해 공격하거나 싸움을 포기하지 않거나. 기해는 이 둘 다가 특기다. 어물쩍 타협하고, 넘어가고 싶어도 성격상 그게 잘 안 된다. 이건 그녀의 아빠를 닮았다.

샤워를 마친 기해는 젖은 머리를 말리면서 인스타그램과 페이스북에서 장희수를 찾아보았다. 80년생으로 장희수와 같은 이름이 영문 포함 열여섯 개였다.

'이 중 제발 장희수가 있었으면….'

기해는 장희수와 같은 영문 이름의 페이스북에 하나하나 들어가 얼굴을 대조했다. 그렇게 찾아내길 몇 시간째, 눈에 인공누액을 다섯 통째 넣었을 무렵 드디어 장희수 연구원을 찾았다. 페이스북 메시지로 기해의 소개와 전화번호를 남겼지만 몇 시간이 지나도 확인하지도 않고 연락이 없었다.

어쩔 수 없이 페이스북에 올라온 사진 몇 장을 확대해서 자세히 들여다보았다. 그중 한 장에 어느 커피숍 배경이 보였다. 커피숍 뒷면으로 삐죽 솟은 조형물과 만국기가 보였다. 그리고 기해는 그 배경이 보일 만한 커피숍을 검색해서 찾아냈다. 올림픽공원 북문 근처 소형 프렌차이즈 커피숍이었다.

'찾았다.'

저곳에서 기다리면 장희수가 나타날지도 모른다. 무모하지만 다른 방법이 없었다.

커피숍은 테이블 열 개 정도 놓인 곳이었다. 아르바이트생에게 장희수의 사진을 보여주면서 물으니 종종 오는 손님이라는 대답이 돌아왔다. 기해는 환호성을 지를 뻔했다.

종종 오는 손님이라면 또 올 수도 있다는 뜻이었다.

기해는 그 후로 주야장천 커피숍으로 퇴근했다. 퇴근 후 그곳으로 가서 무작정 장희수가 나타나길 기다렸다. 반신반의였지만 기해가 할 수 있는 일은 이것밖에 없었다.

'왜 이렇게까지 하는 걸까.'

그녀는 자신에게 물어봤지만 그 답을 알지 못했다. 그저 답을 알면 이유를 알 것만 같았다. 요즘 뉴스에는 골절 연쇄 살인사건의 범인에 대한 이야기가 이슈였다.

공식적으로 확정하지는 않았지만 텔로프록산의 임상시험 자라는 가능성이 제기되었고, 사람들은 젊어짐은 물론 강해질 수 있다는 사실에 오히려 열광했다. 기해는 연쇄살인범이 탄생한 것에 아빠도 일조한 건 아닐까, 마음 한구석이 무거웠다.

아르바이트생은 일주일째 매일 오는 기해를 알아보았다. 오늘도 늘 주문하던 아메리카노에 샷 추가를 해서 목으로 넘겼다. 이제는 핸드폰 위에 사진을 띄워놓지 않아도 그녀의 얼굴을 기억할 정도다. 머리가 무거웠고 눈이 찌르는 듯이 아팠다. 시킨 커피를 두 모금 정도 넘겼을 때 그녀가 나타났다.

40대 후반으로 아담한 키에 또렷한 이목구비가 장희수가 분명했다. 미역 줄기 같은 긴 머리를 풀어 헤치고 패딩 조끼에 발목이 조이는 추리닝을 입고 굽 낮은 슬리퍼를 신었다. 집이 가깝다는 의미였다. 괜히 눈이 마주치면 그녀를 쫓는다는 것이 들통날까 봐 시선을 창밖으로 돌렸다. 커피를 테이

크아웃한 장희수가 커피숍을 나섰다.

기해는 간격을 두고 그녀를 따라갔다. 장희수는 경계심이 많은지 가끔 멈춰서 두리번거리다가 다시 걸었다. 커피숍에서 3백 미터 정도 떨어진 한 원룸 건물로 들어갔다. 5층 정도의 오래된 건물이었다. 따로 비밀번호가 설정되어 있지 않은지 장희수는 그대로 유리문을 열고 들어갔다. 기해도 발걸음을 빠르게 움직여 뒤따랐다. 계단 올라가는 발소리가 들리고 번호 키 누르는 소리, 문이 열리고 닫히는 소리가 연달아들렸다. 기해가 따라가 우편함을 뒤졌다. 장희수라는 이름이 303호 우편물함에 쓰여 있었다. 기해는 손으로 머리를 빗고 심호흡을 했다.

낯선 집에 방문한 경험은 많다. 303호에 올라가 벨을 눌렀다.

"장희수 씨. 사회복지센터에서 나왔습니다."

안에서 문이 열렸다. 문틈 사이로 장희수의 얼굴이 보였다. 두 눈에서 팽팽한 긴장과 경계심을 느꼈다.

"무슨 일이에요?"

"지원금 지급 문제로 몇 가지 여쭤보려고요."

기해는 명함을 내밀었다. 명함을 확인한 장희수가 안심을 했는지 문을 열었다. 기해가 안으로 들어가려는 찰나 장희수가 기해를 밀치고 도망쳤다. 안에는 빈 페트병과 짐을 싸둔 트렁크 가방이 눈에 들어왔다. 기해는 달아나는 장희수를 따라잡았다.

"놔! 이거 놔!"

"이제구 씨 알죠?"

기해를 뿌리치고 계단을 내려가던 그녀가 멈춰 섰다. 기해를 바라보는 눈에 두려움이 가득했다.

"여긴 어떻게 알고 왔어?"

"들어가서 이야기하죠?"

"누가 시켜서 보낸 거야?"

"이제구가 저희 아빠예요. 아빠에 관해 몇 가지 묻고 싶은 게 있어서 왔어요."

장희수의 눈이 커다래졌다.

"난 할 말 없어. 따라 들어오면 경찰에 신고할 거야."

장희수는 태도가 바뀐 듯 비밀번호를 누르고 다시 집 안으로 들어갔다.

"신고하려면 해요. 경찰을 부르면 누구한테 불리할지 판단해 보시고요."

기해는 문을 잡고 안으로 따라 들어갔다.

기해는 협박이 능숙한 사람처럼 굴었지만 사실은 설득이 능숙한 사람이었다.

"장희수 씨. 묻고 싶은 게 있어서 그래요. 대답만 해주면 돌아갈게요."

조명 아래 장희수의 얼굴이 밀랍처럼 새하얗다.

"진짜 이 선배 딸이야?"

"안 닮았나요?"

"이 선배한테 무슨 일이 있는 거야?"

"교통사고로 돌아가셨어요. 보름 전쯤에요."

기해의 말을 들은 장희수가 어깨의 힘을 빼고 한숨을 내쉬더니 손톱을 물어뜯었다.

"그냥 외국으로 가라고 했는데… 그렇게 고집을 부리더니…."

"아빠가 죽을 줄 알고 있었다는 말로 들리네요."

장희수의 시선이 기해를 훑었다.

"눈이 닮았어. 시니컬한 것도 닮았고. 집요한 것도. 뭐가 궁금해서 여기까지 찾아왔는지는 몰라도, 나도 지금 상황이 좋지 않아. 괜히 안 좋은 일에 휘말려서 손해 보기도 싫고."

"아빠가 어떤 사람인지 알고 싶어요."

장희수는 테이블에 엉덩이를 걸치고 앉아 담배를 피웠다.

"진짜 그게 궁금해?"

장희수는 생각에 빠진 듯 기해를 쳐다보았다. 기해의 얼굴에서 이제구를 발견하려는 듯했다.

"글쎄. 특이한 사람이었지. 연구원이면서 사람을 대상으로 연구하는 걸 힘들어했어. 특히 37번 사연을 안타깝게 생각했어."

"37번이요?"

"특수한 염색체를 가진 노인. 지금 뉴스에 나오잖아. 골절 연쇄살인사건의 용의자. 37번 김순기가 확실해."

기해의 심장에 칼이 꽂히는 기분이었다.

"김순기 할아버지요?"

희수는 고개를 끄덕였다.

"우리는 8년 전 젊음의 물 투자 사기꾼들에게서 노인들 생체 정보를 샀어. 선배는 그것도 죄책감을 느꼈지. 김순기를 실험하다가 그의 사연을 알게 된 거야. 그래서 김순기 할아버지한테 가해자들 신상 정보를 넘겼어."

"회사에선 알았나요?"

"그들이 모르는 건 없어. 하지만 그냥 두었어. 뉴스에 나던 뭐 하던 광고 효과가 있다고. 때가 되면 수거할 예정이었으니까. 그들이 원하는 건 따로 있었어."

"아빠가 혹시 텔로프록산 부작용에 대해 폭로하려고 한 건 가요?"

장희수의 담배 연기가 그녀의 얼굴을 가렸다가 드러냈다.

"부작용에 대해서는 어떻게 알았어?"

"아빠가 남긴 USB 속에서 개소년 프로젝트 파일을 봤어요. 그 내용을 알 만한 분한테 여쭤보기도 했고요. 정말 텔로프록산은 암이란 부작용이 있는 거예요? 그럼 75세 노인들이 의무 투약하면 그들 중 일부는 부작용인 암으로 사망한다는 거잖아요."

기해가 장희수의 담배 연기를 가르고 한 발짝 다가섰다.

"과학 윤리에 대해서 어떻게 생각해? 이 선배는 과학에 한계는 없어도 규제는 있어야 한다고 생각했어. 이 선배는 매번 실험체들에게 필요 이상으로 신경 썼지. 못 하겠다고 옳지 않다고 반발도 했지만 능력은 최고니까 연구가 끝날 때까지는 내칠 수 없었지. 사실 원종문 교수는 부작용이 30프로든 50프로든 어떤 리스크가 있더라도 이 일을 꼭 성공시키고 싶어 했어. 그 부분이 서로 안 맞았지. 원종문 교수는 완전 미친놈이거든. 원 교수는 딸을 살리기 위해서 뭐든 할 사람이니까. 그 점을 잘 알고 이용한 게 HL코리아 우경재 회장이지만."

기해는 조로증에 걸린 딸을 위해 연구에 뛰어들었다는 원종문의 인터뷰 기사가 떠올랐다.

"아빠는 대체 왜 실험을 계속했을까요?"

기해는 장희수의 가는 팔을 잡았다.

"우경재 회장은 늘 거절 못 할 제안을 하지. 그게 돈이든, 가족을 인질로 잡은 협박이든. 이 선배는 딱 보니 그쪽 때문이었겠네."

장희수는 팔을 뿌리치고 담배를 재떨이에 눌러 껐다.

"말도 안 돼요. 아빠는 우릴 떠난 지 15년이 넘었는데."

기해가 벽에 등을 기댔다.

'나 때문이라니, 거짓말.'

누군가가 그녀를 땅바닥에 패대기친 기분이었다.

"아니면 왜 개소년 프로젝트 파일을 그쪽한테 남겼겠어. 아무래도 부모의 속사정을 자식은 모르는 거니까."

희수는 등을 돌렸다.

"아까 말했던 그들이 원하는 건 혹시, 완벽한 젊음의 약인 가요, 부작용 없는?"

기해는 희수의 작은 등을 바라보았다.

"우경재가 원했던 것은 맞아. 개발 성공했는지는 알 수 없지만."

기해의 머릿속이 복잡했다.

"아빠가 개발에 성공했다면, 그럼 모두가 부작용 없는 약을 먹으면 되잖아요."

"세상은 동화가 아니야. 모두가 젊어지면 어떻게 될까? 반가울까. 여기서도 계급 차이가 나는 거야. 누군가는 부작용이 있는 약을 먹고 누군가는 부작용이 없는 약을 먹는다."

희수의 말에 기해의 온몸에 소름이 돋았다.

"지금 이야기한 것들 공론화해 주실 수 없을까요. 부탁드립니다."

"우경재 회장 뒤에는 대한민국을 움직이는 세력이 있어. 국정원부터 식약청, 특허청, 국회, 검경 모두 손 안 닿는 데가 없지. 나는 죽기 싫어. 양심의 가책 그런 거보다 내 목숨, 우리 가족이 더 중요해. 나 곧 외국으로 떠나. 아가씨 아빠처럼 되기 싫거든. 거기서 조용히 살고 영원히 대한민국에 안 돌아올 거니까. 이제 그만 가."

장희수는 기해에서 멀어져 가 현관문을 열었다.

"그럼 그 완벽한 약은 어딨나요?"

기해는 답이라도 찾아내겠다는 듯 희수의 눈동자를 바라보았다.

"이 선배는 아무도 모르는 곳에 그 공식을 숨겨두었겠지. 그리고 영원히 밖으로 나올 수 없도록 죽어버린 거겠지."

장희수는 문득 슬픈 눈으로 기해를 떠밀었다.

다리에 힘이 풀린 기해가 현관 밖으로 밀려났고 기해의 코앞에서 문이 탕 닫혔다. 문 너머로 흐느끼는 소리가 들렸다.

울고 싶은 것은 기해 쪽이었다.

10

우경재는 차에서 내렸다. 현묵도 따라 내렸다.

드넓은 호수가 보였다. 그 호수 뒤편으로 그림 같은 건물이 서 있었다. HL코리아다.

우경재는 거대한 건물 사이에 있는 3, 4층 높이의 건물로 들어갔다.

"여긴 어딥니까?"

"저희 회사에서 운영하는 병원입니다. 주로 직원들 복지에 사용하고 있죠."

경호원이 출입 카드를 찍자 문이 열렸다. 안으로 우경재와 현묵이 들어섰다.

따뜻한 느낌의 로비를 지나 첫 번째 방문을 열었다. 어딘 가의 서재처럼 꾸며져 있는 공간이었다. 책장에 책들이 보이고, 폭신한 카펫이 전체적으로 깔렸으며 편안한 소파가 있다. 다른 점이 있다면 창문에 창살이 있고 침대와 의료 기구들이 보인다는 점이다.

원종문 교수는 휠체어에 앉아 창문으로 호수를 바라보고 있었다.

"원 교수 만나고 싶다면서요?"

"원종문 교수님?"

머리숱이 희끗하고 눈 밑이 푹 파인 60대 사내는 휠체어에 앉아서 침을 질질 흘리고 있었다. 현묵이 다가가도 반응이 없었다.

"어디 아픈 겁니까?"

"약물중독이에요. 원 교수는 누구보다 연구에 매진했죠. 딸 때문이었죠. 조로증에 걸린 딸 하나 살려보겠다고 모든 걸 걸었으니까. 근데 딸이 얼마 전 죽었어요. 한발 늦었던 거지. 약이 완성되기 3일 전이었어요."

"가족이 없습니까. 왜 여기 있죠?"

"맞아요. 가족도 없는 이 사람을 우린 저버릴 수 없어. 끝까지 케어를 하는 중이에요."

우경재가 어깨를 으쓱해 보였다.

"원종문 박사님, 혹시 이 사람 기억하세요?"

현묵이 원종문에게 다가갔다. 주머니에서 핸드폰을 꺼내 김순기가 노인일 때 사진과 젊었을 때 사진을 들이댔다. 그러나 텅 빈 동공은 반응이 없었다. 몇 번이나 몸을 흔들어 보았지만 태엽이 다 풀린 장난감처럼 움직임이 없다.

"이제 궁금증은 해소되셨죠?"

정말로 그들은 원 교수의 보호자일까. 아니면 인질범일까.

원종문 교수는 고립된 상황에서 이들에게 어떤 일을 당해도 모르는 상황이다.

"연락할 사람 없으세요? 친척이나 지인들은요?"

여전히 아무 말도 없이 허공만 바라보았다.

현묵은 어쩔 수 없이 뒤돌아 나올 수밖에 없었다. 우경재가 그 앞을 가로막았다.

"양현묵 형사. 저는 당신 어머니의 치매를 고쳐드릴 수 있습니다."

"무슨 말입니까?"

"말 그대로입니다. 회사에서 개발 완성된 공식이 있는데 그것만 찾으면 치매는 고칠 수 있습니다. 한 연구원이 그걸 훔쳐서 숨겼습니다."

"그래서요? 원하는 게 뭡니까."

"이기해 씨 알죠?"

"사회복지자 말입니까."

"공식을 훔쳐 간 이제구 연구원의 딸이기도 하죠. 그녀가 공식을 발견하면 저희에게 넘기면 돼요."

"앞뒤가 안 맞네요. 회사에서 개발했다면 공식을 모를 리가 없겠죠."

우경재가 웃었다.

"역시 형사님. 저희는 이제구를 고용한 거죠. 개발 연구비를 지원했고요. 그러니까 저희 회사 겁니다."

"거절한다면요?"

"거절할 수 없겠죠. 어머님은 약을 맞지도 못하고 그렇게 고통스럽게 늙어갈 텐데. 자식의 도리가 아니죠, 그건. 그 물건을 가져오면 일주일 안에 치매를 고치는 약 개발이 가능해요."

현묵의 많은 생각의 조각들이 끝내 말이 되어 나오지 않았다.

"형사이기 전에 아들이지 않습니까? 고민해 보시고 언제든지 연락 주세요. 배웅해 드려."

현묵은 한 번에 거절하지 못한 것에 대해 수치심을 느꼈다. 바람이 불자 건물 사이로 윙윙 소리가 났다. 경호원은 차 쪽으로 이동하라는 듯이 손을 뻗었다.

현묵은 옆에 선 경호원의 요구대로 차에 올랐다. 그리고 30분 후 길가에 세워 둔 현묵의 차 앞에 정확히 내려준 다음

239

경호원은 말없이 세단을 끌고 사라졌다.

　현묵은 특수수사본부로 복귀했다. 이 팀장이 벌게진 얼굴로 현묵을 맞이했다.

　"넌 범인 잡으라니까 HL코리아 거긴 왜 찾아가?"

　도봉서 이 팀장은 정 형사에게 현묵이 뭘 하고 다니는지 추궁하는 중이었다.

　"잡으려고 찾아간 겁니다. 팀장님."

　"HL코리아 가만두라고 청장님 지시 내려왔다."

　현묵은 HL코리아의 압력임을 짐작했다. 현묵은 주먹을 쥐었다.

　"연쇄살인범이 HL코리아가 불법적으로 진행한 임상시험과 연관이 있다고 생각합니다."

　"임상시험자라고? 그거 뭐? 지금 젊어진 임상시험자가 살인 저지르는 게 무슨 연관인데? HL코리아가 살인이라도 저지르라고 시켰다는 거야 뭐야! 그리고 불법이란 증거 있어?"

　이 팀장은 고래고래 소리를 지르면서 현묵을 몰아붙였다.

　현묵은 대답할 말이 없었다. 이 팀장은 쓰레기통을 발로 차고 밖으로 나갔다.

　정 형사가 기다렸다는 듯이 일어서서 현묵 옆에 붙었다.

　"박 형사님 팀 쪽에서 장민수를 놓쳤답니다. 그래서 위치 추적했고 박 형사님하고 한 형사님이 이동 중입니다."

장민수가 위험할 수 있다. 현묵의 직감이 그렇게 말하고 있었다.

"그리고 이제구 연구원 딸이 이기해 씨예요. 아셨어요?"

"아니."

현묵은 왜 거짓말이 튀어나왔는지 알 수 없었다.

"선배님. 선배님도 힘드신 거 압니다. 어머니 때문에 고민 많은 것도 알아요."

"무슨 말이야?"

"범인을 잡는 것보다 사건에 집착하는 것 같습니다."

"빙빙 돌리지 말고 말해."

"노화종말법에 사용될 텔로프록산이 진짜 효과가 있는 거잖습니까. 범인이 김순기잖아요. 79세 할아버지가 젊어져서 펄펄 날아다니잖습니까."

현묵은 발걸음을 멈춰 정 형사를 보았다.

"선배님 어머님은 치매니까요."

"어머니 문제랑 이 사건하고는 관련 없어."

"왜 관련이 없어요? 선배님 어머님은 지금 상태면 신약 투약이 불가능하잖습니다. 노화종말법이 시행되면 선배님은 부양의 늪에서 벗어나지 못하는 거구요. 예전에 다 같이 늙고 힘없는 부모를 부양하는 것과는 차원이 다른 문제입니다."

"그래서, 내가 노화종말법을 일부러 막으려 작정하고 HL 코리아를 들쑤셨다? 모두가 불행해지기 위해서?"

"죄송합니다. 그냥 제 생각을 말씀드려 본 겁니다. 저는 노화종말법이 어서 시행되었으면 하거든요. 저희 집 사정이 좀 그렇습니다."

정 형사는 현묵에게 짧은 묵례를 하고 돌아섰다.

'자신은 정말 이 사건에 집착하는 걸까.'

범인을 잡는 것. 그것만 생각하면 된다.

그러나 범인 그 배후에 HL코리아가 있다면 달라진다.

그것은 정 형사 말대로 어쩌면 곧 시행될 노화종말법에 큰 영향을 미칠 수도 있다.

현묵은 용의자의 신원이 언론에 새어 나가지 않게 철저히 당부했다. 그럼에도 불구하고 뉴스에 보도되었다. 매번 특수 수사본부 앞에서 진을 치는 표 기자가 유력했다. 그는 음식물 쓰레기에 거리낌 없이 맨손을 집어넣어 뒤지는 인물이다. 특종을 위해서면 뭐든 한다.

언론에선 용의자가 젊어진 노인이라는 추측만으로도 열광했다. 그만한 힘을 가질 수 있다고 여긴 것이다.

법이 의무적 시행이지만 아직은 거부감과 불확실성 때문에 노화종말법이 시행돼도 텔로프록산을 맞지 않겠다고 대답한 이들이 50퍼센트가 넘었다. 그러나 골절 연쇄살인사건이 일어난 이후 오히려 약을 투약하겠다고 긍정적으로 대답한 이들이 70퍼센트나 되었다.

현묵은 엄마를 떠올렸다.

노화종말법이 공포되기 전까지는 요양원을 찾아다녔다. 그곳에는 엄마와 똑같은 사람들이 있었다. 하지만 법이 시행되면 다른 사람들은 또다시 젊고 아름다운 엄마를 가질 수 있다.

현묵은 그리운 걸까. 젊고 아름다웠던 엄마가.

현묵은 정 형사의 말대로 혼자 나이 든 엄마를 갖게 되는 게 싫은 걸까.

11

"이기해 씨. 잠시 말씀 좀 나눌 수 있을까요?"

"네, 나가서 좀 걸으시죠."

기해는 사무실로 찾아온 현묵을 보았다.

검은 눈, 핏기 없는 얼굴을 들여다보았지만 여전히 속을 읽어낼 수 없었다.

오랫동안 물을 주지 않은 마른 식물 같다고 생각했다.

기해는 코트와 가방을 챙겨, 현묵과 사무실 밖으로 나갔다. 차가운 바람이 불었다. 기해의 머리카락이 날렸다. 그녀가 현묵에게 시선을 건넸다.

"김순기 할아버지는 찾았나요?"

"아직입니다. 그러나 소재는 대충 파악했습니다."

"무사한가요?"

그녀의 입가가 살짝 떨렸다. 현묵은 그것을 놓치지 않았다.

"김순기 씨는 HL코리아의 텔로프록산 임상시험에 참여했고 그 시험으로 인해 젊어졌다고 추정하고 있습니다."

"떠도는 이야기가 진짜군요."

"오늘은 그 일 때문에 아버님에 대해 여쭤볼 게 있어서요."

아버지가 하던 일에 대해 그는 어디서부터 어디까지 알고 있을까.

기해는 숨을 참았다.

"아버지는 얼마 전에 돌아가셨어요."

"알고 있습니다. 삼가 고인의 명복을 빕니다."

"별로 실감 나지 않아요. 아버지는 집을 나갔어요. 제가 스무 살 때니까 15년이 넘었어요. 얼굴 본 지도 십수 년이 지났고, 연락도 한 적 없어요."

"이제구 씨가 HL코리아에서 일했던 것을 알고 있습니까?"

기해는 눈앞에 현묵을 바라보았다.

정희수의 말을 떠올렸다. HL코리아는 거대한 세력을 배후로 두고 있다. 텔로프록산 약을 개발하게 된 것도 정부의 도움 없이는 불가능하다. 형사든 경찰이든 HL코리아의 뒷배가 분명히 있을 것이다.

"그게 형사님이 조사하시는 연쇄살인사건과 연관이 있나

요?"

"유력한 용의자인 김순기 씨와 아버님 사이에 접점이 있었을 가능성도 있습니다. 아버지가 사망하기 전에 이기해 씨에게 뭔가 남긴 것은 없었나요?"

이 양현묵 형사를 믿을 수 있을까.

기해가 현묵에게서 시선을 돌렸다. 어디선가 심장 뛰는 소리가 들렸다.

"아버지와는 오래전에 연락이 끊겨서 아는 것이 없습니다."

이기해의 말이 맞다. 그녀는 오랫동안 이제구와 연락을 나누지 않았다. 그러나 현묵이 지금 만난 이기해는 질문이 없었다. 마치 모든 것을 알고 있는 사람처럼.

"HL코리아에서 불법적으로 노인들을 모집했던 정황이 있어요. 8년 전 젊음의 물과 연관이 있을 수도 있습니다."

기해는 고개를 숙였다.

"뭔가 알고 있는 게 있다면 말씀해 주시죠. ⋯저희 어머니는 치매입니다. 누구보다 HL코리아가 개발한 약이 필요한 사람이죠. 하지만 HL코리아에서 약 개발을 하는 데 불법적인 일이 있었다면, 저는 그것은 잘못되었다고 생각합니다. 이제구 씨라면 뭔가 알고 있었을 겁니다. 막아야 하지 않을까요. 김순기 씨의 살인도, HL코리아의 만행도요."

그의 눈동자 저편에서 뭔가 꿈틀거렸다. 기해의 마음이 움직였다. 그에게서 기해와 비슷한 냄새를 맡았다. 혼자, 맨몸으로 싸우는 사람들 특유의 외로움이었다.

"형사님, 개소년 프로젝트라고 들어보셨어요?"

"아니요. 그게 뭡니까?"

"아빠가 사고로 죽기 전날 파일을 남겼어요. 그 파일 이름이 개소년 프로젝트였고. 그 안에는 1에서 50까지 실험체의 넘버링이 되어 있었어요. 모두 암 증상이 관찰되는 것으로 보아 부작용이 있는 사람들을 분류해 놓은 파일 같아요."

기해의 말에 현묵이 한 발짝 다가섰다. 진실에 다가서듯이.

"저한테 그 파일 내용을 보여주실 수 있겠습니까?"

기해는 고개를 끄덕였다. 그리고 그 자리에서 파일 복사본을 현묵에게 메일로 보냈다. 파일 내용을 들여다보았지만 현묵도 알 수 없는 의학용어들이었다.

"넘버링만 있어서 신원은 알 수 없어요."

"아버님이 이걸 남겼다면 어딘가 신원을 알 수 있을 만한 자료도 남겼을 겁니다. 한번 잘 생각해 보세요."

기해가 고개를 들어 하늘을 보았다. 붉은 노을이 하얀 구름과 만나 보랏빛으로 물들었다.

"잘 모르겠어요. 아빠가 제게 뭘 바라는 건지요."

기해는 크게 숨을 내쉬었다.

"그건 기해 씨만 알 수 있겠죠."

현묵이 그녀의 집 앞까지 바래다주었다. 기해는 빚지는 기분이 들어 싫다고 했으나 현묵은 형사는 공무원이니깐 빚지는 게 아니라 일이라고 했다. 그녀는 묘하게 설득당했다.

현묵에게서 동질감을 느낀 기해는 USB를 받은 일부터 소매치기, 가짜 원종문, 바이오메디컬 장희수를 만난 일까지 이야기했다.

HL코리아와 젊음의 물 투자 사기와의 연관성, 그리고 김순기 할아버지에게 가해자들의 정보를 제공한 아버지 이제구, 이제구가 남긴 부작용 없이 완벽한 젊음의 약. 그것을 찾고 있을 HL코리아.

현묵은 기해의 이야기를 듣고 한동안 가만히 있었다. 머릿속에 여러 퍼즐들이 한꺼번에 맞춰진 느낌이었다.

현묵과 이야기를 나눈 기해는 이제껏 두렵고 막혔던 기분이 사라지고 한편을 얻은 느낌을 받았다.

"무슨 일이 생기면 언제든지 연락 주세요."

현묵이 기해를 정면으로 바라보았다. 주문에 걸린 사람처럼 그녀도 모르게 고개를 끄덕였다.

그녀는 3층 원룸으로 들어가 방문을 열어 불을 켜고 창문가로 가서 아래를 내려다보았다. 가로등 밑 현묵이 그녀의 방 불이 켜지는 것을 보고 돌아간다. 그의 그림자가 길게 늘어졌다. 기해는 양손으로 무릎을 감싸안았다.

12

특수수사본부의 사무실은 정적이 맴돌았다. 모인 형사들은 모두 축 늘어진 어깨를 하고 테이블 위에 고개를 숙이고 있었다.

"피해자는 장민수입니다. 10월 10일. 오후 8시경. 호텔 주차장입니다."

화면 위에 띄운 현장 사진 속 시체가 보였다. 주차장 바닥에 피범벅이 되어 여기저기 꺾인 모습의 남자가 쓰러져 있다.

박 형사와 한 형사가 주차장에 도착했을 때는 이미 장민수는 죽어 있었고, 범인은 사라진 후였다. 온몸에 구타당한 흔적과 열세 군데 골절이 동일했다. 그 세 명을 하나로 잇는 카테고리는 역시 젊음의 물 사기사건이었다.

"근처 블랙박스에서 얻은 영상입니다. 운 좋게 오디오 녹음 기능이 온으로 되어 있었어요."

박 형사가 화면에 영상을 하나 띄웠다.

"대화가 녹음되었는데 한번 들어보시죠."

화면 위에 영상이 재생되면서 장민수가 범인의 복부에 칼을 찔러넣는 모습이 보였다.

"범인이 칼에 맞았습니다."

장민수가 겁에 질린 표정으로 욕을 하다가 빌다가 했다.

반면 화면이 어두워 잘 보이지는 않지만 범인은 감정의 변화를 보이지는 않았다.

"이전 사건들과 같은 용의자 맞네요."

용의자는 모자를 눌러쓴 날렵한 턱선의 20대 남성으로 이전과 동일인이었다.

"HL코리아야, HL코리아라고. 당신 젊어지게 만들어준 그 회사!"

장민수가 고래고래 소리를 질렀다. 박 형사가 정지 버튼을 눌렀다.

"여기까지입니다. 그러고는 구타당해서 그대로 사망했습니다."

"HL코리아? 장민수가 젊음의 물 투자 사기사건과 HL코리아가 연관 있다고 주장하는 건가?"

한 형사가 고개를 까닥거렸다.

"뭐, 죽기 전에 아무 말이나 지껄인 걸 수도 있죠."

정 형사가 현묵을 보았다. 현묵은 아무 말도 하지 않는다.

"그럴 수도 있지만 아닐 수도 있죠, 만약 사실이면 어떻게 합니까?"

한 형사가 말했다.

"HL코리아의 텔로프록산 임상시험 과정들이 공개되긴 했지만 모두 투명하다고 볼 순 없어요. 그 방대한 자료를 어디서 구했는지 역추적해 보면 말이 안 되는 것도 아닙니다."

박 형사가 볼펜을 책상 위에 두들겼다.

"만약 그렇다면, 앞으로 복수 대상이 젊음의 물 사기사건의 남은 가해자 김남혁에서 HL코리아 관련자들이 될 수도 있다는 걸까요?"

박 형사가 화면에 띄워진 용의자의 모습으로 시선을 옮겼다.

"아이러니하네요. 뭣보다 이게 사실이라면 김순기 할아버지는 그거 모르고 여기 참여한 거잖아요. 자신이 실험 때문에 힘을 얻게 되기도 했지만, 또 한편으로는 아내를 죽게 했으니까."

정 형사가 한숨을 쉬었다.

"그게 우리 수사랑 무슨 상관이 있습니까? 우리는 범인만 잡으면 되잖습니까."

한 형사가 주먹을 쥐었다.

"만약 사실이면 범행 대상이 달라질 수도 있으니까요."

박 형사의 말에 현묵의 입이 떨어졌다.

"근처 병원에 연락해서 복부에 상처 입고 들어온 환자 있는지, 조사해 봐."

현묵이 정 형사에게 지시했다.

"네, 알겠습니다. 아, 그리고 꽃분이 할머니 사망 당시 시체 확인했던 동장, 통장 만나서 이야기를 들어봤는데요. 죽은 할머니 시체를 업고 김순기 할아버지가 집으로 데려왔답니다. 무슨 일이냐고 물어봤더니 그놈들 차에 치였다고 했대요."

"그놈들 차에?"

박 형사가 되물었다.

"그놈들이라면 가해자들을 말하는 건가?"

한 형사가 얼굴을 찌푸렸다.

"그건 확인 불가능했습니다. 꽃분이 할머니 사망은 결국 단순 사고로 처리되었는데 사망진단 보면 뼈가 다 부러졌다고 하더라구요."

정 형사는 한숨을 쉬었다.

"뼈가 다 부러져? 얼마나?"

"온몸에 뼈란 뼈는 다 부러졌답니다. 열세 군데."

잠시 침묵이 흘렀다.

"그놈들이 만약 아픈 할머니를 차로 치고 도망간 거라면?"

"눈에는 눈, 이에는 이. 김순기가 할머니가 당한 방식대로 똑같이 복수를 하고 있는 거네요."

박 형사와 정 형사의 말에 모두가 화면 위의 장민수에게 시선이 닿았다.

그때 전화벨이 무거운 공기를 갈랐다. 한 형사가 전화를 받았다.

"거기 특수수사본부죠?"

"누구십니까."

전화기 너머로 심상치 않은 기운을 느꼈다.

"저 좀 도와주세요. 씨발."

도와달라는 단어와 욕설이 불협화음을 이뤘다. 남자의 목소리에 다급함이 실려 있었다.

"천천히 말씀해 보세요."

한 형사가 대응했다.

"지금 쌍문동 찜질방인데요. 여기서 돈을 훔쳤거든요. 얼른 저 좀 잡아가세요."

한 형사는 어이가 없는 듯 현묵을 바라본다.

"돈을 훔쳤다고요?"

한 형사가 수화기를 잠시 떼고 현묵에게 "이거 장난 전화 같은데요"라고 말했다. 현묵이 스피커를 눌렀다.

"전화 거신 분 이름이 뭡니까?"

"조주호요."

이름을 들은 형사들의 눈빛이 동시에 마주쳤다. 조주호, 33세. 젊음의 물 투자 사기사건의 멤버였다.

"조주호 씨. 저희가 그리로 가겠습니다."

조주호는 떨리는 목소리로 찜질방 상호를 말했다. 형사들이 모두 튀어 나가 스타렉스에 올랐다. 다들 행동이 빨랐다.

현묵이 액셀을 밟았다. 쌍문동까지 30분 거리였지만 차 안에서 입을 여는 형사는 아무도 없었다. 긴장감이 감돌았다. 그전에 범인이 조주호를 죽이러 갈 수도 있다. 박 형사가 일단 근처 경찰서에 협조 요청하여 조주호를 안전하게 보호해 달라고 했다.

찜질방에 도착하니 경찰차가 입구에 세워져 있었다. 경찰의 안내를 통해 내부로 들어갔다. 혹시 모르니 한 형사와 박 형사는 밖에서 상황을 보며 대기하기로 했다.

"이쪽입니다."

찜질방 안으로 들어가자 찜질방 옷을 입은 사람들의 모습이 보였다. 조주호는 방 안에 몸을 웅크리고는 떨고 있었다. 머리는 헝클어져 있었고 발바닥이 시커먼 채였다. 현묵이 신원을 밝히자 벌떡 일어났다.

"저 이제 유치장 들어갈 수 있는 거죠?"

조주호는 그대로 현묵을 따라 차에 올랐다.

특수수사본부에 도착하자 기자들이 진을 치고 있었다. 밤 10시가 넘었지만 조명 때문에 낮처럼 밝았다. 현묵은 조주호에게 모자를 씌우고 뒷문으로 이동했다. 기자들이 기사를 쓰고 그 기사가 범인에게 도리어 위치 정보를 제공할 가능성도 있기 때문이다. 표 기자가 뒷문으로 이동하는 조주호를 발견하고 소리를 질렀다.

"조주호다!"

형사들이 다급히 조주호를 감싸 실내로 이동시켰다.

조주호는 수사본부 내부에 들어와서도 한참 동안 입을 열지 않았다. 어쩔 수 없이 다시 내보내겠다는 현묵의 말을 듣고 나서야 조주호는 따뜻한 커피와 담배를 요구했다.

그의 이야기로는 얼마 전 범인이 옥탑방에 찾아왔었던 적이 있는데 겨우 도망쳤다는 것. 범인을 쫓는 다른 놈들이 또 있었다는 것. 그래서 구사일생으로 목숨을 건졌다고 말했다. 그 이후로 장민수를 찾아갔지만 무시당한 후 찜질방을 전전했다. 장민수의 사망 소식까지 듣고 나서야 자신이 운이 좋았다는 생각이 들었다고 한다.

조주호의 진술에 따르면 그는 젊음의 물 사기사건 멤버로 8년 전 생수를 만드는 일을 했다. 박영빈의 권유에 따라서였다. 공장에서 물에 약을 섞는 것이었다. 사무실은 강남에 있었는데 그곳에 온 사람들에게 생수를 나눠주었다. 주로 노인들이었다. 노인들은 그것을 귀하게 받아 약물처럼 마셨다. 김남혁이 돈을 받고, 장민수가 어디서 간호조무사들을 섭외해 정기적으로 노인들의 피검사를 했다. 피 검사한 기록들을 종이장부에 보관되어 매주 일요일 공장에 오는 검은 차를 탄 자에게 박영빈이 전달했다고 한다.

"그게 HL 코리아와 혹시 연관되어 있습니까?"

정 형사가 조주호에게 물었다.

"HL코리아요? 관련되어 있대요? 아, 그 새끼들 그쪽에서 돈 받았구나!"

조주호는 분한 얼굴로 되물었다.

"조용히 하세요. 피해자 가족 중에 김순기라고 들어봤어요?"

"저는 몰라요. 저 좀 살려주세요. 가둬주세요."

"피해자 중에 꽃분이 할머니에 대해서는?"

"몰라요. 어떻게 이름을 일일이 다 기억합니까."

계속된 정 형사의 질문은 안중에도 없었다.

"5년 전에 할머니 차로 친 적 있지?"

현묵의 물음에 조주호가 입을 다물고 눈동자를 굴렸다.

"아, 아니요."

한 박자 느렸다.

"차로 친 적 있잖아. 너야? 니가 친 거야?"

"아니에요. 모른다니까요."

그는 입을 다물고 스스로 유치장에 들어갔다.

이제 남은 것은 김남혁뿐이다.

"김남혁은 몇 시 출소지?"

현묵이 박 형사에게 시선을 던졌다.

"두 시간 후입니다."

박 형사가 달력을 확인했다.

"나랑 정 형사가 김남혁 출소 픽업할 테니까. 박 형사랑 한 형사가 조주호 쪽 좀 맡아줘."

"네, 알겠습니다. 근데, 선배님. 주변 병원 다 뒤져봤는데 칼 맞고 들어온 사람은 없다는데요?"

정 형사가 점퍼를 걸쳤다.

"범인은 총 맞고도 하루 만에 회복했어. 여기에도 나타날 수도 있으니까 조심하고."

현묵의 지시에 모두 고개를 끄덕였다.

차가운 바람이 몸을 에워싼다. 그는 경찰서 뒤편으로 걸어
갔다. 철망과 카메라가 보였다. 여기서 내부까지 뛰어가 그
놈을 죽이는 데 걸리는 시간은 약 5분 예상. 그는 도움닫기를
해 담벼락을 뛰어넘었다. 단숨에 주차장을 가로질러 내부로
들어갔다.

경찰서 안 유치장 안에 그놈이 쪼그리고 앉아 있었다. 검은
눈을 굴리며 그가 일어섰다. 당혹감, 두려움이 차례로 스치고
이곳은 안전을 보장받을 곳이라는 판단까지 동시에 내린 모
양이었다. 그의 입꼬리가 슬쩍 올라가고 두 눈은 그를 쏘아
본다.

"저리 가! 미친놈아, 저리 가라고! 빨리 이 새끼 잡아요! 이
놈, 살인마예요!"

움직이면 쏜다라고 외치는 경찰관을 무시하고 그는 그대
로 유치장 철문을 잡아떼었다. 철문은 손에서 종이컵처럼 구
겨져 떨어져 나갔다.

삐삐—.

경고음이 울리고 경찰관, 형사들이 뛰어다녔다. 그들의 눈
에는 당혹감과 두려움이 동시에 떠올라 있었다. 설탕을 발견
한 개미 떼처럼 어디선가 사람들이 계속 몰려들고 있다.

형사가 총을 겨누고 한 사람은 테이저건을 쏜다. 그는 두 손으로 철문을 잡아 올렸다. 사람들의 동공과 입이 동시에 벌어진다. 탕! 하는 발포 소리가 들렸고 팔에 통증을 느낀 듯했으나 들어 올린 철문은 놓지 않았다. 철문에 부딪쳐 날아간 경찰들은 벌벌 떨며 차마 다가올 생각도 하지 못한다.

"조주호."

"사, 살려주세요! 살려줘!"

그는 두 주먹을 불끈 쥐고 그놈의 몸을 정확하게 가격했다. 한곳 한곳 부러질 때마다 그때를 떠올리길 바랐다.

"그 할머니를 차로 친 건 내가 아니야!"

조주호는 머리를 굴렸다.

자신의 신상이 다 털린 것을 이자도 봤을까. 부양해야 할 부모 따윈 사라진 지 오래고, 배달 아르바이트를 하면서 폐지 줍는 노인네들을 마구 패버린 것을 알아버렸을까.

"왜. 내가 왜 죽어야 해!"

갖은 욕설을 뱉어내던 입에서 잘못했다, 용서해 달라 죽을 죄를 지었다라는 말이 튀어나온다. 그때 이 말을 했더라면. 그랬더라면.

두 눈이 축축해지는 걸 느꼈다.

그리고 조주호의 뼈는 우두둑 소리를 내며 부서져 갔다.

현장에 있던 한 형사는 범인에게 공격당해 기절했고, 순경은 팔이 부러졌다.

현묵이 연락을 받고 도착했을 때 수사본부 안은 엉망진창
이었다.

"괜찮아요?"

"저는 괜찮습니다. 김남혁은요? 무사 출소했습니까?"

정신 차린 한 형사가 얼굴을 찌푸렸다.

"교도소 측에 사정 이야기해서 하루 미뤘어요."

정신 차린 한 형사는 쪽 팔리다고 욕을 해댔고, 순경은 병
원으로 실려 갔다. 박 형사는 치료 따위 필요 없다는 한 형사
를 달래 병원으로 데려갔다. 한 형사와 순경의 증언에 의하면
용의자, 그놈 짓이었다. CCTV에 다 찍혔기 때문에 증언도
필요 없었다.

현묵이 CCTV를 돌려 보았다. 한 남자가 화면 안으로 들
어온다. 용의자 김순기다. 화면에 찍힌 남자의 몸은 멀쩡해
보였다. 칼에 맞고도 멀쩡하다니. 현묵은 침을 삼켰다.

말리는 한 형사를 한 손으로 집어 던지자 한 형사는 그대
로 날아가 벽에 머리를 부딪쳤다. 순경이 총을 겨눈다. 그는
순경을 밀치고, 유치장 철문을 떼어낸다. 잠긴 자물쇠가 장
난감처럼 부서진다. 조주호는 잔뜩 겁먹은 얼굴로 고래고래
소리를 지르면서 벽에 붙어 있다. 남자는 철문을 휘둘러 형사
와 경찰들을 방어한다. 쓰러진 순경이 총을 잡고 일어나 발
포위협을 가했고 경찰이 실탄을 발사한다. 남자는 실탄에 왼

쪽 팔을 맞는다. 무심히 왼쪽 팔을 부여잡는다. 노려보는 왼쪽 눈이 붉다. 그러고는 조주호에게 다가가 주먹으로 패기 시작한다.

죽을 때까지 구타한 시간은 고작 3분 남짓. 조주호를 향해 뭐라고 혼잣말을 했다. CCTV 따윈 두렵지 않다는 듯. 의식하지 않는 듯. 얼굴이 다소 고스란히 찍혀 있다. 짙은 눈썹에 깊고 큰 눈이 보였다. 마지막으로 주먹을 조주호에게 날렸다. 조주호의 얼굴이 일그러지면서 벽으로 날아갔다. 공포에 일그러져서 침을 뚝뚝 흘렸다. 다리에 힘이 풀려 주저앉았다. 다가가 주먹으로 정강이를 내리쳤다. 꺾인 다리에 힘이 빠지고 고통으로 비명을 토해 냈다. 그대로 주먹으로 갈비뼈를 내리치자 시뻘건 피를 토해 냈다. 조주호의 다리 사이에 노란 액체가 퍼졌다. 이제 화면 속에는 신음 소리와 함께 살려달라는 울음소리만이 울려 퍼졌다. 남자가 주먹으로 조주호의 코를 내리치자 컥하는 소리와 함께 그대로 혼절해 버렸다.

'이게 말이 돼?'

범인은 장민수에게 칼을 맞은 지 24시간도 되지 않아 수사본부에 들어와 형사와 경찰을 때려눕히고 조주호를 죽였다.

현묵은 머리가 지끈거렸다. 내부적으로 긴급회의가 들어갔다.

수사대 인원이 보충되어 50명의 인원이 그날 밤 서울 시내를 뒤졌다. 몽타주와 비슷한 사람을 찾기 위해 막무가내였다. 병원, 동물병원, 공원, 찜질방, 여관, PC방, 등등 사람이 몸을 누일 공간이면 어디든 상관없었다. 수사대원들은 서울 구석구석을 이 잡듯이 뒤졌지만 어디에도 젊은 김순기, 그의 모습은 없었다.

나중에 밝혀진 조주호의 사인은 호흡곤란으로 인한 사망이었다. 척추뼈를 포함한 열세 군데 뼈가 부러져 있었고, 부러진 뼈도 앞선 피해자들과 동일했다.

IV

젊은 사람

1

놀이공원은 영업 종료라고 쓰여 있었다. 철문이 닫혀 있고 놀이기구는 멈춘 듯했지만 아직 철거 전이었다. 기해는 주변을 한 바퀴 돌았다. 철망이 벌어져 있는 곳을 찾았다. 조심스레 몸을 통과해 안으로 들어갔다.

을씨년스러웠다. 빛나던 조명은 꺼져 있고, 시멘트 바닥에는 군데군데 이끼와 잡초가 올라왔다. 녹슨 기구들이 눈에 들어왔다. 23년 전 기해는 저곳에서 웃고 있었다.

벤치에 앉았다. 손끝이 차가웠다. 인기척이 들렸다. 기해는 본능적으로 기구 뒤로 몸을 숨겼다. 한 남자가 걸어왔다. 20대. 후드티를 입은 남자. 쇠기둥에 가려져 얼굴은 정확히 보이지 않았다.

'이곳 관리자일까. 아니면 이곳에서 찬 바람을 피하면서 지

내는 노숙자일까.'

그때 얼굴이 보였다. 낯익은 얼굴이었다.

천천히 그의 동선을 눈으로 좇았다. 그가 회전목마 뒤쪽으로 들어갔다. 기계실인 모양이다. 얼굴이 생각났다.

골절 연쇄살인사건의 용의자, 김순기.

맞는다면 경찰에 신고해야 한다.

정말 김순기 할아버지일까.

가까이 다가가 그를 관찰했다.

그녀가 기억하는 모습은 어디에도 없었다. 굽은 어깨 대신에 넓고 탄탄한 어깨. 휜 허리 대신 곧은 허리와 백발의 머리카락 대신 검은색의 굵은 머리카락이 있었다. 주름으로 가득한 얼굴은 날카로운 코와 단단한 입매로, 푸석하고 늘어진 피부 대신 건강한 피부가 보였다.

기해는 신고하기로 마음먹었다가 문득 의문이 생겼다. 그는 왜 하필 이곳에 있는 걸까.

이곳은 아빠와 자신의 추억의 공간이다.

그를 따라 천천히 기계실 쪽으로 다가갔다. 안을 들여다보려 했지만 작은 창문을 통해서는 아무것도 보이지 않았다. 그때 뒤쪽에서 인기척이 났다.

"선생님."

그가 서 있었다. 온몸이 쭈뼛 섰다.

신고를 할까, 119 버튼을 누르고 통화에 손가락을 뻗었다.

기해의 눈이 남자에게 가서 닿았다. 김순기 할아버지는 유일하게 기해를 아가씨가 아닌 선생님으로 불렀던 노인이다.

생각이 말로 나오는 데는 한참 시간이 걸렸다.

"정말 김순기 할아버지세요?"

기해는 자기도 모르게 한 발짝 뒤로 물러섰다. 할아버지라는 단어와는 어울리지 않은 외모 때문이었다. 가까이서 보니 30대인 기해보다 훨씬 어려 보였다.

"맞소. 김순기입니다."

그의 티셔츠 위로 피가 배어 나왔다.

"다쳤어요?"

남자는 피가 새어 나오는 팔을 오른팔로 움켜잡고 숨겼다.

"아버님이 선생님과 찍은 사진을 보여준 적이 있었습니다. 이 놀이공원이더군요. 행복해 보였어요. 나는 뭐가 바쁘다고 가족들과 놀이공원 한번 못 가봤지요."

"할아버지가 그들을 죽였나요? 아빠가 그들의 정보를 제공해 준 거구요?"

그가 고개를 숙였다 들었다.

"선생님은 아버님을 닮았더군요."

기해의 눈동자가 흔들렸다.

"김순기 할아버지가 죽인 사람들, 저도 죽어 마땅하다고 생각해요. 하지만 그건 할아버지가 할 일이 아니에요. 해서도 안 되구요."

"회사에서는 저를 쫓고 있어요. 위험한 사람들입니다. 선생님까지 위험해지기 전에 어서 돌아가세요."

"위험한 건 할아버지예요. 회사에서 쫓고 있다면서요. 그러니까 자수하세요. 제발 부탁입니다."

남자의 시선이 기해의 신발로 향했다. 눈을 덮는 머리카락이 쏟아져서 찰랑거렸다.

"이기해 선생님이 이 박사님 딸이라는 걸 알았을 때 저는 놀랐습니다. 아버님은 이미 알고 있었던 듯 여러 가지 물어보셨어요. 딸은 친절하냐, 일은 잘하냐, 야무지냐, 사람들에게는 잘하냐."

"미안해요. 제가 더 할아버지 이야기를 들어야 했어요."

기해의 뺨이 떨렸다.

"만약 그랬다면 임상시험 같은 거 참여하지도 않았을 거고, 이런 일도 없었겠죠. 아빠랑 어떤 사이인지는 모르지만 결국 이 모든 게 아빠 때문이에요."

눈동자가 붉어졌다.

"선생님하고 아버님은 이 가난한 늙은이에게 유일하게 잘해 준 사람들이었어요."

기해의 눈동자에 눈물이 맺혔다.

"다시 젊어진다면 언젠간 해야 할 일이었습니다. 선생님. 울지 마세요."

기해는 뒤로 물러섰고, 남자는 그대로 뒤돌아 달렸다.

철조망을 넘어가는 남자의 뒷모습이 하늘 높이 솟구쳤다가 아래로 떨어졌다.

기해가 차갑게 식은 손을 들어 올렸다가 내렸다. 그녀는 현묵에게 전화를 걸어 김순기를 만났고 그가 방금 떠났다고 말했다. 괜찮냐고 묻는 현묵의 목소리가 귀에 윙윙거렸다. 그녀는 대답하지 못하고 다리에 힘이 풀려 주저앉았다. 볼에 뜨거운 눈물이 흘렀다.

2

'씨발, 진짜.'

김남혁은 손톱을 물어뜯고 다리를 떨었다. 출소하는 기쁜 날에 이게 무슨 날벼락이람.

조주호까지 경찰서 유치장에서 죽었다는 이야기를 듣고 그는 불길한 예감이 사실이 될 수 있다고 생각한다.

김남혁은 명치가 욱신거려왔다. 옛날부터 운이 참 없다고 생각했다. 교도소에 들어간 것만 해도 그렇다. 돈 있고 빽 있는 놈들은 다 법망을 빠져나간다. 가진 게 없는 그만 합의도 못 하고 교도소에 들어오게 되었다.

교도소에서도 바깥소식은 들을 수가 있었다. 처음 이철민이 죽었을 땐 몰랐다. 자주 만나는 사이도 아니었고, 그 일이 있고 나서는 서로 서먹해져 버려 연락을 아예 안 했기 때문이다. 그러나 박영빈 또한 끔찍하게 죽었다고 하고, 교도소 내에서도 소문이 돌았다. 누군가 그들을 처단하고 있다는 것이다. 그러다가 골절 연쇄살인사건으로 대한민국이 들썩이자 그도 등골이 으스스해서 자주 악몽을 꿨다. 김남혁 입장에서도 이철민이고 박영빈이고 쓰레기 같은 인간들이라 잘 죽었다 싶었다. 매번 잘난 척하던 장민수가 죽었을 때 정말 고소했다. 그에게 담배 심부름을 시키고 푼돈을 쥐여 주던 놈이다. 말 대신 주먹이 먼저 나가던 새끼.

'씨발, 나는 잘못한 게 없어!'

김남혁은 어깨를 펴고 고개를 들었다. 교도소 앞에는 수많은 취재진이 그를 기다리고 있었다. 마치 레드 카펫을 걷는 기분이었다. 모두가 그에게 집중하고 그를 바라보았다. 형사들이 그를 에스코트하듯 에워싸고 기자들은 그의 팬들처럼 뒤를 따랐다. 인파를 뚫고 기자들의 질문이 쏟아졌다.

"마지막 복수 대상인데 기분이 어떠십니까?"

"어떻게 살아남으실 생각입니까?"

"범인으로 추정되는 인물이 텔로프록산 임상시험자라고 하는데, 노화종말법에 대해 어떻게 생각하십니까?"

"조주호 씨는 경찰서에서 살해당했는데 경찰이 안전하게 보호 가능할 것으로 생각되십니까?"

김남혁은 귀에 꽂히는 질문을 이해할 수 없었다. 그저 입꼬리를 올리고 자신만만한 미소를 지었다.

"그 새끼는 나 못 죽여. 어디 와 보라 해봐. 내가 확 죽여 버릴라니까."

현묵이 김남혁의 옆구리를 툭 찔렀다. 김남혁이 원망스러운 듯 쳐다보자 현묵이 쏘아보았다.

"입 다물어."

박 형사와 현묵이 김남혁을 태운 차량을 이동시켰다.

그 뒤로 정 형사와 한 형사가 탄 차량이 에스코트하면서 이동했다.

"입조심해. 괜히 범인 자극하지 말고."

한 형사가 김남혁의 어깨를 눌렀다.

"웃기고 있습니다. 이런 걸 원하는 거 아닙니까. 그래야 범인이 나타나고 형사님들이 그놈을 잡으시지."

김남혁의 말에 아무도 대답하지 못했다.

차량은 도로로 달려 나갔다.

"오라 그래 봐. 내가 그 새끼 죽여 버릴 거야. 근데 범인 임상시험자면 노인네라는 소리 아니야? 암만 젊어졌다 해도 노인네 하나 못 잡아서 이 난리야?"

김남혁은 궁시렁거렸지만 형사들은 아무도 대답하지 않았다.

김남혁은 이 상황이 기가 찼다. 젊어진 노인네한테 다들 당했다니.

집으로 돌아오자 경찰들이 집 밖에서 잠복을 시작했다.

좋다. 와라. 아무리 강한 놈이라 해도 숫자 여럿을 상대할
순 없다.

김남혁은 탈모가 시작된 이마를 쓸어 올리며 세면대에 침
을 뱉었다. 무기가 될 만한 칼을 쥐었다. 열은 탈모에 안 좋다
고 했는데. 정수리가 뜨겁다. 출소하면 다시 재밌게 살 생각
이었는데 이게 뭐람!

김남혁은 불법적인 일을 밥 먹듯이 해왔다. 고양이도 몇 마
리 죽였고, 동네 아동들을 몰래몰래 성추행했다. 딸아이의 같
은 반 친구들이 집에 놀러 올 때면 그의 세상이었다. 하지만
사람들은 아이들 좀 만졌다고 경찰에 신고하고 난리법석을
떨었다. 8년 전 젊음의 물 사기사건도 마찬가지였다.

노인네들 몇 죽어 나갔다고. 이 난리라니!

뉴스에서는 골절 연쇄살인사건의 용의자에 대한 이야기가
나오고 있었다. HL코리아 임상시험에 의한 젊어진 남자 김
순기의 늙은 사진과 젊은 사진이 함께 떠 있었다.

"이건 뭐, 약 홍보 방송이야, 뭐야. 씨발."

김남혁은 욕이 저절로 나왔다.

그 시각 김남혁의 집 앞 도로에는 박 형사와 한 형사가 차
안에서 기다리고 있었고 정 형사는 만약을 대비해 집 뒤 편에
숨어 있었다.

현묵은 김남혁의 집으로 가는 길목 도로를 살피는 중이었

다. 검은 차 한 대가 주차된 게 보였다. 차량번호 45구 2376. 낯익은 차량이다.

'HL코리아가 고용한 놈들이다.'

현묵이 주차된 차량 쪽으로 접근해 안을 살피자 아무도 없었다.

날카로운 감각이 머리를 스치고 지나갔다.

이놈들은 여기를 어떻게 알고 왔을까.

그때 무전기가 울렸다. 박 형사의 목소리였다.

"김남혁의 집 앞에 용의자 출현! 용의자 출현!"

박 형사의 다급한 외침이 무전기를 통해 퍼졌다.

박 형사와 한 형사가 그를 발견하고 차에서 내리기도 전에 그가 뛰어내려 차 문을 발로 찼다. 셀로판지처럼 구겨진 차 문은 박 형사, 한 형사가 발로 차고 열림 버튼을 아무리 당겨도 열리지 않았다. 용의자는 빠르게 그의 집으로 이동했다.

김남혁은 창문을 통해 집 쪽으로 달려오는 용의자의 모습을 보았다. 이를 악물고 칼을 손에 쥐었다.

"수상한 인물 두 명 출현."

현묵은 킴과 윤이 먼저 김남혁의 집 쪽으로 달려가는 것을 보며 무전을 쳤다. 정 형사는 김남혁의 집 안에서 총을 빼 들고 입구를 겨냥하며 기다렸다.

번개가 치더니 비가 쏟아졌다. 멀리서 비명 소리가 들렸다.

탕! 하고 총소리가 연이어 났다. 현묵은 김남혁의 집 쪽으로 달려갔다.

차 창문을 부수고 나온 한 형사와 박 형사가 뛰어나가 킴과 윤에게 총을 겨눴다. 꼼짝 말라는 말을 끝내기도 전에 킴과 윤이 총을 쏘며 집 안으로 이동했다.

유일하게 집 안에 있던 정 형사가 김남혁의 앞을 막고 섰다. 그때, 용의자가 들어왔다.

정 형사가 용의자에게 총을 겨눴다. 용의자는 가뿐히 정 형사의 총을 뺏어 구부려뜨렸다. 정 형사의 눈동자가 커졌다. 용의자는 연달아 김남혁에게 달려들었고, 김남혁은 좁은 집에서 물건을 집어 던지며 피하기 바빴다.

"꼼짝 마!"

때마침 연달아 들어온 현묵과 킴, 윤 사이에 팽팽한 대립이 벌어졌다. 김남혁이 밖으로 도망쳤고 그 뒤를 용의자가 따랐다. 윤이 들고 있던 총을 정 형사에게 내밀었다. 정 형사가 킴에게 건네받은 총으로 현묵을 겨눴다. 현묵의 눈이 커졌다.

"뭐 하는 거야?"

"죄송합니다."

"총 내려라."

현묵은 얼굴을 찌푸렸다. HL코리아가 닿지 않는 세력은 없다더니, 이제 모든 것이 이해가 갔다. 이곳의 정보를 킴과 윤에게 가르쳐 준 게 정 형사였다.

"쫓지 마시죠. 총 쏘고 싶지 않습니다. 김순기는 저들이 데려가게 두세요."

"대체 너 왜 그러냐."

일그러지는 현묵을 표정을 보는 정 형사는 입을 열었다.

"비트코인 쪽박 차서 다 날렸어요. 저들이 내가 평생 해도 못 하는 걸 이뤄준답니다."

"야, 정태준!"

"제 꿈은 잘 먹고 잘사는 거 그거뿐입니다. 개인적인 감정은 없습니다. 미안합니다. 선배님."

그때 무전기가 울렸다. 그 바람에 집중력이 흐트러진 정 형사에게 현묵이 달려들었다. 정 형사와 현묵의 몸싸움이 벌어졌다. 정 형사의 총을 가지고 엎치락뒤치락했다. 현묵이 주먹으로 정 형사의 얼굴을 날렸다. 정 형사는 피하면서 현묵을 들어 메쳤다. 고통이 온몸을 타고 전해졌다. 이를 악문 현묵은 몸을 틀어 정 형사의 다리를 걸어 넘어뜨렸다. 앞으로 넘어진 정 형사의 팔에 수갑을 채웠다. 정 형사는 몸부림쳤다. 현묵은 숨을 내쉬며 몸을 일으켜 밖으로 뛰어나갔다.

뒷산에서 고함 소리와 탕탕! 총소리가 들렸다.

현묵은 그리로 뛰었다.

산길 입구에 한 형사와 박 형사가 쓰러져 있었다.

장대같이 쏟아지는 비 때문에 시야가 보이질 않았다. 현묵의 앞머리에서 물이 뚝뚝 걸어졌다. 산길은 금방 흙이 젖어

발이 푹푹 빠졌다.

김남혁은 뛰다 체력이 바닥났는지 헉헉거리고 자빠져 굴렀다. 그 뒤를 용의자가 쫓아가 김남혁을 잡고 주먹으로 가격한다. 선글라스를 낀 킴, 윤이 천천히 용의자 뒤로 다가간다. 잘못해서 용의자가 죽어버리면 큰일이다. 현묵이 킴, 윤을 발견하고 동시에 그들도 현묵을 발견했다. 현묵은 삼단봉을 꺼내 총을 내리치고 날렵한 동작으로 킴과 윤의 머리통을 연달아 내리쳤다. 현묵은 무릎이 후들거렸지만 용의자에게 달려갔다.

조금 떨어진 곳에서 김남혁의 비명 소리가 들렸다. 윽. 현묵은 비명이 나온 곳으로 달렸다.

용의자 김순기, 그가 김남혁을 내려다보고 있었다. 김남혁은 온몸의 피가 빠지는 느낌이었다. 눈동자에는 원망이 담겨 있고 악다문 입에서는 의지가 느껴졌다.

"기억나지? 이 얼굴."

그가 사진을 들이댔다. 할머니 사진이었다. 흰 머리카락이 섞인 안경 쓴 할머니가 벤치에 앉아 있고 옆에는 마른 체격의 할아버지가 할머니의 어깨를 두른 채 미소를 짓고 있었다. 하지만 누군지 떠오르지 않았다.

'몰라, 씨발.'

속으로는 욕을 했지만 죽기는 싫었다.

"너무 고우세요. 인상 좋으시네요. 근데 정말 본 적이 없어요.”

“꽃분이는 하필 그 젊음의 물을 열심히 마셨어. 사람을 잘 믿었거든. 물을 마시고 신장이 망가졌어. 투석을 받아야 했지.”

말하는 그의 뺨에 주름 하나 지지 않았다. 정말로 젊어진 노인일까. 그의 모습과 힘을 보면서 김남혁도 늙으면 다시 젊어질 수 있을까라는 기대감이 부풀었다.

“꽃분이 할머님? 정말 저는 모르겠습니다. 근데 앞으로는 정말 착하게 어른을 공경하면서 살겠습니다. 정말입니다.”

씨발, 노인네들아.

김남혁은 공포를 넘어 짜증이 밀려들었다. 이 늙어빠진 할망구가 뭐라고 복수씩이나.

“할멈이 힘들어했던 건 그게 아니야. 할멈이 소개했던 다른 사람들까지 다치고 죽게 했다는 죄책감이었지. 죽어가면서도 니들을 찾아갔어. 살려 달라고, 자신은 괜찮으니 다른 사람들이라도 살려 달라고 했지. 니들은 그런 할멈을 그대로 차로 밀었어.”

남자는 김남혁의 과거 속에 들어온 것처럼 굴었다.

“차로 몇 번을 밟았지. 온몸이 부러지는 고통을 겪고도 목숨이 붙어 있었어. 그마저도 방해가 된다면서 한쪽으로 내동댕이쳤어. 할멈은 그렇게 길거리에 방치되었어. 그리고 죽었어. 온몸이 열세 군데가 부러진 채로. 그 고통을 오롯이 다 견

디면서. 내가 발견했을 때는 이미 늦었어."

김남혁의 기억 속에 할머니 하나가 떠올랐다.

구차하게 빌던. 그래서 차로 밀어버렸던.

그 차에는 이철민, 박영빈, 장민수, 조주호, 모두가 함께 타고 있었지만 말리는 이는 하나 없었다. 그즈음이 젊음의 물이 가짜라고 소문이 나서 정신없이 거처를 옮길 때였으니까. 우리가 죽게 생겼는데 물고 늘어지는 늙은이는 장애물일 뿐이었다.

"차로 사람을 치어도 살인죄는 아니야! 살인자는 너잖아! 젊은 사람들을 죽였잖아. 나는 사람을 죽인 적이 없다고!"

그가 주먹을 내리꽂았다. 윽. 비명을 질렀다. 연달아 그다음 주먹이 내리꽂혔을 때는 비명조차 지르지 못했다.

그때 현묵이 둘을 향해 달려왔다. 김남혁은 바닥에 널브러져 있었다. 그는 이미 온몸이 너덜너덜해진 상태로 기이하게 꺾여 있다. 말도 하지 못하고 눈물만 주룩주룩 흘리고 있는 것으로 보아 아직 숨은 붙어 있다. 김남혁은 뼈가 없는 생물처럼 꿈틀거리며 현묵 가까이로 기어 왔다. 용의자는 한쪽 다리를 들어 김남혁의 척추를 부러뜨리려 하고 있다. 척추골절. 경추 4, 5번 손상. 만일 저 다리로 허리를 밟는다면, 김남혁은 즉사다.

"움직이지 마!"

현묵의 고함에도 그는 멈출 기미가 없었다. 현묵은 그대로 방아쇠를 당겼다. 용의자의 다리에 한 발 맞았다. 남자는 움 찔하더니, 몸을 움직였다.

현묵이 그다음 말을 내뱉는 순간과 거의 동시에 손목에 통증이 느껴졌다. 어느새 그의 손에 쥐었던 총이 바닥으로 떨어진다. 현묵의 눈앞에 주먹이 느껴진다. 그의 한쪽 눈은 붉다. 현묵은 그의 눈을 피하지 않고 바라본다.

"김순기 씨! 이제 그만하세요."

자신의 이름을 들은 그의 눈동자가 일순 커졌다. 현묵은 청년의 눈빛에서 죽은 지 20년도 넘은 아버지의 눈빛을 읽었다. 분노 안에 슬픔이 가득한 눈동자가 억울하다 말하고 있었다.

"난 이 일을 마무리 지어야 하오."

"이런 것이 이꽃분 할머니가 원하는 일이라고 생각합니까?"

김순기의 시선이 흔들린다.

"그럼 이놈들이 사는 게 사회가 원하는 일이라고 생각하오? 죽어야 할 사람들은 노인들이 아니라 나쁜 놈들이오."

바닥에 떨어진 현묵의 총을 들며 그가 조용히 말했다. 현묵의 입이 떨어지지 않았다. 그들이야말로 이 세상에 사라져야 할 암세포 같은 놈들이었다. 그런데 아무런 처벌도 받지 않고, 살아간다.

"병원으로 가시죠."

그의 검은 두 눈이 젖어 든다.

"어르신이 투약한 그 약은 심각한 부작용의 가능성이 있습니다. 이대로면 죽을 수 있습니다."

남자가 고통스러운 듯 숨을 헐떡이다 울컥 피를 토한다. 그가 든 총구를 스스로의 머리에 겨눴다.

"알고 계셨군요?"

"다행이지 뭐요. 이대로 줄곧 살게 될까 봐 두려웠는데."

순기는 비틀거리면서 몸을 세워보려 했으나 풀썩 쓰러졌다.

"그래도 살아야죠."

"내가 사는 의미는 방금 끝났소."

빗줄기가 얼굴 위로 쏟아졌다. 바람이 빠지기 시작한 풍선처럼. 팽팽했던 그의 얼굴에 주름이 급속도로 늘어나기 시작한다. 다시 한번 피를 토했다. 그는 자신의 손등을 내려다보더니 입을 열었다. 사지가 쭉 뻗어 손끝 하나에도 힘이 들어가지 않았다. 결국 그의 손은 방아쇠를 당기지 못하고 바닥으로 떨어졌다.

"김순기 씨."

그의 동공 저 너머로 젊고 찬란했던 순기, 꽃분이 보인다. 싱그럽고 아름다웠던 두 남녀. 순기와 꽃분은 음악에 맞춰 춤을 춘다.

하나둘셋. 턴. 하나둘셋. 턴.

따뜻한 햇살이 그들을 비춘다. 굳어버린 순기의 눈동자는 더 이상 움직임이 없다. 현묵의 눈에서 뜨거운 눈물이 흘렀다.

"저, 저, 저, 저 씨발 새끼. 잘 뒈졌다. 씨발."

김남혁이 입술을 들썩거리면서 욕을 한다. 경멸 가득한 시선으로 얼굴을 일그러뜨린 채 바닥에 침을 뱉었다. 현묵은 참을 수 없는 역겨움이 일었다. 천천히 일어서 김남혁에게 걸어가 어깨를 밟았다. 입술 사이에서 꽥, 오리 목 비트는 소리가 들렸다. 그러다 고통이 전신으로 퍼지는지 고통에 괴성을 질렀다. 마침 뛰어온 구급대원들이 말리지 않았다면 현묵이 그를 때려죽였을지도 모른다. 뒤돌아보니 킴과 윤은 사라지고 없었다.

현묵은 가슴에서 뜨거운 것이 솟구쳐 눈물이 흘렀다. 그에게 대답하지 못했다. 쓰레기들이 죽지 않아야 하는 이유.

선한 목적의 악행과 악한 목적의 선행. 무엇이 나쁜 것일까.

노인은 육신만 늙었을 뿐, 정신은 살아 있다. 늙음이란 하루아침에 오는 것이 아니다. 어제와 같은 오늘을 살고, 오늘과 같은 내일을 살았을 뿐인데 늙어 있었다.

현묵은 자신의 얼굴을 떠올렸다. 중력을 받은 탄력을 잃기 시작한 얼굴. 처진 눈꺼풀과 살짝 파인 눈 밑 주름. 목구멍에 뜨거운 게 올라와 조용히 삼켰다. 그의 얼굴 위로 비가 세차게 쏟아져 내렸다.

◆ **3** ◆

"골절 연쇄살인사건의 범인은 HL코리아의 신약 임상시험자 김순기로 밝혀졌습니다. 범인 검거 중에 경찰과 대치가 있었고 그 과정 안에서 총격전이 벌어져 사망했습니다. 범인은 8년 전 젊음의 물 투자 사기사건의 피해자였으며 유일한 가족이었던 아내가 피해자들에게 속아서 죽음에 이른 사실에 분노하여 가해자들을 살해한 것으로 보고 있습니다. 현 사건은 범인의 사망으로 공소권 없음으로 처리될 예정입니다."

단상 위 마이크 앞에 선 이 팀장이 말했다. 기자들의 카메라 셔터가 쏟아졌다.

현묵은 주먹을 쥐고 앞으로 나가려고 했다. 박 형사가 말렸다.

"선배."

현묵은 박 형사를 뿌리치고 브리핑을 마친 이 팀장을 쫓아갔다.

"김순기는 텔로프록산 약 부작용으로 사망했어요."

"양현묵. 흥분할 필요 없어."

"팀장님이야말로 왜 이러는 겁니까."

"사실대로 이야기하면 감당할 수 있어? 당장 노화종말법 시행이 내일모레인데 이 사실 밝혀져서 괜히 노인들 동요하면 어쩔 거야."

"알 건 알아야잖습니까."

"부작용 없는 약이 어딨어. 국가에서 이미 다 검토한 사항이야. 부작용이 있을 시엔 국가에서 모든 책임을 지겠다고 하잖아. 왜 이러는 거야. 막말로 우리 부모님도 맞아야 해. 약 중단되면, 그거 기다렸던 사람들은 어떻게 해? 양 형사, 지금 어머님은 투약 못 받는다고 이러는 거야?"

"HL코리아가 젊음의 물 사기사건 배후입니다."

"증거 있어?"

"제가 증명해 낼 수 있습니다."

"그만해."

"그냥 넘어갈 일이 아닙니다."

"양현묵, 너 정직이야."

현묵은 한숨을 내쉬더니 뒤돌아 이 팀장에게서 멀어져갔다.

차에 오른 현묵은 탁중희 부검의에게 전화를 걸었다. 받지 않았다. 그대로 액셀을 밟아 국과수로 향했다.

탁 부검의는 곤란한 얼굴이었다.

현묵은 그런 얼굴 따위 본 적 없다는 듯 밀고 들어갔다.

"양 형사, 웬일이야?"

"하나만 대답해 줘요. 김순기 몸 안에 암세포 있었죠?"

"미안하다. 말 못 해. 나는."

탁 부검의가 현묵의 눈을 피해 돌아섰다.

"있어요, 없어요? 있으면 고개만 끄덕여요."

탁 부검의는 고개를 끄덕이면서 한숨을 내쉬었다.

"여기서 손 떼라. 어차피 끝난 일이야. 연쇄살인범 잡았잖아. 너는 할 일 한 거야."

"그럼 노인들은 다 죽어도 된다는 거예요? 75세 이상 노인들은 약 맞고 부작용으로 다 죽어도 되는 거냐고요."

"왜, 왜 안 되는데?"

"뭐라고요?"

"너한테 물을게. 어때? 니 생각은. 노인들이 약 없이 그냥 사는 게 더 행복할 거 같아?"

현묵이 휘청거렸다.

"부작용으로 젊어져서 암 걸리는 거. 그냥 아무것도 못 하고 늙어 죽는 거. 넌 뭘 선택할 건데?"

현묵은 고래고래 소리를 지르던 엄마를 떠올렸다.

"난 젊어져서 암에 걸리는 거 선택할 거야. 그게 50프로의 확률이라도."

"왜."

현묵은 신음처럼 단어를 겨우 토해 냈다.

현묵의 괴로움과 상관없이 창가에 햇볕이 내리쬐고 있었다.

"간단해. 죽는 것보다 늙는 게 더 싫어."

햇볕에 탁 부검의의 얼굴이 굴곡져 한층 나이 들어 보였다.

엄마는 병원에 앉아 있었다. 링거를 빼고 집에 가겠다면서 간호사와 실랑이 중이었다. 경찰 말로는 집에 큰불이 번지기 전에 옆집에서 연기 냄새를 맡고 신고했고, 소방대원들이 들어가 가스레인지 위에서 타고 있던 냄비를 발견하고 조치했다고 했다. 조금만 더 늦었어도 불이 방 전체로 옮겨붙었을 거라고 했다.

"놔! 이거 놔! 집에 갈 거야!"

엄마는 어디서 그런 힘이 나왔는지 신기할 정도로 소리를 질렀다. 자꾸만 주저앉아 엄마의 신발이 벗겨지고 옷이 흘러 내렸다. 병원에 있던 사람들이 모두 엄마를 구경했다.

"집에 가자."

현묵은 엄마의 손을 잡고 차에 태웠다.

어디로 가야 하지?

현묵은 엄마를 뒷좌석에 태우고 비상등을 켠 채 앉아 있었다. 핸들에 이마를 댔다. 차가웠다.

엄마는 누워 소변을 본 채 그대로 잠이 들어버렸다.

현묵은 핸들을 집 방향으로 돌렸다. 돌아가는 길이 멀게 느껴졌다.

늙은 아들과 어린 엄마가 돌아간 집은 주방이 까맣게 그슬려 있었다. 전체적으로 메케한 냄새도 가득했다.

현묵은 먼저 엄마를 목욕시키고 말려 방에 넣어놓았다. 현묵이 간병인에게 몇 번이나 전화했지만 받지 않았다.

현묵은 정직당한 데다가 총과 신분증까지 반납했다. 이제 시간은 많지만 자신이 없었다. 한참 후 간병인에게 문자 한 통이 도착했다. 이제 오기 힘들다고 했다. 특수수사본부가 차려지고 현묵이 범인을 잡는 동안 엄마의 증세가 심해졌다. 욕을 하는 것도 모자라 반찬을 엎고 똥을 싸서 이불에 문질렀다고 한다.

치매는 라틴어로 정신이 없어진 것이라는 뜻이다.

정신이 없어져도 엄마는 엄마일까. 엄마의 치매는 좋아질까.

현묵은 고개를 저었다.

엄마는 좋아지지 않는다. 이제 희망을 버려야 한다.

집을 정리해야 한다. 청소를 해야 한다. 벽지와 장판도 다시 해야 한다. 엄마가 있으면 불가능하다. 요양원으로 가야 한다. 상황은 핑계가 되어 현묵 스스로를 설득시켰다.

지난번에 미리 알아둔 요양원에 전화를 걸었다. 당장 와도 좋다는 말을 기꺼이 따랐다. 짐을 간단하게 싼 가방 하나를 들고 엄마와 요양원에 도착했다. 엄마를 그곳에 넣었다. 엄마는 현묵의 손을 붙잡았다.

"어디 가?"

"금방 와요."

"언제 와?"

현묵은 아이를 보육원에 버리며 다시 돌아올 거라고 거짓 약속을 하는 부모 같은 심정이 들었다.

엄마가 현묵의 옷소매를 꽉 잡아 옷이 어깨까지 늘어났다. 뿌리치고 싶었다.

"금방. 다음에 같이 집에 가요."

거짓말이다. 엄마는 평생 이곳에서 살 것이다.

아름다웠던, 젊었던, 다정했던 엄마는 이제 돌아올 수 없다.

요양원에 남는 사람들은 정말로 살아 있는 시체일 것이다. 노화종말법에서 배제된 채 투약도 하지 못하고 늙음의 선고를 받고 하루하루 죽는 날을 기다리는.

"죽어, 이 새끼야!"

엄마가 주먹으로 현묵의 코를 내리쳤다.

현묵의 다리가 후들거렸다. 눈이 벌게졌다. 코에서 뜨거운 피가 왈칵 쏟아졌다.

"엄마."

엄마의 기분보다 사람들의 시선이 먼저였다. 주변을 살폈다. 누군가 수건을 현묵에게 쥐여 주었다.

"너 이 새끼 누구야, 이 새끼야! 개새끼야."

욕은 비수가 되어 현묵의 가슴에 꽂혔다. 이대로면 엄마를 한 대 칠 거 같았다.

'엄마.'

"죽어!"

'엄마, 제발.'

피범벅이 된 현묵을 향해 달려드는 엄마의 얼굴은 처음 보는 사람처럼 낯설었다.

간병인들이 뛰어와 현묵을 내리치는 엄마의 양팔을 잡았다. 엄마는 온몸을 꿀렁대며 비틀었다. 얼굴은 희한하게 구겨졌다. 인생의 목표와 의지가 오직 현묵을 해치려는 것뿐인 생물 같았다.

현묵은 엄마의 비명 소리를 뒤로하고 그곳에서 도망쳐 나왔다.

4

골절 연쇄살인사건의 범인이 잡혔다는 소식으로 한동안 시끄러웠다.

범인은 사망.

이기해는 '사망'이라는 두 글자를 응시했다.

김순기 할아버지도 사망했다. 아빠처럼.

기해는 이불을 목덜미까지 끌어올리고 몸을 공처럼 말았

다. 핸드폰이 끈질기게 울렸다. 손을 뻗어 전화를 받았다. 모
르는 번호였다.

"이제구 씨 가족분 되십니까?"

"누구세요?"

"여기 차가 오래 주차되어 있어서 조사를 해보니 차주가
이제구 씨고, 이제구 씨가 사망한 것으로 되어 있어 차량 인
도 절차상 이기해에게 연락을 드렸습니다."

남자는 오래 연습한 사람처럼 핵심 정보와 용건을 간략하
게 전했다.

"차를 어떻게 하시겠습니까?"

"제가 찾으러 갈게요."

기해는 전화를 끊고 이불 속에서 빠져나왔다. 아빠가 우편
으로 남겼던 차 열쇠를 꺼냈다. 기해는 현묵에게 연락을 했
다. 현묵은 차량을 찾으러 함께 가주기로 했다.

기해 집 앞으로 온 현묵은 얼굴이 까칠했다. 코도 부어 있
었다.

"잠 못 잔 얼굴이네요."

"어머니가 요양원에 들어갔어요. 불을 내서."

기해는 요양원에 반응해야 할지, 불에 반응해야 할지 망설
였다. 그러다 아무 말도 하지 않고 현묵의 차 조수석에 올랐
다.

현묵의 차량 안에 희미한 지린내가 풍겼지만 기해는 창문

을 열지 않았다.

"김순기 할아버지 마지막은 어땠나요?"

"후회 없어 보였어요."

둘은 한동안 말이 없었다. 깊은 침묵을 사이에 두고 비슷한 생각을 하는 거 같아 아주 가까운 기분이 들었다.

후회 없는 마지막이라. 나쁘지 않은 인생의 결말일 수도 있다는.

20분 정도 도로를 달리자 현묵의 차가 견인 차량보관소에 도착했다. 기해가 차량 반환 접수처로 걸어갔다.

"신분증과 차 키 가져오셨죠?"

직원의 질문에 기해는 아버지가 남긴 열쇠를 꺼내고, 신분증과 가족관계증명서, 아버지의 사망진단서를 보여주고 차량 인도 절차를 마쳤다. 차량은 의정부의 어느 골목에 세워져 있었다고 했다.

직원은 두 사람을 입구 쪽에 세워진 차로 안내했다. 구식 갤로퍼였다.

기해가 차 문을 열었다.

"차에서 지내셨나 봐요."

현묵의 말대로 차 내부는 옷가지와 살림살이가 보였다. 습기와 곰팡내가 있었다. 뒷좌석은 많이 찌그러진 흔적이 보였다.

현묵이 트렁크를 열었다. 트렁크 안에는 서류가 가득 있었다.

현묵과 기해가 서류를 꺼내 보았다. 임상시험 지원자들의 동의서와 자료들이었다.

"이건, 제가 한번 추적해 볼게요. 이 사람들 행방을 하나씩 조사하다 보면 텔로프록산 부작용 밝히는 증거가 될 수 있을 거 같아요."

현묵이 내비게이션을 켰다. 사용한 등록지 중 마지막 등록지를 찾아냈다.

"아버님이 마지막으로 다녀온 곳이네요."

주소를 확인한 기해가 침을 삼켰다.

"이 주소 어딘지 알아요."

"여기 한번 가보죠."

현묵이 갤로퍼를 운전했다. 기해는 옆자리에 앉았다. 현묵이 시동을 걸었다. 차는 엔진 소리를 내면서 앞으로 나아갔다. 내비게이션에 찍힌 주소까지는 35분 거리였다.

"이제구 씨는 거기 왜 갔을까요?"

기해의 미간에 주름이 졌다. 어깨에 긴장이 느껴졌다.

"아빠가 왜 갔는지 알 거 같아요."

현묵은 창밖을 보면서 운전대를 잡은 손에 힘을 주었다. 기해는 창밖으로 눈길을 돌렸다. 바람이 불어 단풍이 바닥으로 곤두박질쳤다.

내비게이션에 입력된 주소에 도착하자 놀이공원이 보였다.

현묵의 눈에 색이 바랜 카트와 철조망이 보였다. 낡은 현수막은 여전히 바람에 날렸다. 오래된 고철처럼 보였다.

"운영을 안 하는 거 같은데요?"

기해는 낯익은 동작으로 철조망 사이의 틈을 발견했다.

"여기예요. 아빠가 마지막으로 온 곳. 저는 여기서 김순기 할아버지를 만났어요."

기해는 대답과 동시에 철조망 사이로 몸을 비집고 안으로 들어갔다. 바닥이 갈라져 있었다. 풀이 바람에 흔들렸다.

"생각해 봤어요. 아빠는 마지막으로 이곳에 왔고, 차 열쇠를 내게 보냈어요. 이것 모두 계획한 거라면요?"

"계획했다는 건 이기해 씨가 여길 찾아오길 바랐다는 거네요."

현묵의 말에 기해가 고개를 끄덕였다.

"여기가 어릴 적 아빠랑 엄마랑 자주 왔던 곳이거든요. 제게 보낸 파일은 그냥 미끼였고 진짜는 여기 숨겨 놓은 거죠. 부작용 없는 완벽하게 젊어지는 약."

기해는 멈춰 서서 주위를 둘러보았다. 놀이공원 안은 고요했다.

기해는 장희수의 말을 떠올렸다.

연구자의 윤리. 부작용. 늙어가는 것 사이에서 아빠는 고민했을 것이다.

"우경재 손에 들어가면 권력자들만 독점하게 되겠죠. 그럼 사람들은 부작용 있는 약을 투여하고 권력자들은 부작용 없는 약을 투여하게 돼요. 부작용 없는 약을 모두에게 비싸게 팔면, 우경재에게는 이익이겠죠. 하지만 굳이 부작용 있는 약을 투약하는 이유는 결국 다수의 노인 말살이 목적이기 때문이에요."

기해의 발걸음이 다시 빨라졌다. 이번엔 현묵이 주변을 둘러보면서 뒤를 따랐다.

"늙는 것은 어쩔 수 없는 인간다움이라고 생각했을 거예요. 아빠는."

기해는 회전목마 쪽으로 향했다. 아버지와 매번 타던 가장 키가 높은 말.

"절대로 세상 밖으로 나와서는 안 될 것이라고 여겼을 거구요."

그 말 밑에 손을 뻗었다. 거기 핸드폰이 있었다. 아빠의 핸드폰이다. 전원을 켰다.

배경화면이 떠올랐다. 어린 기해와 엄마, 그리고 아버지가 함께 찍은 사진이다.

이 핸드폰 안에 모든 비밀이 있을 것이다. 아빠가 하려던 일과 HL코리아의 비밀 모두.

"제 추측이 맞는다면 이 안에는 부작용 없는 완벽한 노화를 막는 약의 공식이 들어 있을 거예요. 아빠는 부작용 없는 약을 완성했지만 그들이 가져가길 원하지 않았어요."

291

"이제부터 내 말 잘 들어요."

"무슨 말이에요?"

"핸드폰 줘요."

그때 사방에서 발소리가 들렸다. 기해가 주변을 두리번거렸다. 그 틈에 핸드폰을 기해 손에서 현묵이 집어 들었다.

낡은 놀이기구 사이로 모습을 드러낸 윤과 킴이 소음 총을 겨눴다. 뒤이어 우경재와 양 실장이 모습을 드러냈다.

"잘했어요. 양현묵 형사."

기해는 순간 머리를 망치로 얻어맞은 듯했다. 현묵을 노려보았다.

"미쳤어요? 핸드폰 내놔요!"

"미안해요. 엄마한테 이 약이 필요해요. 이 공식이 치매를 고칠 수 있을 거예요."

현묵이 어깨를 올리며 양손을 들어 보였다. 그러고는 핸드폰을 뺏으려고 뻗는 기해의 손을 가뿐히 피했다. 기해의 눈동자가 흔들렸다.

우경재는 주름 하나 없는 슈트를 입은 채로 다가와 손을 뻗어 현묵에게 핸드폰을 건네라는 포즈를 지었다.

"안 돼. 넘기면 안 돼!"

윤과 킴이 기해의 입을 다물라는 듯 팔을 비틀었다.

현묵은 핸드폰을 우경재에게 건넸다.

"이 안에 그 완벽한 젊음의 약을 만들 수 있는 공식이 들어 있다는 겁니까? 그것도 이 망한 놀이공원에 숨겨 놓다니. 이제구답네.”

우경재는 주변을 휘 둘러보았다. 놀이공원에 대한 기억이나 추억도 없는 사람 같은 표정이었다.

기해는 대답 없이 우경재를 노려보았고, 현묵은 우경재를 보고 고개를 가볍게 끄덕였다.

“약속은 지키셔야죠.”

현묵이 능숙하게 기해에게서 시선을 돌려 우경재를 바라보았다.

우경재는 미소를 지었다.

“그럼요. 당신 어머니는 곧 예전으로 돌아올 수 있을 겁니다. 이 공식만 활용하면.”

“우경재, 당신 짓이지? 아빠를 죽게 한 게.”

“아버지를 닮았네요. 쓸데없는 정의로움은 넘치고 눈치는 모자란. 이제구는 자살한 거예요. 차에 스스로 뛰어든 거라고.”

“거짓말.”

“생각해 봐. 그래야 지키려 했던 이 공식을 우리 눈을 피해 이기해 씨에게 전할 수 있으니까.”

우경재는 핸드폰을 들어 기해의 눈앞에 흔들어 보였다.

기해는 아빠가 보낸 우편물과 차 열쇠를 떠올렸다. 아빠가 죽음을 선택하지 않고는 할 수 없는 방법들이었다. 그리고 아빠라면 죽음은 선택하고 싶어 했을지도 모른다고 생각했다.

'아니야. 내가 대체 뭘 할 수 있다고!'

기해는 세차게 고개를 흔들었다. 명치가 뜨거워졌다.

우경재의 올라간 입꼬리 때문에 주름 하나 없는 뺨이 더욱 부풀어 올랐다.

"부작용이 있다는 거 알면 어떻게 될까? 당신의 거짓을 국민들이 알게 되면 어차피 당신은 끝이야."

기해는 이를 악물었다.

"사회복지사인 줄은 알았지만 낭만주의자인 줄은 몰랐네요. 그 직업 가지고 낭만을 놓지 않기가 쉽지 않은데."

"당신은 벌받을 거야."

"그만 가죠."

우경재가 손목에 찬 생체리듬을 확인하고 몸을 돌렸다.

"여자는 어떻게 정리할까요?"

양 실장이 얼음 같은 표정으로 우경재에게 물었다.

"이제구 씨 핸드폰에 비밀번호가 걸려 있었습니다."

현묵이 양 실장을 막아섰다.

"비밀번호 풀 때까진 여자가 필요합니다."

현묵의 말에 우경재가 이기해와 현묵의 얼굴을 흥미롭게 번갈아 바라보았다.

"우리 쪽에 이거 하나 풀 인간 없을까 봐? 좀 더 다른 이유

먼 재밌을 거 같은데? 어때요, 이기해 씨. 차라리 살려 달라고
빌어보는 건?"

기해가 미소 띤 우경재의 팽팽한 얼굴에 침을 뱉었다.

"데려가. 원종문 교수가 좋아할 실험체야. 머리는 좋지만
멍청하게도 끝내 양심을 선택하는 부류의 유전자 말이야."

우경재가 얼굴에 튄 침을 손수건으로 닦으며 미소를 지었다.

5

차 내부는 긴장감이 맴돌고 있었다. 운전석에는 양 실장과
조수석에는 우경재, 뒷좌석에는 현묵과 기해. 그리고 그녀를
잡고 있는 킴이 차례대로 타고 있었다. 그들 뒤로 윤이 운전
하는 차가 에스코트하듯 따랐다.

핸드폰이 울리자 우경재는 손톱을 물어뜯었다. 그들이다.
스트레스는 노화의 주범이다. 가볍게 심호흡을 내뱉었다. 우
경재가 핸드폰을 받으며 말했다.

"공식 확보했으니 생산은 시간문제입니다."

우경재가 전화 너머의 목소리에 고개를 끄덕였다.

"최대한 빨리 진행하겠습니다."

기해는 뒷좌석에 앉아 모두가 적인 듯 하나하나 노려봤다.
눈에서 레이저라도 나올 기세였다. 현묵이 기해에게서 애써
시선을 돌렸다.

"애쓰지 말아요. 변하는 거 없으니까."

전화를 끊은 우경재가 창밖을 보며 날씨가 좋다는 것처럼 내뱉었다.

"부작용이 일어나면 곧 사람들이 들고 일어날 거야."

기해가 말했다.

"어디 가든 나서는 인간들이 있어. 인간들은 원래 그런 족속이야. 들고 일어나면 그때 또 처리하면 돼."

우경재가 얼굴에 미스트를 뿌리며 답했다.

"국가에서는 가만있을까?"

"국가가 몰랐을까. 부작용이 나타나서 노인네들 수백 명이 죽어 나간다면? 국가에서도 손해 보는 일은 아니야. 나라가 젊어질 수 있으니까. 그들이 관심 있는 건 자기들이라고."

"결국 당신도 권력자들 개일 뿐이군."

"어른한테 개라니 어른을 공경할 줄은 전혀 모르는 아가씨 군. 우린 비즈니스 파트너지. 서로 원하는 걸 가지고 있으니까."

차는 빠른 속도로 이동했다. 호수를 지나 HL코리아 실험 동으로 향했다.

"일단 기회를 줄게. 비밀번호 풀어봐."

우경재가 생각났다는 듯이 말했다.

"기회를 주는 이유가 뭐야?"

기해의 미간이 찌푸려졌다.

"젊잖아. 그냥 죽이긴 좀 아까워서. 젊은이한테 적어도 한 번의 기회는 줘야지."

우경재가 차에서 내려 기해를 바라보았다. 양 실장이 내려 우경재 옆에 섰다.

"핸드폰 잠금장치 풀 기술자 출발했답니다."

우경재는 눈짓으로 윤에게 내리라고 했다. 윤이 기해를 끌고 내렸다. 현묵도 따라 내려 우경재 쪽에 섰다. 기해가 현묵을 원망스럽게 바라보았다.

"이기해 씨. 협조해요."

"싫다면요?"

기해가 되묻자 우경재는 잠시 손바닥을 무릎 위로 톡톡 내리쳤다.

"김순기는 특수 케이스였어. 특수 염색체를 가지고 있었지. 그래서 젊어진 데다가 남들과는 다르게 평균 인간을 훨씬 넘어서는 신체 능력을 가지게 된 거야. 그 염색체로 연구를 한다면 윗분들이 좋아할 만한 결과가 나오지 않을까? 부작용 없이 완벽하게 젊어지는 약에다가 특수한 신체 능력. 아주 이상적이잖아. 자, 제일 먼저 그 실험체가 될 기회를 줄게. 근데 원종문 교수가 좀 맛이 갔어. 그래서 그때도 가짜를 보낼 수밖에 없었거든. 원종문 교수가 무슨 짓을 할지, 어디까지 갈지 나도 잘 모르겠어. 천재들은 원래 똘아이잖아."

기해가 노려보다가 웃음을 터트렸다.

우경재의 얼굴에 불쾌함이 스쳤다.

"당신 같은 늙은이야말로 이 사회에서 사라져야 해. 결국 돈과 권력 앞에서 굽실거리는 별 볼 일 없는 늙은이잖아."

우경재가 웃음을 참으며 낄낄거렸다.

"그만해. 웃으면 주름 생긴다고."

우경재는 핸드폰을 가지고 실험동 내부 방향으로 몸을 틀었다.

"이 기집애 피를 싹 다 뽑아버려."

우경재의 말에 윤이 기해의 팔을 잡아끌었다. 현묵이 그 앞을 가로막았다.

"제 말은 들을 겁니다. 내가 한번 설득해 볼게요. 그다음에 처리해도 늦지 않잖아요?"

우경재는 현묵의 말에 잠시 고민하더니 고개를 끄덕였다. 그리고 윤과 킴에게 눈빛으로 남아 있으라 지시했다.

우경재와 양 실장이 실험동 안으로 사라졌다.

"비밀번호 떠올려 봐요. 어차피 이기해 씨가 말하지 않아도 시간은 걸리겠지만 알아낼 겁니다."

"양 형사님 미쳤어요?"

기해가 몸부림치고 현묵이 그녀를 막아섰다.

윤과 킴이 기해를 진정시키려고 다가왔다. 그 순간 현묵이 킴의 허리춤에서 권총을 뺏어 겨눴다. 윤이 한 발짝 느렸다. 기해가 현묵 쪽으로 몸의 위치를 이동했다.

"손 들어."

기해 앞에 막아선 현묵이 총구를 윤과 킴에게 겨눴다. 예상치 못한 반격에 윤과 킴은 엉거주춤한 자세를 취했다. 눈빛은 물음표에서 느낌표로 바뀌었다.

"둘 다 겁도 없군."

"경고는 끝났어. 다음에는 발사한다. 두 손 들어. 창고 문 열고 들어가."

윤과 킴은 현묵의 지시로 천천히 창고 안으로 들어갔다.

"회사에서 니들을 가만두지 않을 거야."

"출입증 내놔."

현묵이 총구를 들이대고 출입증을 뺏어 기해에게 넘겼다. 기해가 출입증을 건네받고 현묵이 창고의 철문을 닫았다.

"사회복지사 말고 연기자가 됐어야 하네요."

현묵이 철문 위로 걸쇠를 밀어 잠그며 말했다.

"복지사도 그만큼 연기가 필요한 직업이에요."

기해가 철문을 잡고 흔들며 안에서는 열지 못할 것은 한 번 더 확인했다.

"형사님은 후회 없어요? 어머님 치매 치료할 기회였잖아요."

기해의 물음에 현묵이 미소를 지었다.

3일 전, 기해는 핸드폰이 해킹되고 있다는 사실을 알아챘다. 평소보다 확실히 배터리가 빨리 닳고 통화할 때 잡음이 들렸다. 평소 같으면 대수롭지 않게 넘어갔을 것이었다. 하지만 집에 누군가 침입했고 그들이 아빠가 남긴 완벽한 공식을 찾고 있다면, 핸드폰 해킹도 가능할 것이다.

기해는 고민하다 현묵을 찾아갔다. 핸드폰과 떨어진 곳에서 이 상황을 이야기했다. 현묵 또한 우경재를 만나 제안받은 이야기를 털어놓았다. 이제구가 남긴 물건을 찾게 이기해를 도와주면 치매를 고치는 약을 주겠다고.

현묵이 아는 정보원이자 해커인 핸드폰 기술자에게 기해의 핸드폰을 점검해 본 결과 해킹 프로그램이 깔린 것을 확인했다. 떠오르는 상황이 있었다. 칼국숫집. 며칠 전 아빠 친구 홍승환이 하는 칼국숫집에 핸드폰을 놓고 간 적이 있었다. 만약 기해가 놓고 간 게 아니라 홍승환이 빼돌려서 해킹 프로그램을 설치했다면?

왜? 라는 의문이 들었지만 HL코리아는 거절 못 할 제안을 했을 거다. 홍승환이 칼국수 팔아 용돈을 준다던 아끼던 손자가 떠올랐다.

그 후 차량보관소에서 연락이 와서 아빠의 차를 찾고, 놀이공원에 숨겨 놓은 아빠의 핸드폰을 찾아냈다. 물론 해킹당하고 있는 기해의 핸드폰은 꺼둔 상태였다.

기해가 보관함 비밀번호와 같은 숫자를 누르자 그 핸드폰 안에는 HL코리아가 개발한 텔로프록산을 파괴하는 시스템의 조작법과 부작용 없는 완벽한 젊음의 공식이 들어 있었다.

"이게 무슨 뜻일까요?"

현묵의 물음에 기해의 눈동자가 반짝였다.

"아빠는 노인들이 약으로 젊어지는 것을 원치 않았어요. 시간에 흐름에 맞게 자연스럽게 살아가는 게 맞다고 생각했을 거예요. 단지 그들이 건강하게 노년을 보낼 수 있게 질병은 고쳐지길 바랐죠."

기해는 아빠가 연구하며 떠올렸을 엄마를 생각했다.

"기해 씨 핸드폰이 해킹되고 있으니까 그걸 이용해 보죠."

현묵의 말에 기해는 고개를 끄덕였다.

현묵은 이후 우경재의 제안을 받아들이는 척하고, 기해는 핸드폰을 켜고 놀이공원부터 연기했다. 기해의 핸드폰으로 상황을 파악하고 있던 우경재가 나타나자, 미리 준비한 다른 핸드폰을 우경재에게 대신 건넸던 것이다.

"후회하겠죠. 하지만 저는 엄마도 엄마의 병도 포기하진 않았습니다. 기해 씨는 후회 없습니까?"

현묵은 희미한 미소를 지었다.

"저는 안 하면 후회할 거 같아서요."

"아마도 이제구 씨는 기해 씨의 그런 성격을 알고 있던 거 같아요."

"정의롭지는 못하지만 나쁜 놈이 활개 치게 놔두는 건 또 못 참거든요. 제가."

기해가 미소 지었다.

현묵은 고개를 끄덕인 후 서쪽으로 몸을 돌려 달리기 시작했다. 기해도 그 뒤를 따라 뛰었다.

둘은 출입증을 사용해 생산동으로 들어갔다. 30미터쯤 되는 통로를 걸었다. 통로 끝에는 철문이 나왔다.

"여긴 거 같은데요?"

현묵이 핸드폰 사진첩에서 찍어두었던 HL코리아 내부 설계도를 확인했다.

"맞아요. 이 안쪽에 시스템실이 있을 겁니다. 들어가죠."

두 사람은 벽에 있는 체크인 시스템에 출입증을 대고 안으로 들어갔다.

생산동 복도 양쪽에는 제품생산실이 주르륵 있었고 안에는 직원들이 작업복을 입은 채 저마다의 일에 열중하고 있었다.

"먼저 직원들을 대피시켜야 해요."

기해의 말에 현묵이 복도에 설치된 화재경보 버튼을 눌렀다. 화재를 알리는 비상벨이 요란한 소리를 냈다. 직원들이 놀라 우르르 뛰쳐나왔다.

"화재입니다. 조심히 안전하게 빠져나가세요!"

사람들이 몰리자 여기저기 비명 소리가 들렸다. 순식간에 복도는 사람들로 발 디딜 틈이 없었다. 밖으로 대피하는 사람들을 거슬러 기해와 현묵은 생산 시스템실로 들어갔다.

"패스워드를 입력하라는데요?"

현묵의 물음에 기해는 아버지가 남긴 '진짜' 핸드폰에 기록

된 패스워드를 입력했다. 그러자 텔로프록산의 파기 프로그램이 가동되기 시작했다. 연이어 시스템에 빨간 불이 들어왔다. 이제 HL코리아 생산동 내부 시스템을 모두 자동으로 셧다운시키고 모든 데이터와 프로그램을 삭제해 복구가 불가능하다. 이제구는 이 모든 것을 오랜 시간에 걸쳐 계획했던 것이다.

"우리도 이제 나가요."

현묵과 기해가 복도로 나가는데 무장한 경비들이 걸어오는 게 보였다. 두 사람은 몸을 낮춰 숨겼다.

"화재 지점 어딥니까?"

"침입자 발생."

경비들의 무전기에서 다급한 소리들이 들렸다.

기해와 현묵은 누가 먼저랄 것도 없이 연구원들이 벗어두고 간 작업복을 입고 마스크를 꼈다.

경호원들이 변장한 두 사람을 스쳐 시스템실로 들어갔다. 수십만 개의 약이 파괴되고 있었다. 그들은 멈추려 했지만 아무도 멈출 수가 없었다. 방송에서 위험하니 대피하라는 알림음이 자동으로 나왔다.

기해의 시선이 관리실에 닿았다.

"빨리 나가죠."

"잠깐만요."

기해가 관리실 문을 열었다. 관리실 안에는 수십 대의

CCTV가 보였다. 경호원들은 이미 대피하고 자리에 없었다. 기해는 화면을 빠르게 확인했다.

"뭘 찾아요?"

"임상시험 지원했던 사람들이요. 그중 행방불명된 사람들이 있잖아요. 혹시 아직 이 안에 있다면요?"

기해의 말에 현묵도 화면 안을 체크했다.

오른쪽 가장 밑 CCTV 속 화면이 어두웠다. 다른 곳은 사람들이 대피하고 텅텅 비었는데 그곳만 어둠 속에서 사람들의 움직임이 보였다.

"잠깐만요. 저기 아직 누군가 있어요."

기해는 컴컴한 화면 안에서 움직이는 생물체들을 응시했다. 그곳은 조명이 켜지지 않아서인지 자세한 식별이 어려웠다.

현묵이 설계도를 확인하고 실험동이라는 것을 알아냈다.

"저긴 실험동이에요. 아무래도 문이 닫혀 있어서 못 나오는 거 같아요."

"가봐야겠어요."

어둠 속에서 끊임없이 이동을 반복하는 생물체를 보고 기해가 말했다.

6

도착한 전문가가 이제구의 핸드폰 잠금장치를 풀었다.

양 실장이 핸드폰 안을 체크해 공식을 찾아냈다.

원종문은 마침 각성상태로 수술대 위에서 메스로 사람 하나를 분해 중이었다.

양 실장은 우경재의 지시로 원종문에게 공식을 보여주었다. 피가 튄 장갑을 벗지도 않은 원종문 교수가 공식을 한참 들여다보았다.

"치워. 이거 우리가 찾는 거 아니야."

그의 손은 수술대 위 남자의 두피를 메스로 갈랐다. 원종문의 눈빛은 형형하다 못해 푸른 광이 맴돌았다. 평소에는 넋이 나간 사람처럼 굴었지만 각성제를 투여하면 머리에 폭죽이 터지듯 질주했다.

"뭔 소리야. 이제구가 남긴 공식인데. 그 딸이 찾은 거야."

우경재는 자신의 말을 마침과 동시에 머릿속에서 퍼즐이 조립되었다. 그의 입에서 욕이 튀어나왔다. 양현묵이 엄마의 치료제를 포기하고 이기해와 한편을 먹은 것이다. 속았다! 이 바보 같은 명제 말고는 달리 설명할 방법이 없었다.

"지금 이기해랑 양현묵 어딨어?"

양 실장이 윤과 킴에게 전화를 걸었다. 받지 않았다.

"당장 잡아 와."

그때 화재 비상벨이 울렸다. 양 실장이 패드를 꺼내 내부 시스템을 체크했다.

"생산된 약이 모두 파괴되고 있습니다."

"관리팀 뭐 해?"

우경재의 말이 끝나자마자 양 실장은 관리팀장에게 연락을 했지만 시스템 자체가 바이러스에 걸린 것처럼 복구가 되질 않는다는 답이 돌아왔다. 이대로의 속도로 약이 파괴된다면 대량의 가스가 발생해 건물 자체가 위험해질 수 있다는 결론이 나왔다.

"위험합니다. 얼른 나가시죠."

원종문은 양 실장과 우경재의 대화가 들리지 않는 듯 실험체의 뇌를 가르기 시작했다.

"빨리 피하셔야 합니다."

원종문은 대답 대신 양 실장에게 메스를 겨눴다.

"한 번 더 건드려봐. 죽인다."

"그냥 둬. 어차피 쓸모없어졌으니까."

우경재는 원종문을 바라보았다. 원 교수는 신난 얼굴로 뇌속을 들여다보고 있었다.

"가야 합니다."

우경재는 양 실장의 재촉으로 재빨리 실험동을 빠져나갔다. 뜨거운 열기가 두 사람의 등 뒤까지 전해 왔다.

주차된 차에 오르자 우경재의 전화가 울렸다. 그들이었다.

그 시각 기해와 현묵이 실험동으로 들어갔다. 내부 조명이 나가 어두웠다. 주변을 둘러보니 창문이 없어 햇빛 한 조각 들어오지 않았다. 대신 강화유리로 된 연구실들이 보였다. 실험동 연구원들 또한 모두 대피를 했는지 모습은 보이지 않았다.

"조심해요."

현묵은 핸드폰 플래시를 켜 발밑을 비췄다. 비상구를 지나 지하 계단으로 내려갔다. 멀리서 쿵, 하는 폭파음이 들렸고 건물 전체가 흔들리면서 콘크리트 가루가 군데군데 떨어졌다.

"괜찮아요?"

현묵이 기해를 몸으로 감쌌다. 두 사람의 눈동자가 공중에서 부딪쳤다.

"네."

기해가 시선을 피하며 현묵의 품에서 빠져나왔다.

두 사람은 핸드폰 플래시에 의지해 계단으로 한 발 한 발 내려갔다. 지하 계단 밑에는 큰 철문이 있었고 '관계자 외 출입금지'라는 팻말이 붙어 있었다. 문을 열자 안에는 창고 같은 드넓은 곳이 보였다. 빽빽한 쇠창살이 달린 정사각형의 컨테이너들이 세워져 있다. 기해가 한 발 한 발 가까이 다가갔다.

"대체 뭐죠?"

악취가 풍겨와 기해는 숨을 참았다.

현묵이 핸드폰 플래시를 비추자 쇠창살 너머로 생물체의 모습이 드러났다. 그들은 모두 목부터 발목까지 늘어진 흰 가운 같은 옷을 입고 있었다. 옷에는 각각 번호가 붙어 있다.

"HL코리아가 텔로프록산 말고도 또 다른 실험들을 한 거

307

같아요."

현묵의 목소리가 떨렸다. 그들의 모습은 한 번도 보지 못한 생물체였다. 피부 한쪽은 늘어졌고 나머지 한쪽은 팽팽한 자들. 허리가 구부러졌으나 머리는 새카만 자들. 발끝이 썩어 들어가지만 얼굴은 기미 하나 보이지 않는 자들. 동공이 뿌예졌지만 치아는 하얗고 건강한 자들. 늙은 자도 젊은 자도 아닌, 인간의 조화가 아닌 기이한 존재들이 있었다.

불빛으로 모여든 자들이 오물이 범벅이 되어 쇠창살을 쥐고 흔들었다.

"진정하세요. 도와드릴게요."

기해가 철문에 달린 잠금장치를 흔들었다. 잠겨 있었다.

"뒤로 물러서세요."

현묵의 지시를 알아들은 자들이 쇠창살에서 한 걸음씩 물러났다. 기해가 핸드폰을 받아 들고 플래시로 자물쇠를 비췄다.

현묵이 장전한 총을 잠금장치를 향해 발사했다. 탕, 하는 소리와 함께 자물쇠가 바닥으로 떨어졌다. 기해가 뛰어가 두꺼운 철문을 열었다.

"이쪽으로 나오세요."

기해의 말에 기이한 자들이 하나둘 발걸음을 옮겼다. 안도와 두려움 그리고 공포가 가득한 눈빛으로 한 발 한 발 걸어나왔다. 주저앉고 비틀거렸지만 그들을 포기하지 않았다. 기해와 현묵이 그들을 세상 밖으로 인도했다. 그들이 나오자마자 폭발음이 들렸고 건물이 그대로 주저앉았다.

7

뉴스에는 HL코리아에서 가스가 폭발했다는 소식이 전해졌다. 뉴스 화면 너머로 연기가 치솟는 하얀 건물이 보였다. 소방차가 출동해 여기저기 물을 쏘는 모습이었다. 우경재의 미간이 꿈틀거렸다.

"물건은 무사한가?"

전화 수화기 너머의 목소리에 우경재는 짜증이 났다.

"조금만 더 시간을 주시면."

전화가 대답 없이 끊겼다.

우경재는 고함을 질렀다. 그의 손목에 연결된 스마트워치에 빨간불이 들어오고 심호흡을 하라는 메시지가 떴다.

"아버지, 진정하세요."

우경재는 아들 우민호의 말에 심호흡을 했다.

"니 피는 질이 점점 떨어져. 몰래 술이나 담배를 하는 거 알고 있다. 그래서 니 피를 받은 내가 감정 조절이 이 따위인 거야."

우경재는 엉뚱한 곳에 분풀이를 하고 있다.

우민호는 티셔츠 아래 감춘 주삿바늘 자국을 손으로 눌러보았다. 지난번의 작업 때문에 든 멍이 아직도 사라지지 않았다. 매번 식단 프로그램에 맞춘 음식이 입맛에 맞지 않았다. 우민호는 스트레스 때문에 아버지 우경재의 눈을 피해 술을 마시고 담배를 피웠다.

"경민이 이제 많이 컸지?"

우경재가 갑작스레 손자에 대해 물었다. 분풀이에 대한 연장이라는 것을 우민호는 알고 있다. 우민호의 심장이 두근거렸다.

"어립니다. 아직 열두 살이에요."

"그 정도면 피를 뺄 수 있어. 요즘 기술이 좋아서. 어리니까 회복도 빠를 거야."

"아버지."

우민호는 자신의 피를 뽑는 것은 괜찮지만 아들은 안 된다. 속에서 뜨거운 게 치밀어올랐다. '적당히 좀 하세요'라고 내뱉고 싶은 것을 간신히 삼켰다.

"앞으로 경민이 식단 관리 철저히 시켜, 양 실장. 앞으로 민호 말고 경민이를 관리해."

우민호는 입을 열었지만 말이 나오지 않았다. 여기서는 아버지가 법이었다.

그리고 오늘, 아버지가 일군 것이 모두 날아갔다.

텔로프록산은 노화종말법 시행 하루를 남겨두고 모두 파괴되었다. 언론에서는 잇달아 HL코리아 생산 라인의 화재 원인과 함께 노화종말법에 대해 걱정과 우려를 논하는 토론이 한창이었다. 토론 중 뉴스 속보가 떴다. 아나운서는 긴장된 목소리로 기사를 읽어 내려갔다.

"방금 들어온 속보입니다. HL코리아에서 개발한 신약, 텔로프록산이 심각한 부작용을 가지고 있다는 소식입니다. 제보자는 현직 형사로 이번 골절 연쇄살인사건 수사 중에 HL코리아의 임상시험을 알게 되었고, 임상시험자 중 50퍼센트가 넘는 사람들이 암으로 사망했다는 것을 확인했다고 합니다. 제보자에 따르면 HL코리아는 임상시험 단계에서 암 발생에 대한 부작용을 인지하고 있음에도 불구하고 이를 은폐했습니다. 그리고 8년 전 젊음의 물 투자 사기사건의 배후로 피해자들의 생체 정보를 불법으로 유통, 수집을 지속해 왔습니다."

속보를 보던 우경재는 심호흡을 하면서 스트레칭을 했다.

우민호는 이 상황에서도 운동을 하는 아버지의 머리통을 갈겨버리고 싶은 충동을 간신히 누르며 자신의 방으로 돌아왔다. 심장이 빨리 뛰고 식은땀이 흘렀다. 당장에라도 질식사할 거 같은 기분이다. 방구석에 앉아 호흡을 가다듬었다. 정신을 차리지 않으면 기절할 거 같았다. 발바닥, 손바닥이 축축했다. 귀에서 삐— 소리가 울렸다.

그날 밤 우민호는 전화 한 통을 받았다. 정체를 밝히지는 않았지만 그들임을 알았다. 담배 한 대가 타들어 갈 동안 생각을 정리했다. 그리고 그들이 제안한 새벽 1시. 스마트폰의

알람이 울렸다. 우민호는 경비실로 들어가 보안 해체 버튼을 눌렀다. 10분 후 누군가 거실로 들어오는 발소리가 났다. 평소에 우민호가 키우는 핏불 두 마리는 미리 약이 든 소시지를 먹여 재워 놓았다.

우민호는 아들의 방에 들어가 경민이가 자는 모습을 확인했다. 솜털이 난 얼굴은 아직 아기 모습 그대로다.

'아직 어려. 너는 내가 지켜줄 거야. 나처럼 살게 하진 않을 거야.'

우민호는 경민의 머리를 쓰다듬고선 이불을 덮어 주었다.

가까운 곳에서 기민하게 움직이는 발소리가 들렸다. 연달아 아버지 서재에서 단말마의 비명이 울리는 듯했고, 책상이 움직이는 소리, 의자가 넘어지는 소리가 났다.

우민호는 글라스에 얼음을 넣고 위스키를 따랐다.

어디선가 "살려줘"라는 신음 소리가 새어 나왔다.

"살 만큼 살았어."

우민호는 중얼거리며 이어폰으로 귀를 막았다. 오디오 볼륨을 최대로 높인 후 1인용 가죽 리클라이너에 몸을 기대었다. 처음으로 마음이 편해졌고 그가 찬 스마트워치의 심장박동수가 정상 수치를 가리켰다.

우경재의 시체는 다음 날 발견되었다. 서재에서 목을 매달았다. 외부 침입 흔적도 없고, 없어진 물품도 없었으며, 우경재가 쓴 유서가 책상 위에서 발견되었다.

유서에는 HL코리아가 개발, 생산한 텔로프록산 암 부작용에 대한 고백과 불법적 실험 자행, 젊음의 물 사기사건과의 연관성에 대한 죄책감이 적혀 있었다. 모든 것에 무거운 책임감을 느끼고 스스로 목숨을 끊겠다고 했다.

뉴스에는 HL코리아 우경재의 극단적 선택과, 국민 청원에 노화종말법 폐지 신청인이 하루 만에 8백만 명을 넘었다는 소식이 전해졌다. 그리고 일주일 후 노화종말법안을 폐지하기로 했다는 정부의 입장도 전달되었다. 또한 HL코리아의 연구원이었던 고(故) 이제구 씨가 부작용 없는 완벽한 젊음의 공식을 남겼다는 소식이 연달아 보도되었다. 이 공식은 이제구 씨의 딸 이기해 씨의 노력으로 발견해 냈으며, 이는 앞으로 치매와 암, 루게릭병 등 불치병 및 중증질환 치료에 사용될 것이라고 기자는 전했다.

8

"위염 증상이 있고, 콜레스테롤이 높아요. 간 수치도 높습니다. 약 처방해 드릴 테니까 드시고 2주 후에 다시 오세요."

눈이 움푹 들어가고 흰 손가락을 가진 의사는 기계처럼 말을 쏟아냈다.

국민건강검진이니 제대로 이야기해 줄 이유도 없다. 돈이 안 될 테니까.

인생 반 정도 살아가니 몸이 하나둘씩 고장이 난다.

현묵은 약을 선물처럼 받아 들었다. 약값이 12만 원이란
다. 나이가 드는 속도는 물가 오르는 속도를 절대 따라가지
못한다.

"꼭 밥을 드시고 30분 후에 드세요."

현묵은 빈속에 약을 털어 넣었다.

HL코리아 우경재가 죽은 지 한 달이 지났다.

우경재가 죽은 자리에 아들 우민호가 새로운 대표가 되었
다. 아버지와는 다르게 투명한 경영을 할 것이며, HL코리아
는 노화 정복이 아니라 불치병 정복을 새로운 슬로건으로 걸
고 다시 시작할 것이라고 했다.

정 형사는 사직서를 냈고 현묵은 복직했다. 그날의 일에 대
해선 현묵도 정 형사도 입을 다물었다. 경찰서를 나서는 정
형사의 등을 보며 현묵은 생각했다.

그가 꿈꾸는 노년은 어떤 모습이었을까.

약국을 나와 시장 골목으로 들어섰다. 날이 추운데 길거리
에는 물건을 팔러 온 노인들이 보였다. 현묵이 주머니에서 지
갑을 꺼내 할머니에게 나물을 산다. 노인은 허리가 구부러져
얼굴이 땅에서 50센티도 떨어지지 않았다.

"다 주세요."

할머니의 입이 떡 하고 벌어지고 주름에 파묻힌 눈이 커다

래진다.

"왜 이렇게 많이 사?"

"엄마가 좋아하세요."

할머니가 환하게 웃는다.

"효자네, 효자야."

그 시각, 기해는 깐 도라지를 파는 할머니에게 다가가 핫팩과 도시락을 건넸다.

"추운데 이거 팔아 손녀 손자 용돈 주면 자식들이 좋아하겠어요?"

기해는 깐 도라지를 입에 넣고 씹었다.

"잔소리 말고 가. 자식들보다 선생님이 더 무서우니께."

말과는 달리 할머니가 반가운 얼굴로 핫팩과 도시락을 받아 들었다.

"오늘 밤부터 영하래. 집에 가서 보일러 꼭 트셔. 또 휴대용 가스레인지 틀지 말고. 알았죠? 그러다 불 또 나."

"깐 도라지 얼마어치 줘?"

기해는 둘렀던 목도리를 풀어 할머니에게 둘렀다.

"할머니 병나면 이거 파는 거보다 병원비가 더 들어요."

할머니는 못 말리겠다는 듯 웃으며 깐 도라지를 비닐봉지에 가득 넣어 기해에게 내밀었다.

"만 원만 줘."

"또 내가 이렇게 강매를 당하네. 아무튼 할머니 장사 잘하셔."

기해는 웃으면서 비닐봉지를 받아 들고 만 원짜리를 내밀었다.

고개를 돌리자 현묵이 나물을 한가득 든 봉지를 들고 걸어오고 있었다.

서로를 발견한 두 사람의 입꼬리가 동시에 올라갔다. 현묵이 먼저 고개를 숙였다. 기해는 신발 코를 바닥에 콕 찍었다.

"뭐 달라진 거 있어요?"

현묵이 시장 밖으로 걸어가는 기해 옆을 따라 걸으며 물었다.

"노화종말법이 없어지니까 노인분들 태도가 또 바뀌었어요. 어머님은 좀 어떠세요?"

"평소엔 요양원에서 계시고 제가 쉬는 날엔 집에 모셔 와요. 매번 엄마가 난리를 쳐서 간병인분들이 애먹긴 하지만요. 치매 치료약이 개발된다니까 희망적으로 기다려 봐야죠. 다 기해 씨 아버님 덕분이에요. 고마워요."

기해가 발걸음을 멈춰 현묵을 바라보았다. 여전히 깊고 검은 눈을 하고 있다.

"아빠는 좋은 아빠는 아니었지만, 좋은 사람이었네요. 형사님 같은 사람한테 고맙다는 소리도 듣게 하고."

기해의 말에 현묵이 웃었다.

"앞으로 어떻게 살 거예요?"

"퇴직할 때까지는 형사 일 하겠죠. 똑같이. 그쪽은요?"

현묵이 기해의 붉어진 눈동자를 보며 물었다.

"저도 뭐 똑같죠. 나 자신은 못 돌보면서 남들한테는 잔소리하겠죠. 퇴직할 때까지."

"나물 좋아해요?"

"무척."

"밥 같이 먹어요."

현묵이 기해가 들고 있던 비닐봉지를 가로채 성큼성큼 걸어갔다. 기해는 그대로 서서 그의 등을 바라보았다.

"같이 가요."

그녀가 한 걸음 내디뎠다. 넓은 보폭으로.

9

김순기의 장례식은 보름 후에 치러졌다. 상주가 없어서 기해와 현묵이 손님을 맞았다.

살인범에게 무슨 장례까지 치러주냐며 반대하는 사람들도 많았다. 하지만 기해는 김순기의 장례를 간소하더라도 치러주고 싶었다. 그가 당한 억울했던 일과 그와 꽃분이 할머니의 죽음을 애도하고 싶었다. 영정 사진은 김순기의 집에 있던 사진을 확대해 만들었다. 깊은 주름과 흰머리, 약간 벌어진 입매는 어딘가 쓸쓸해 보였다.

장례식장 밖에는 한때 많은 기자들이 몰려왔지만 손님으로 받지는 않았다. 조문객은 쪽방촌 노인들과 복지관 사람들이 전부였다.

현묵과 기해가 남은 음식을 치우고, 정리를 하고 있는데 한 젊은 남자가 들어왔다. 남자는 30대 정도로 큰 키에 보통 체격으로 밑단이 해진 청바지에 계절에 맞지 않은 면 재킷을 하나 걸쳤다. 영정 사진 앞에서 향을 피우고 현묵과 맞절을 했다.

형광등 아래 짙은 왼쪽 눈썹 아래 사마귀가 인상적이었다.

'누구지? 친척인가? 아니면 혹시 아들 친구인가?'

남자는 자리에 앉지도 않고 잠시 영정사진을 바라보더니 그대로 돌아갔다.

현묵은 그가 써놓은 방명록에 가서 이름을 찾았다. '우상근'이라는 세 글자가 쓰여 있었다. 기해가 종이컵이 든 상자를 내려놓고 다가왔다.

"아는 사람이에요?"

"이름이 좀 낯익어요."

대답을 마친 현묵의 머릿속에 번개처럼 한 장면이 스쳤다.

눈썹 아래 사마귀, 낯익은 이름. 텅 빈 눈빛. 영등포역. 그에게서 나던 악취와 지린내. 이 모든 단어가 종합적으로 누군가를 떠올리게 했다.

현묵은 장례식장 밖으로 뛰어나가 두리번거렸다.

'설마.'

어두운 하늘에서는 흰 눈가루가 바람을 타고 하나둘 떨어지고 있었다. 바로 따라 나갔는데 그의 모습은 어디에도 없었다. 기해가 헐레벌떡 따라와 현묵의 어깨를 붙잡았다.

"그 사람 어딨어요?"

"사라졌습니다."

"우상근. 저도 그 이름 기억났어요. 임상시험 명단에 있었어요."

기해는 비틀거렸고 현묵은 기해의 팔을 잡았다.

그는 실험번호 12번이며, 현묵이 영등포역에서 인공호흡으로 살려준 늙은 노숙자였다.

현묵과 기해는 커다래진 눈으로 주변을 둘러보았다. 큼지막한 눈송이가 쏟아져 내렸다. 그 사이를 뚫고 장례식장으로 오는 차들의 흰색 라이트 불빛, 검은 아스팔트, 그 위를 걷는 검은색 옷을 입은 사람들, 그들을 둘러싼 하얀 담배 연기, 까만 밤하늘, 죽음을 겪은 사람들, 또 죽음을 겪을 사람들. 온 세상이 질서를 잃은 듯이 흑백으로 보였다. 달빛 아래 두 사람의 얼굴 위로 차가운 눈송이가 떨어졌다.

텔로미어

초판 1쇄 발행 2024년 11월 6일

지은이 박성신

펴낸이 안병현 김상훈
본부장 이승은 **총괄** 박동옥 **편집장** 박윤희
책임편집 이경주 **디자인** 서윤하
마케팅 신대섭 배태욱 김수연 김하은 **제작** 조화연
2차저작권 관리 안희주

펴낸곳 주식회사 교보문고
등록 제406-2008-000090호(2008년 12월 5일)
주소 경기도 파주시 문발로 249
전화 대표전화 1544-1900 **주문** 02)3156-3665 **팩스** 0502)987-5725

ISBN 979-11-7061-202-5 (03810)
책값은 표지에 있습니다.